겨레문화 29

우리말 시경

이수웅 역

이회

머리말

중국의 경전은 삼국시대에 이미 전래되어, 보편적으로 읽혀져 왔다. 신라 설총(薛聰)이 방언(方言)으로 9경을 해역하였다고 한다. 방언은 바로 이두(吏讀)를 말함이며, 일반 백성들이 음독(音讀)으로 읽었던 것이다. 이렇게 하여 사서삼경은 많이 읽혀져 왔던 것임을 알 수 있다. 고려 때는 토를 달아서 원문을 해석하였고, 조선조에서는 경서의 언해를 계속하였다. 성종 때에도 칠서(七書, 즉 사서삼경)를 언해 편찬하였다. 퇴계(退溪) 이황(李滉)이 석의를 더하였으나 완전하지 못하였다. 선조 9년에는 율곡(栗谷) 이이(李珥)에게 사서오경을 언해하도록 하였다. 그러나 율곡은 사서를 언해하였으나 오경은 언해를 못 마쳤다. 선조 18년(1584)에는 교정청(校正廳)을 두어 칠서를 언해하도록 하였으나, 또한 사서만 간행하고 삼경은 간행하지 못하였다.

그런데 〈시경언해〉는 기왕의 언해를 다시 손질하여, 광해군 5년(1613)에 비로소 간행하였다. 서울대학교 규장각에 소장되어 있다. 목활자본으로 20권 10책이다. 본 〈우리말 시경〉은 이것을 본받아 번역하였다.

〈시경〉은 본래 〈시(詩)〉 또는 〈시삼백(詩三百)〉이라고 하였다. 그런데 공자가 '시(詩)'에 '경(經)' 자를 부여함으로써, 경전으로 받아들여졌다. 시는 정감의 표현이다. 하지만 사회, 정치적 구실의 중요성을 강조하였다. 오히려 시의 예술적 의의보다 경으로서의 뜻을 높이 평가하였다. 그러므로 '시'와 '경'의 갈등은 이어져 왔다. 즉 '선'과 '미'의 논쟁이 중국 3천년 동안 이어져 온 것이다. 그동안의 문학의 흐름은 이 문제의 '물음'과 '대답'이라고 할 수 있다.

그러나 〈우리말 시경〉은 중국의 〈시경〉으로서가 아니라 우리의 〈시경〉으로 읽혀져야 할 것이다. 왜냐하면 몇 천 년 동안 〈시경〉을 읽어오며, 사실 우리의 것으로 자연적으로 받아들여졌기 때문이다. 이 책의 이름을 〈우리말 시경〉이라고 지은 것도 이와 같은 의미를 함축하고 있다.

이 책을 출간함에 있어 물심양면으로 지원해주신 윤영노 이사장님께 감사를 드린다. 흔쾌하게 출판을 맡아주신 이회 김홍국 사장님께도 감사의 말씀을 드린다.

2017년 5월 26일
역자 이수웅

목차

시경이란?

우리말 시경 제1권

「국풍(國風)」

우리말 시경 제2권

우리말 시경 제3권

우리말 시경 제4권

우리말 시경 제5권

우리말 시경 제6권

우리말 시경 제7권

우리말 시경 제14권

우리말 시경 제15권

우리말 시경 제16권

우리말 시경 제17권

우리말 시경 제18권

우리말 시경 제19권

우리말 시경 제20권

시경이란?

1. 『시경』 생성의 역사 배경

하(夏)

『시경』을 읽으려면, 먼저 하(夏), 상(商), 주(周)의 역사를 이해하지 않으면 안 된다. 요(堯)시대는 태평세월이 계속되었다. 그러나 만년에는 홍수의 재앙이 끊이지 않아, 곤(鯀)을 불러 황하의 범람을 다스리도록 하였다. 그는 곧 인장(陻障, 막고 차단함)의 방법으로 홍수를 막고자 하였으나 실패하였다. 따라서 곤의 아들인 우(禹)에게 치수의 일을 맡도록 하였다. 우는 소통(疏通, 물길을 터주고 통하게 함)의 방법을 사용하였다. 아버지와 다르게 물을 힘으로 막지 않고, 자연스럽게 유도하였다. 13년 동안 온 힘을 기울였으므로 상당한 성공을 거뒀고, 더욱 비옥한 농지가 넓어졌다. 이 치수의 공로로 우는 천자(天子)로 즉위하였다. 나라이름을 '하(夏)'라고 하였다. '하'는 '크다, 또는 한(漢) 민족의 문명적 우월성을 나타내는 상형문자'라고도 한다. 그런데 『예기(禮記)』에서는 우 이전의 사회를 '천하위공(天下爲公)'의 대동(大同)의 세계로, 우 이후를 '천하위가(天下爲家)'의 소강(小康)의 사회라고 규정하였다. 어쨌든 이 이야기는 그 사회의 새로운 변화를 뜻하며, 역사의 의의가 크다.

이렇게 시작한 하나라는 400여 년의 역사의 우여곡절 끝에 음란, 폭정으로 멸망하였다. 특히 걸(桀)왕은 황음하고 무도한 정치를 일로 삼아, 사회는 혼란해지고 마침내 상(商)의 탕왕(湯王)에게 멸망하였던 것이다.

상(商)

상족은 하족과 비슷한 오랜 역사를 갖고 있다. 이들은 산동, 하북이 본거지였으나 차츰 남하, 이주하였다. 『시경』, 『초사』, 『여씨춘추』, 『사기』 등에서도 상족은 제비[玄鳥]가 낳았다는 전설을 기록하고 있다.

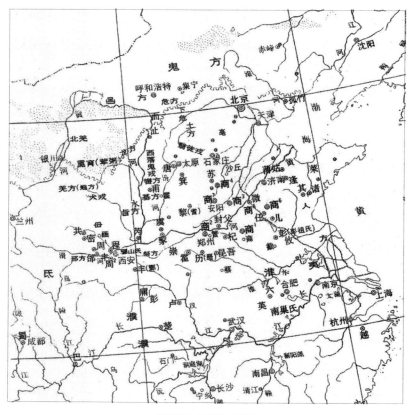

〈상(商) 시대의 지도〉

상의 선조는 제곡(帝嚳)의 아들인 설(契)이다. 어머니 간적(簡狄)은 화창한 봄날 강가에서 제비의 알을 받아 먹고 잉태하여 아들을 낳았는데, 바로 설이라고 전해 온다. 뒤에 그는 우를 도와서 치수사업을 하였고, 공을 인정받아 사도(司徒)의 벼슬을 주어 상에 봉하였다. 그런데 설의 14대손인 천을(天乙)이 하를 멸망시킨 탕왕인 것이다.

도읍을 8차례 옮겼는데, 탕은 박(亳)에 도읍을 정하였다. 그는 어느 날 교외로 나가 하늘에 제사를 지내고, 덕으로 나라를 다스릴 것을 맹서하였다. 제후에게도 근엄하게 고하였다. 그리하여 강력한 통치자로서 나라의 힘을 양성하였다. 사회는 차츰 안정되고 백성들은 평화를 누렸다. 또한 황하 중, 하 유역의 작은 부족들은 스스로 탕을 섬겼다. 하지만 탕왕도 5차례 도읍을 옮겼다. 외압, 홍수, 정치적인 이유가 있었겠으나 잦은 천도로 정령의 실천이 잘 되지 않았다. 정치는 문란해지고 민심은 동요하였다. 제후들은 조공을 바치지 않았다. 그런데 19대 양갑(陽甲)의 뒤를 이은 반경(盤庚)이 하남성 안양(安陽)으로 천도한 뒤, 주(紂)가 멸망할 때까지 273년 동안 도읍을 옮기지 않았다. 반경의 천도 이후, 주나라 사람들은 상을 은(殷)이라고 불렀다. 반경은 천도 이후 백성들이 장래의 희망을 가질 수 있도록 조서를 발표하고, 선조의 성덕을 받들어 태평성세를 만들 것을 다짐하고 노력하였다. 탕왕 이후 국론의 분열이 지속되므로 국력이 쇠퇴하였으나, 반경 이후에는 인재를 잘 기용하고 북방의 세력들을 꺾고 영토를 확장함으로써 상의 전성시대를 이루었다. 적어도 무정(武丁) 때까지는 성덕(聖德)의 정치를 실천함으로써 사회는 안정적이고 평화로웠다. 그러나 조갑(祖甲) 이후부터는 정사를 돌보기보다 쾌락을 추구하여 사회는 어지러웠다. 특히 마지막의 왕인 주(紂, 帝辛)는 하의 걸왕처럼 음락(淫樂)에만 전념하였다. 달기(妲己)를 혹독하게 사랑하여 주지육림의 주색의 기행을 매일같이 벌였고, 포락(炮烙)과 같은 엽기적인 형을 제정함으로 백성들은 공포에 떨었다. 따라서 민심은 자연적으로 이반하였고, 제후들도 반란을 결심하게 되었다. 그런데 마침내는 주(周)의 세력이 점차로 강해지고, 이웃의 제후들도 호의를 가졌다. 하지만 당시 서백(西伯)은 성격이 온화하므로 백성, 제후들이 희망하던 주왕의 제거를 들어주지 못하였다. 뒤에 서백이 죽고, 태자 발(發, 주무왕(周武王))이 왕위를 계승하였다. 이어서 방국(方國), 여러 부족들과 연합하여 동정의 길에 올라 맹진(盟津)까지 진격하였다. 이때에 상의 충신 비간(比干)은 나라가 몹시 위태로움을 알고 비장한 각오로 사흘 동안을 주왕에게 간언을 하였다. 간언은 오히려 왕의 분노만을 샀다. 비간은 살해되어 갈가리 찢겨졌다. 그런데 황하를 건넌 무왕은 목야(牧野, 하남성 기현(淇縣)의 남쪽)에서 상의 주왕과 일전을 벌였다. 주왕은 일격에 멸망하고 말았다. 이어서 서주 왕조를 수립하였다.

서주(西周)

주의 시조는 후직(後稷)이다. 성은 희(姬)이고 이름은 기(棄)이다. 어머니는 태(邰)씨의 딸인 강원(姜源)으로, 제곡(帝嚳)의 왕비였다. 강원은 어느날 광야에서 거인(巨人)의 발자국을 발견, 호기심이 생겨 자기의 발을 맞추어 보았다. 그로부터 태기가 있어 아들을 낳았는데 그가 기(후직)이다. 강원은 족적을 밟고 아기를 잉태하고 낳은 사실이 겁이 나고 요사스러운 일이라고 생각해 아기를 길에 내다버렸다. 그러나 이상한 일이었다. 짐승들이 그를 보호하였다. 새들이 날개를 펴 감싸 안았다. 그때서야 보통의 아이가 아닌 것을 깨닫고 데려와 소중하게 길렀다. 그리하여 이름을 버렸다는 뜻의 기라고 지었던 것이다. 기는 농사를 잘 지었다. 농경법을 개발하였다. 그러므로 하나라의 농업의 장관을 담당하게 되었다. 때문에 후에 농업의 신 후직으로 제사를 받들게 되었다.

후직이 죽은 뒤 그의 아들 불출(不窋)이 아버지의 관직을 물려받았으나 실패만을 되풀이하다가 융적의 땅으로 떠나버리고, 그의 아들 공유(公劉)는 태(邰)(섬서성 무공(武功))에서 빈(豳)(섬서성 순읍(旬邑))으로 이주하였다. 공유는 황무지를 개간하고 농업을 발전시킴으로써 자연히 물산이 풍부해졌다. 공유 이후의 9대가 되는 고공단보(古公亶父) 때의 일이다. 융(戎), 적(狄)이 빈의 물산을 탐내어 침략하므로 시달리게 되었다. 그러자 고공단보는 부족을 이끌고 기산(歧山) 남쪽으로 옮겨왔다. 땅이 비옥하고 농업이 잘 되었으므로 민생은 날로 안정되었다. 마을을 이루어 정착, 상나라 문화의 영향을 받아 차츰 융적의 생활습관으로부터 벗어나기 시작하였다. 관제를 제정하여 사회의 틀을 잡아갔다.

고공단보에게는 세 아들이 있었다. 태백(太伯), 우중(虞仲), 계력(季歷)이었다. 3남 계력은 융족을 공격하여 정벌하여 대승을 거두어 상나라의 국력은 날로 강성해졌고, 상은 그를 목사(牧使, 목축을 담당하는 관리)로 임명하였다. 그런데 상나라는 주족의 세력을 견제하고 마침내는 계력을 살해하였다. 때문에 상과 주 사이에는 갈등이 심해졌고, 계력의 아들 창(昌, 뒤의 서백(西伯))은 일찍부터 상나라를 멸망시킬 뜻을 품고 있었기 때문에 상의 주왕(紂王)에 의하여 유리(羑里)(하남성 탕음(湯陰))에 유폐되어 있었다.

풀려 돌아온 서백은 한층 선정에 힘을 기울였다. 뿐만 아니라 주위

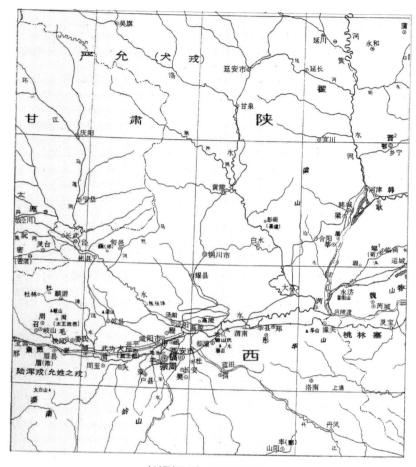

〈서주(西周) 시대의 지도〉

의 방국(方國) 및 여러 부족들을 공략하여 영토를 넓혔다. 서백의 만년
에는 많은 나라들이 상나라를 등졌다. 그리고 주나라로 돌아왔다. 서
백은 내정을 다짐, 상나라의 통치로부터 벗어날 준비를 다져갔다. 따
라서 풍읍(豊邑)으로 도읍을 옮겼다. 기(棄, 후직)에서 창(昌, 서백(西
伯))까지는 16대, 분명하게 계산할 수 없으나 약 1천 1백 년간 이어져

왔다.

서백(문왕)이 죽고 아들 발(發)이 즉위하였다. 바로 주의 무왕(武王)
이다. 앞에서 언급한 대로 무왕은 상의 주왕을 멸망시키고 주나라를
건립하였다. 무왕은 태공망(太公望) 여상(呂尙)의 가르침을 받아가며
선정을 베풀었다. 관제를 제정하고 역법(曆法)을 만들어 실행하였다.
그리고 도읍을 호(鎬)로 옮겼다. 무왕은 즉시 상나라의 제후국을 정복
하고, 상나라의 유민을 통제하였다. 주왕의 아들 무경(武庚)을 상은
(商殷)의 수도에 머물게 하고, 무왕의 동생인 관숙(管叔)에게 위(衛),
채숙(蔡叔)에게 용(鄘), 곽숙(霍叔)에게 패(邶)를 각각 다스리게 하였
는데, 이들을 '삼감(三監)'이라고 일컬었다.

무왕이 죽은 뒤에 아들 송(誦)이 즉위하였는데, 그가 성왕(成王)이
다. 하지만 성왕이 나이가 어려 무왕의 동생인 주공(周公) 단(旦)이 섭
정하였다. 그런데 그의 동생인 관숙, 채숙 등은 주공이 나라를 찬탈하
려고 한다고 불만을 갖게 되었다. 그래서 방국(方國), 부족들과 연합
하여 무경과 함께 반란을 일으켰다. 주공은 3년에 걸쳐 이들을 진압하
고, 무경, 관숙을 사형에 처하고 채숙을 추방한 뒤, 비로소 반란을 평
정하였다. 한편 동방의 나라들을 정벌하고 동쪽의 낙읍(洛邑, 하남성
낙양)을 조성하여 동부를 통치하는 정치, 군사의 중심지로 삼았다. 본
래 서쪽의 호경(鎬京)을 '종주(宗周)'라고 하였는데, 이에 맞추어 동쪽
의 낙읍을 '성주(成周)'라고 일컬었다. 더욱 통치를 강화하고 대규모의
토지를 제후들에게 분봉하였다. 무려 71의 제후국을 두었다. 주요한
제후국으로는 노, 제, 진, 연, 송등이었다. 그리고 주공 단은 미자계
(微子啓)를 상은의 후계자로 송(宋)에 봉하였는데 도읍은 상구(商丘,
하남성 상구)였다. 또 상의 옛 땅을 위(衛)로 이름하여 동생인 봉(封)

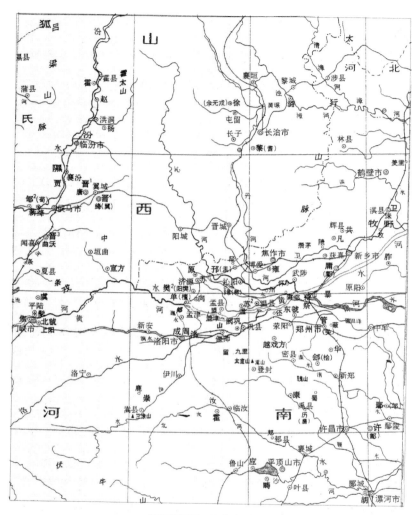

〈동주(東周) 시대의 지도〉

에게 맡기었는데 도읍은 '조가(朝歌, 하남성 기현)'에 두었다. 특히 태공망 여상을 제에 봉하였는데 도읍은 영구(營邱, 산동성 임치)였다.

주공 단은 7년 동안 섭정 끝에 정권을 돌려주고 신하의 자리로 돌아와 온 힘을 기울여 성왕을 보필하였다. 그러므로 주는 사회 질서가 확립되고 정치는 안정되었다. 주는 문왕으로부터 목왕에 이르기까지는 국력이 비교적 강하였다. 경제, 문화도 발전하였다. 그러나 그 뒤로부터는 사회적인 부패, 외세의 침략, 폭동이 일어나 점차로 국력이 약화되기 시작하였다. 9대의 이왕(夷王)은 정사에 어두웠고 제후들이 강대해졌다. 10대의 여왕(厲王)은 사리사욕을 추구하고, 포악무도하였으므로 백성의 반란이 일어나 체(彘)로 쫓겨났다. 그리하여 소공, 주공이 정치를 대행하였고, 둘이서 정치를 상의하여 실시함으로 이 시기를 '공화(共和)'의 시기라고 하였다. 공화 원년은 서기전 841년이며 공화 14년에 여왕은 체에서 사망하였다. 뒤를 이어 태자 정(靜)이 즉위하니 선왕(宣王)이다. 역사에서는 '선왕의 중흥'을 말하지만 정정은 늘 불안하였다. 민심의 이반이 심하였다. 이와 같은 와중에 선왕이 죽고 유왕(幽王)이 즉위하였다. 신백(申伯)의 딸로 황후를 삼고 신백을 신후(申侯)로 봉하였다.

그런데 유왕은 난폭하고 주색의 겨를이 없었다. 정사를 돌보지 않았다. 그러므로 황후의 아버지 신후는 누차 간언을 하였으나 듣지 않았다. 그러자 신후는 신국으로 돌아가고 주위의 노 재상들마저 세상을 떠나자, 아첨하는 괵석보(虢石父), 윤구(尹救) 등을 경(卿)으로 임명함으로써 백성들의 불만이 컸다. 어느 날 유왕의 조회 중에 기산(岐山)의 관원이 기산이 무너지고 하수가 범람한다고 대지진을 아뢰었으나 무시하였다. 『시경』(소아)의 '시월지교(十月之交)'에서도 "우레가 진동하고, 모든 강이 소용돌이치고, 산봉우리들이 무너지고, 언덕이 골짜기로 바뀌고, 깊은 계곡이 산릉으로 변하고, 이재민들이 떠돈다."라고 하였다. 이렇게 사회가 어지러운 가운데에도 유왕은 신후(申后)의 태

자인 의구(宜臼)를 폐하고, 총비 포사(褒姒)를 황후로, 그녀의 아들 백
복(伯服)을 태자로 삼았다. 신후를 냉궁(冷宮)에 유폐시키고, 태자 의
구는 서인으로 만들었다. 유왕 9년의 일이었다. 그러나 민심은 신후에
게 돌아가고, 신후는 반란을 도모하였다. 마침내 기원전 771년 신후는
견융(犬戎)과 연합하여 호경(鎬京)으로 진격, 서주를 함락시켰다. 유
왕은 여산으로 도망갔으나 그 산기슭에서 체포 살해됨으로, 서주는 멸
망하였다.

  제후들이 의구를 옹립하니 이가 평왕(平王)이다. 그러나 전란으로
도읍은 파괴되고, 견융의 위협이 상존함으로 불안을 떨칠 수 없었다.
그러므로 유왕은 진백(秦伯) 등의 호위를 받으며 '낙읍(洛邑)'으로 천
도하였다. 역사는 이때를 '동주(東周)'라고 한다. 기원전 770년이다.
동주는 평왕으로부터 24대 난왕(赧王)까지 514년 동안 이어졌다.

2. 『시(詩)』 그리고 『시경(詩經)』

  『시경』은 본래 '시(詩)' 또는 '시삼백(詩三百)'이라고 불렀다. 『논어』
'위정(爲政)'편에, "시삼백은 한마디로 말해, 생각에 사악함이 없다는
뜻이다.[詩三百 一言以蔽之 曰 思無邪]"라고 하였다. 『논어』'양화(陽
貨)편에, "시는 감흥을 일으킬 수 있고, 사물을 관찰할 수 있고, 무리
와 사귈 수 있다. 가까이는 어버이를 섬기며, 멀리는 임금을 섬기고,
새, 짐승, 초목의 이름을 많이 알 수 있도록 한다.[詩 可以興 可以觀
可以群 可以怨 邇之事父 遠之事君 多識於鳥獸草木之名]"라고 하였
다. 『논어』'자로(子路)'편에서는, "공자가 말하기를, 시삼백을 외우고

도, 주어진 정사를 잘 못하며, 사방에 사신으로 나아가 홀로 대처할 수 없으면, 비록 많이 외우고 있다고 하더라도 또한 무슨 소용이 있으리오?[子曰 誦詩三百 授之以政 不達 使於四方 不能專對 雖多 亦奚以爲]"라고 하였다.

그리고 『장자(莊子)』 '천운(天運)'편에서, "공자가 노자에게 이르기를, 나는 시, 서, 예, 악, 역, 춘추 6경을 다스린 지 오래되었다.[孔子謂老聃曰 丘治詩書禮樂易春秋六經 自以爲久矣]"라고 하였다. 여기에서 볼 수 있듯이 '시'에 '경' 자가 붙여진 것은 전국시대라는 것을 알 수 있으며, 그 뒤로 『시』는 유가의 경전으로 바뀌어 갔다. 그러면 왜 그렇게 바뀌어 가는 것일까? 그 해답의 실마리를 『논어』의 설명에서 찾아볼 수 있다. 즉 시는 사람의 희노애락을 표현한 것이다. 뿐만 아니라, 사회, 정치적 역할의 중요성이다. 문학의 사회적 기능을 강조하고 있다. 그러니까 '시'를 시로만 읽을 것이 아니라 '경'으로 읽어야 한다는 뜻이 내재 되어 있다. 『설문(說文)』에서도, "시는 뜻이다.[詩 志也]"라고 하였고, 『시서(詩序)』에서도, "마음과 뜻의 표현이 시이다.[在心爲志 發言爲詩]"라고 하였는데, 실제로 공자의 설명과 다를 것이 없다. 그러므로 '경'으로 바뀌어 가는 길이 열려 있는 터에, 유가의 경전으로 받아들여짐으로써 시는 경으로서의 구실을 담당하였다.

그리고 시의 의의보다 경의 의의가 원대하다는 평가다. '문장은 나라를 다스리는 대업이다.[蓋文章經國之大業]', '글은 도를 실어야 한다.[文以載道]'라고 한다. 이와 같이 '시'와 '경'으로의 갈등은 오랫동안 계속되었다. 중국 3천년 동안 문학사상의 흐름을 살펴보아도, '시'와 '경'의 가깝고 먼 문제에 대한 '물음'과 '대답'으로 이어져 왔다. 시는 정감의 표현이다. 하지만 경에 부합되지 않으면 안된다. 이러한 대립, 모순으로부터 조화를 이룰 수 있어야 한다는 것이다. 이러한 맥락으로부터 '시'의 '경'으로 바뀌어 간 것이며, 곧 중국문화의 오늘날과 같은 체계를 이루어 왔다.

3. 『시경』의 성립

『시경』은 중국 최초의 시가집이다. 서주 때에 채시관(採詩官)을 두어 민간의 시가를 수집하기 시작하였다. 수렵 위주의 씨족사회를 지나, 농경 위주의 상주시기로 바뀌어 갔다. 이에 서주는 민간의 풍속을 이해하기 위하여 채시관을 두고 전문적으로 민간의 시가를 수집하였던 것이다. 그런데 서주로부터 동주 초기에 이르기까지 수집한 시가가 가장 많다. 주남(周南), 소남(召南)(옹주(雍州)), 패(邶), 용(鄘), 위(衛)(기주(冀州)), 회(檜), 정(鄭)(예주(豫州)), 조(曹)(연주(兗州)), 빈(豳)(옹주(雍州)), 왕(王)(예주(豫州)) 등 15개 국가에서 수집하였다.

『시경』이 만들어진 연대는, 서주 초기(기원전 1122)로부터 주 정왕(定王) 8년(기원전 599)까지 약 500여 년 동안으로, 그 분포는 황하 유역이 중심이다. 다만, 남방의 시가가 조금 들어 있기는 하지만, 시경은 북방 문학을 대표한다. 모두 305편이 실려 있는데, 풍(風, 15국풍(國風)), 아(雅, 소아(小雅), 대아(大雅)), 송(頌, 주송(周頌), 상송(商頌), 노송(魯頌))의 세 부분으로 크게 나뉜다. 『모시(毛詩)』에는 가사가 없어지고 그 제목만 남아있는 여섯 편이 있는데, 이것을 합치면 311편이 된다. 본래 3,000편이 있었다고 한다. 그런데 『공자세가(孔子世家)』에는, "공자가 중복되는 것은 버리고 예의를 가르칠 수 있는 것을 취하

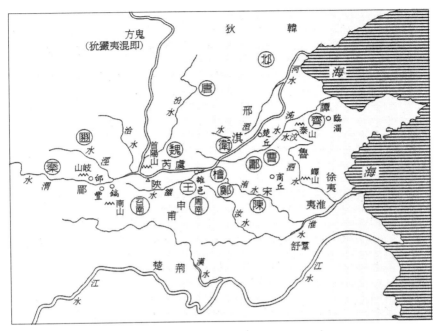

〈15국풍지리도〉

였다.[孔子去其重 取可施於禮義]"라고 하였다. 달리 생각해 보면, 당시 유행했던 많은 시가들이 빠져 있음을 알 수 있다. 그리고 반고(班固)는, 『한서(漢書)』 '예문지(藝文志)'에서, "공자는 순수한 주나라 시만을 취하였다. 위로는 은, 아래로는 노에서 채취했는데 모두 305편이었다.[孔子純取周詩 上采殷 下取魯 凡三百五篇]"라고 하였다.

하지만 이렇게 공자가 시경을 '산시(刪詩)'했다고 하는 것은 단정적으로 믿기는 어려울 것 같다. 공자는 『논어』 '위정(爲政)'편에서, "시 삼백 편을, 한마디로 말하면 생각에는 사악함이 없다는 것이다.[詩三百 一言以蔽之 曰 思無邪]"라고 하였다. 이 말은 공자가 '온유돈후(溫柔敦厚)'한 인성의 도야를 위해 제자들의 교재로서 『시경』을 중시했음을 생각할 수 있다.

　그 이전의 『시경』은 악가(樂歌)였다. 『묵자(墨子)』 '공맹(孔孟)'편에, "시삼백을 송하고, 시삼백을 타고, 시삼백을 노래하고, 시삼백을 춤춘다.[誦詩三百 弦詩三百 歌詩三百 舞詩三百]"라고 한 것과 같이, 시·악·무가 어우러짐으로써, 종합적인 표현 예술로서 사회적으로 각광을 받았다. 『좌전』 '양공 29년'에,

　　오공 계찰을 초청하여 주악을 보여 주었다. 악공으로 하여금 주남, 소남, 패, 용, 위, 와, 정, 제, 빈, 조, 진, 위, 당, 진, 회, 소아, 대아, 송을 부르도록 하였다.[吳公季札來聘 請觀於周樂 使工爲之歌周南 召南 邶 鄘 衛 王 鄭 齊 豳 曹 秦 魏 唐 陳 檜 小雅 大雅 頌]

라고 하였다. 비록 노송(魯頌), 상송(商頌)을 언급하지는 않았으나, 지금의 『시경』 체재와 거의 같다. 또 노나라 양공 29년은 공자의 나이 겨우 8세에 불과하였다. 『시경』의 정본이 이미 있었다는 말이니, 『시경』은 바로 주악(周樂)이었고, 악관(樂官)의 손에 의하여 편집되었음을 알 수 있다. 따라서 공자의 산시설(刪詩說)은 성립되기 어렵다고 본다. 앞에서 말한 것처럼 공자는 『시경』을 제자들의 교과서로 사용하였고, 음악의 편장을 정리하였다.

　그러므로 『논어』 '자한(子罕)'편에서, "내가 위나라로부터 노나라로 돌아온 뒤에 음악의 편장을 정리하였다. 아는 아로, 송은 송으로 각각 적당히 안배하였다.[吾自衛反魯 然後樂正 雅頌各得其所]"라고 하였다. 그런데 이때가 『좌전』에 근거하면 노나라 애공(哀公) 31년 겨울이다.

　공자는 시를 제자 자하(子夏)에게 전수하였다. 뒤를 이어 증신(曾

申), 이장(李長), 순경(荀卿)에게로 전해졌다. 그리고 순경으로부터 노
나라 모형(毛亨)에게 전해지고, 다시 조나라의 모장(毛萇)에게로 전해
졌다. 그러나 진시황(秦始皇, 기원전221~기원전208)의 '분서갱유(焚
書坑儒)'로 말미암아 모든 전적이 불에 타 없어졌다. 그 뒤 서한(西漢)
때에 이르러 학술 사상의 통제정책이 시대적인 요구에 따라 완전히 해
제되고 자유로워져 시(詩), 서(書), 예(禮), 역(易), 춘추(春秋) 등 오경
(五經)을 조정에서는 박사(博士)를 두어 가르치게 하였다.

서한 말 민간에서 고서(古書)를 찾아냈는데, 옛 주문(籒文)으로 쓰
여진 것을 '고문경(古文經)'이라고 하였고, 보편적으로 사용하였던 예
서(隷書)로 쓰여진 것을 '금문경(今文經)'이라고 하였다. 당시 네 사람
에 의하여 『시경』은 전해졌는데, 제(齊) 원고생(轅固生)의 제시(齊詩),
노(魯) 신배(申培)의 노시(魯詩), 연(燕) 한영(韓嬰)의 한시(韓詩), 서
한 모형(毛亨)·모장(毛萇)의 모시(毛詩)이다. 그러나 제시는 조위(趙
魏) 때, 노시는 동진(東晉) 때, 한시는 남송(南宋) 때에 없어지고, 오늘
날에 전해지고 있는 『시경』은 바로 모형의 모시이다.

4. 『시경』의 내용

『시대서(詩大序)』에, "시에는 6의(六義)가 있다. 첫째는 풍, 둘째는
부, 셋째는 비, 넷째는 흥, 다섯째는 아, 여섯째는 송이다.[詩有六義焉
一曰風 二曰賦 三曰比 四曰興 五曰雅 六曰頌]"이라고 하였다. 『시경』
의 6의를 풍(風), 아(雅), 송(頌)의 내용과 부(賦), 비(比), 흥(興)의 작
법을 일컫고 있다.

1) 풍(風)

『시경』에 수록 된 305편 가운데, 국풍은 160편, 아는 105편(대아 31편, 소아 74편), 송은 39편(주송 30편, 상송 5편, 노송 4편)이다.

『시경』의 '국풍(國風)'은 주남(周南), 소남(召南), 패(邶), 용(鄘), 위(衛), 왕(王), 정(鄭), 제(齊), 위(魏), 당(唐), 진(秦), 진(陳), 회(檜), 조(曹), 빈(豳) 등 15개국의 민요로 모두 160편이 수록되어 있으며, 시경 가운데에서 가장 중요한 위치를 차지하고 있다. 국풍은 각국의 민요를 채집한 것으로서 '풍'은 바로 민가, 민요를 말하며, 또한 곡조(曲調)를 통칭한다. 이들 평민 가요는 당시 평민들의 현실 생활과 정감을 적나라하게 표현한 것으로 사실주의 문학정신을 반영하고 있다. 내용은 주로 부세, 노역, 전쟁, 피난, 사냥, 연정, 출가 등 다양하다. '주남'의 '부이(苤苢)'라는 시를 예로 든다.

뜯세뜯세 질경이 어서어서 뜯세나	采采苤苢 薄言采之
뜯세뜯세 질경이 어서어서 찾세나	采采苤苢 薄言有之
뜯세뜯세 질경이 어서어서 캐세나	采采苤苢 薄言掇之
뜯세뜯세 질경이 어서어서 따세나	采采苤苢 薄言捋之
뜯세뜯세 질경이 어서어서 담세나	采采苤苢 薄言袺之
뜯세뜯세 질경이 어서어서 싸세나	采采苤苢 薄言襭之

이 시가는 부녀자들의 합창 노동요이다. 리듬이 경쾌하면서 활발하고, 되풀이하여 노래함으로써 일의 능률을 촉진시키고자 했던 것이다. 그러나 이 시가는 단순히 질경이를 뜯는 노동요가 아닌 일종의 연가라는 생각이다. 이 시가의 묘미는 그냥 질경이를 뜯는 것에만 있는 것이 아니라 그 리듬에 맞추어 흥겹게 춤을 춘다. 서로 좋아하는 사람을 만

난다. 연정이 타오른다. 노래와 춤은 더욱 흥겹다. 이렇게 젊은 남녀의 사랑은 이루어진다. 위의 시가는 노동요라기보다는 젊은 남녀의 축제 마당의 노래라고 할 수 있다. 하나의 화폭과 같다.

2) 아(雅)

(1) 소아(小雅)

아는 소아와 대아로 분류된다. 소아는 모두 74편으로, 서주 일대의 시가이다. '아(雅)'와 '하(夏)'는 통용되어 왔으며, 악곡의 명칭은 본래 지명에서 비롯하였다. 이와 같이 역사, 언어의 유통 과정을 더듬어 보면, '아'가 서주 일대의 노래이기는 하지만, 사실은 그 이전 오랜 세월 동안 생활의 경험들을 통하여 시가는 천천히 생성되어 왔을 것으로 생각할 수 있다. 아는 궁정의 악가로서 연희와 전례 때에 불려졌다. 이들 시가의 내용은 연회, 전쟁, 폭정, 연정 등 다양하다.

(2) 대아(大雅)

대아는 모두 31편이다. 역시 궁정의 악가로서 융숭한 연회, 전례 때에 사용하였다. 국풍의 반 이상이 서정시인 반면에, 대아의 반 이상은 서사시이다. 그 가운데 하나는 주나라의 개국을 칭송하는 역사 시가와, 또 하나는 주 선왕을 영송하는 시가이다. 개국을 칭송하는 역사 시가로는, '생민(生民)', '공유(公劉)', '면(緜)', '황의(皇矣)', '대명(大明)' 등을 들 수 있고, 주 선왕을 칭송하는 시가는, '상무(常武)' 등을 들 수 있다. '생민'은 후직(后稷)의 사적을, '공유'는 공유를 칭송하는 시가이다. 공유는 주의 원조(遠祖)로서, 그 부족을 인솔하고 빈(豳)으로 천거한, 개벽황토(開闢荒土)의 과정을 묘사한 것이다. 그리고 '면'은 문왕의 조부인 고공단보(古公亶父)가 빈으로부터 기산(岐山)으로 옮겨와 농사를 지으면서 사직을 지킨 업적을 칭송한 것이다. '황의'는 태왕(太王), 태백(太白), 왕계(王季)로부터 문왕(文王)에 이르기까지의 사실을 칭송한 것이며, '대명'은 문왕의 출생과 무왕에 이르러 주(紂)를 토벌한 사실을 노래하고 있다. '상무'는 바로 주 선왕이 친히 군사를 거느리고 서융을 정벌한 내용이다.

3) 송(頌)

'송'은 주송(周頌), 노송(魯頌), 상송(商頌)으로 나뉘는데, 모두 사람과 사물을 칭송하는 시가이다.

(1) 주송(周頌)

주송은 모두 31편으로 서주 초기의 작품이며, 대부분이 소왕, 목왕 이전의 작품이다. 그 내용은 선조를 제사하는 시가가 가장 많고, 다음으로 사직, 천지, 하악(河嶽), 백신(百神) 등을 제사하는 시가들이다.

(2) 노송(魯頌)

노송은 모두 4편이다. 노나라는 산동성 동남부에 위치하고 있었으며, 주 성왕은 주공의 아들 백금(伯禽)을 이곳에 봉하였다. 노송은 희공(僖公), 문공(文公) 때의 작품으로 동주 시기의 작품이다. 시서에 의하면 사극(史克)이 희공을 칭송하여 지었다고 하나 아무런 근거가 없다. 다만 주송이 종묘의 악가인데 비하여 노송은 모두 군왕에 대한 찬양의 노래이다.

(3) 상송(商頌)

상송은 모두 5편이다. 그러나 상송은 상의 노래가 아니다. 상의 후예를 송(宋)에 봉하였는데, 송나라 사람이 정리해 낸 상나라의 송가(頌歌)로, 사실은 송의 제례 시가이다. 송나라는 지금의 하동, 강소 서북일대를 차지하고 있었으며, 상송 중의 '현조(玄鳥)' 등은 조상에 대한 제례 송가이다.

5. 『시경』의 작법

1) 부(賦)

부(賦), 비(比), 흥(興)의 작법은 단독 또는 혼합하여 상용할 수 있다. '부'는 부(敷), 포(舖)의 뜻으로, 직접적인 묘사 방법이다. 즉 비유 방법을 사용하지 않고, 직접적으로 서술하는 것을 말한다. 주희는 "그일을 부연 개진, 직접적으로 말함이다.[敷陳其事 而直言之]"라고 하였다. 이 말은 앞에 말한 것처럼 어떤 사물을 직접적으로 서술, 정감을 유발해 내는 '부'의 특징을 설명하고 있는 것이다. '부'는 『시경』에서 보편적으로 사용하는 작법이다.

2) 비(比)

'비'는 비유이다. 비의 작법은 상징적인 기교를 중요시한다. 비유 또는 상징법이라고 말할 수 있다. 즉 저자가 A를 말하고자 하면 B를 인용하여 묘사하는 것이다. 주희는 "저 사물로써, 이 사물을 비유함이다.[以彼物比此物]"라고 말하고 있는 것과 같은 것이다. 그 속성이 다른 두 종류의 사물을 비교함으로써, 각각의 속성이 더욱 뚜렷하게 드러나고, 둘의 상승작용으로 구체적인 또 하나의 속성을 만들어 낸다. 그리하여 매우 생동적으로 드러남으로써 예술적 감흥을 갖게 한다. 예를 들면 '맹(氓)'은 무성한 뽕잎이 말라 떨어지는 변화를 서술함으로써 애증을 비유하고, '석인(碩人)'은 유이(柔荑)를 아름다운 미인의 손으로 비유하는등『시경』중에는 비의 방법을 다양하게 사용하고 있다. '주남'의 '종사(螽斯)'를 예로 든다. 메뚜기 떼를 빌려 왕실 자손의 번창함을 비유하고 있는 것이다.

메뚜기 떼지어, 프륵프륵 나네.　　　螽斯羽 詵詵兮
자손 번창하여, 앞날에 떨치리.　　　宜你子孫 振振兮
메뚜기 날개를 펴, 표롱표롱 날고,　　螽斯羽 薨薨兮
자손은 번창하여, 대를 이어 빛나리!　宜你子孫 繩繩兮

3) 흥(興)

흥의 작법은 우의(寓意)이다. 알레고리(allegory)이다. 읊고자 하는 내용을 암시한다. 대부분 첫째 수(首) 또는 첫째 장(章)에서 경물을 빌어 흥을 내어 노래한다. 부, 비, 흥 가운데 이해하기가 가장 어려운 작법이다. 주희는, "먼저 다른 사물을 말함으로써 읊고자 하는 사를 이끌어낸다.[先言他物以引起所咏之辭]"라고 하였다. 이렇듯이 먼저 경물을 묘사하고, 다음 정감을 말하는 것이다. 그럼으로써 '흥'을 일으키는 사와, '영(咏)'하고자 하는 사와는 아무런 관계가 없는 듯한 경우도 있다. 반면에 「주남」의 '관저(關雎)' 시에서, "관관하는 징경이, 황하 가운데 섬에서 노니네.[關關雎鳩 在河之洲]" 하는 흥사는, 젊은 남녀 구애의 알레고리이다. 「주남」의 '도요(桃夭)' 시를 예로 든다.

복숭아 새 가지 돋아나, 꽃이 활짝 피었네　　　　桃之夭夭 灼灼其華
시집가는 저 아가씨, 집은 화목하고 잘 따르리　　之子于歸 宜其室家
복숭아 새 가지 자라나, 과실이 주렁주렁 열려　　桃之夭夭 有實其實
시집가는 저 아가씨, 집은 화목하고 잘 따르리　　之子于歸 宜其實家
복숭아 새 가지 크게 자라나, 그 잎이 무성하네　　桃之夭夭 其葉蓁蓁
시집가는 저 아가씨, 집은 화목하고 순종하리　　之子于歸 宜其家人

　이 시가는 붉은 복숭아꽃을 이끌어 내어, 시집가는 색시의 젊고 아름다운 모습을 암시적으로 표현하고 있다. '경(景)'과 '정(情)'이 연관하여 작용을 함으로써 시가의 내용과 시취(詩趣)를 더욱 더 북돋는다. 경 가운데 정이 있고, 정 가운데 경이 있는, '정경교융(情景交融)'의 아름다운 시가 경지를 높여 주고 있다.

6. 『시경』의 몇 가지 중요한 저술

　1) 공영달(孔穎達), 『모시정의(毛詩正義)』 40권, 당(唐).
　 －『모전』과 『정전』의 오류를 보충한 『시경』의 주해서.
　2) 소철(蘇轍), 『시집전(詩集傳)』 20권, 송(宋).
　 － 송의 저명한 문학가 소식의 아우인데, 『모전』의 해석임.
　3) 주희(朱熹), 『시경집전(詩經集傳)』, 송(宋).
　 －『시경』의 해석을 이학(理學)의 체계로 받아들임.
　4) 엄찬(嚴粲), 『시집(詩輯)』 36권, 송(宋).

- 문자학, 고증학의 방법으로 『시경』을 해석함.

5) 서광계(徐光啓), 『시경육첩강의(詩經六帖講義)』, 명(明).

- 예술적인 특성의 해석으로, 『시경』 경의의 독창적인 이해.

6) 대군은(戴君恩), 『독풍억평(讀風臆評)』 1권, 명(明).

- 『시경』 경의 해석보다는 그 문학예술성에 관한 연구임.

7) 호승공(胡承珙), 『모시후전(毛詩后箋)』 30권, 청(淸).

- 『모전』, 『정전』의 해석. 고증학 방법으로 광범위한 자료를 정리 주석함.

8) 마서진(馬瑞辰), 『모시전전통석의(毛詩傳箋通釋義)』 32권, 청 (淸).

- 『모전』, 『정전』의 해석. 문자 훈고의 해박한 지식으로 시경의 난 제 해결.

9) 진환(陳奐), 『시모씨전소(詩毛氏箋疏)』 30권.

- 『모전』의 오류를 교정, 『모전』의 미진한 해석을 보충함.

10) 왕선겸(王先謙), 『시삼가의집소(詩三家義集疏)』 28권, 청(淸).

- 송 이후 삼가시(三家詩)가 주의를 받게됨. 작자는 문헌 훈고에 정통하여 삼가시를 보충 집대성함.

11) 방옥윤(方玉潤), 『시경원시(詩經原始)』 18권, 청(淸).

- 송대 일각에서는 『시서』를 폐기하고, 『시경』의 원문을 통하여 시가의 본래의 의미를 찾자고 함. 작자는 '시'를 '경'으로 읽지 말자는 독자적인 의견을 제시함.

12) 굴만리(屈萬里), 『시경석의(詩經釋義)』 상·하, 중국(中國).

- 현대의 과학적인 학문 연구 방법으로 경의의 해석을 시도함.

7. 『시경언해』의 체제를 본받아

〈우리말 시경〉은 〈시경언해〉의 체제를 그대로 본받았다. 풍(風), 아
(雅), 송(頌) 20권으로 묶었다.

유교경전언역총서편집위원회는 1923년 칠서(七書)를 언역 간행하
였다. 즉 사서삼경(四書三經)을 간행하며 경서가 수입된 이래의 언역
과정을 다음과 같이 규명하고 있다.

> 경전의 口訣釋義는 신라 때에 설총이 방언으로써 九經을 解한 것이 嚆矢
> 가 되고 고려말년에 圃隱 鄭先生夢周, 陽村 權公近이 또 各히 토를 달아서
> 해석 하였고 세종조에서 훈민정음을 定할새 局을 設하고 儒臣을 명하여 諺
> 文으로써 경서언해를 찬하셨고 세조조에 또 구결을 정하셨고 성종조에 이
> 르러서 柳公 崇祖가 命을 承하고 七書諺解口讀을 纂輯하였고 退溪 李先生
> 滉에 이르러서 釋義를 合成 하였으나 오히려 완비치 못한지라 선조 九年 丙
> 子에 栗谷 李先生 珥를 명하여 사서와 오경의 언해를 詳定하셨으나 율곡선
> 생의 찬한 것은 사서에 그치고 오경에는 及지 아니하였는지라 十八年 乙酉
> 에 다시 局을 設하고 官을 명하야 언해를 著定 하였으니 현세에 행하는 七
> 書諺解가 이것인데 언해라고 하여도 訓讀만 專主 하고 訓讀도 詳解치 못하
> 였고 字解와 義解에는 及지 아니하니라.
>
> (고어 토씨는 현대어로 풀이함, 필자)

위 내용을 살펴보면, 유교 경전은 삼국시대에 이미 수입되어 보편적
으로 읽혀진 것 같다. 설총(薛聰)이 방언(方言)으로 9경을 해역하였다
고 하였다. 방언은 이두(吏讀)를 말함이며, '이두'는 곧 일반 백성들의
음독(音讀)의 뜻으로 여겨진다. 어쨌든 이때부터 사서삼경은 많이 읽
혀짐을 짐작하게 한다. 계속하여 고려 때는 토를 달아 원문을 해석하

였고, 조선조에서는 경서의 언해를 계속하였다. 성종 때에도 칠서를 언해 편찬하였다. 퇴계(退溪) 이황(李滉)이 석의를 더하였으나 완전하지 못하여, 선조 9년에는 율곡(栗谷) 이이(李珥)에게 사서오경을 언해하도록 명하였다. 율곡은 사서를 언해하였으나 오경은 언해를 못하고 작고하였다. 선조 18년(1584)에는 교정청(校正廳)을 두어 칠서를 언해하도록 하여 완성하였다. 그러나 칠서 가운데 사서만 간행되고 삼경은 간행되지 못하였다.

『시경언해』는 뒤에 다시 기왕의 언해를 손질하여, 광해군 5년(1613)에 비로소 간행하였다. 원간본은 목활자본으로 20권 10책이다. 본『시경언해』는 현재 서울대학교 규장각에 소장되어 있다. 이『시경언해』는 '언해'와 '간행'의 시간차로, 그 사이의 국어의 변화를 볼 수 있어, 국어 연구의 귀중한 자료가 되기도 한다. 뒤에도 여러 차례 중간이 되어 여러 이본들이 전해지고 있는 실정이다.

『시경』은 본래, '시(詩)' 또는 '시삼백(詩三百)'이라고 하였다. 그런데 공자가 '시(詩)'에 '경(經)' 자를 부여함으로써, 유가의 경전으로 받아들여졌다. 시는 사람의 정감의 표현이다. 하지만 사회 정치적 구실의 중요성을 강조하였다. 오히려 시의 의의보다 경의 의의가 크다고 평가하였다. 그러므로 '시'와 '경'의 갈등은 계속되었다. 중국 3천년 동안의 문학의 흐름을 살펴보아도 이 문제의 물음과 대답으로 이어져 왔다. 이로부터 오늘날과 같은 중국문화의 체계를 이루어 왔다. 하지만 『우리말 시경』은 우리의『시경』으로 읽혀져야 하리라. 왜냐하면 몇 천년 동안『시경』을 읽어오며 사실 우리의 것으로 자연적으로 받아들여졌기 때문이다.

우리말 시경

제1권

국풍(國風)

『시경(詩經)』에 수록된 시 305수 가운데 국풍(國風)은 160수이다. 국풍은 주남(周南) 11수, 소남(召南) 14수, 패(邶) 19수, 용(鄘) 10수, 위(衛) 10수, 왕(王) 10수, 정(鄭) 21수, 제(齊) 11수, 위(魏) 7수, 당(唐) 12수, 진(秦) 10수, 진(陳) 10수, 회(檜) 4수, 조(曹) 4수, 빈(豳) 7수 등 15개국의 민요로, 시경 4편(국풍, 소아, 대아, 송) 중에서 가장 중요한 위치를 차지하고 있다. 국풍은 각국의 민요를 채집한 것으로서 바로 민가, 민요를 말하며, 또한 곡조의 통칭이기도 하다. 그러나 이들 노래로 불려진 시들은 그 지역의 것일 뿐만 아니라 동서남북의 토박이 음조의 영향을 받아들인 것도 적지 않다. 예를 들면 우리나라의 동서 민요의 영향을 주고받았던 현실과 같다고 하 수 있다. 이들 평민 가요는 당시 평민들의 현실 생활과 정감을 적나라하게 표현한 것으로 사실주의 문학정신을 반영하고 있다. 내용은 주로 세금, 노역, 전쟁, 피난, 사냥, 연정, 출가 등 다양하다.

주남(周南)

「주남(周南)」과 「소남(召南)」을 이남(二南)이라고 하는데, 사실 이 땅이 어디를 두고 말하고 있는 것인지 확실하지 않아 이견이 많다. 그러나 서주(西周) 초에 주 공단(公旦)과 소공석(召公奭)이 섬(陝, 지금의 하남성 섬현)을 나누어 통치를 하였다. 주공은 지금의 하남성 낙양(洛陽)의 동쪽 제후들을 다스렸는데, 그가 다스리던 남쪽을 주남이라고 하였다. 대체적으로 황하 남쪽, 한수 유역 일대를 말하는데, 오늘의 하남, 호북 일대이다. 「주남」은 모두 11편으로 대부분이 서주 말기에서 동주 초기의 작품들이다. 내용은 광범위하지만 주로 혼인, 남편을 그리워하는 것 들이다. 하지만 부사년(傅斯年)을 따르면 국풍과 다른 것이 있는데, 글이 농염하지 않고 남녀 애정의 표현을 적당히 절제하고 있을 뿐더러 예악을 잘 표현하는 것들이라고 하였다.

1. 징경이[關雎]

'관관'하고 화답하는 징경이
황하의 모래섬에서 노닐어
우아해라 저 요조숙녀
군자의 사랑하는 짝이어라

올망졸망 자란 마름을
좌우로 가리며 뜯어
우아해라 저 요조숙녀
오매불망 잊지 못하여라

사랑커니 만날 수 없어
오매불망 그리워해
그리움은 강물처럼
전전반측 잠 못 이루어라

올망졸망 자란 마름을
좌우로 가리며 뜯어
우아해라 저 요조숙녀

금슬(琴瑟)을 벗 삼아라

올망졸망 자란 마름을
좌우로 가리어 꺾어
우아해라 저 요조숙녀
종북 치며 즐겨 하여라

2. 칡덩굴[葛覃]

칡덩굴은 자라고 자라
깊은 골짜기로 뻗어가
잎이 매우 무성하거늘
꾀꼬리 짝지어 날아와
떨기나무에 내려앉아
울음 울어 꾀꼴꾀꼴 해

칡덩굴은 자라고 자라서
깊은 골짜기로 뻗어나가
잎이 참으로 울창하거늘
그 칡을 베어 삶고 삶아
가는 베와 굵은 베를 짜서
옷 지어 입으니 참으로 좋아

사부에게 말씀 드리리
집에 돌아가고 싶다고
서둘러 내 속옷을 빨고

서둘러 더러운 옷을 빤다
빨 것 안 빨 것 가려 빨아 입고
돌아가 부모님께 문안드리리라

3. 도꼬마리[卷耳]

캐고 또 캐어도 도꼬마리는
낮은 광주리에도 차지 않아
슬프다 그립고 그리운 사람아
에라 길바닥에 광주리 내던져

저 높은 산에 오르고자 하나
말이 지쳐서 걸을 수 없으니
차라리 금잔에 술을 부어 마셔
취하고 또 취해 시름 떨쳐 버리리

저 높은 산마루에 오르려 하나
내 말은 병들고 또 지쳐 있거늘
차라리 뿔잔에 술을 부어 마시고
취하고 또 취해서 슬픔을 잊으리라

저 돌산에 오르고자 하나
나의 말은 병들고 또 지쳐
나의 마부도 병이 들었으니
어찌하랴 이 그립고 애달픔을

4. 가지 늘어진 나무[樛木]

남산에 가지 늘어진 나무 있어
칡덩굴 머루 덩굴이 감고 올랐네
다만 즐겁고 즐거워라 군자여
하늘이 복록을 주어 평안하여라

남산에 가지 늘어진 나무 있어
칡덩굴 머루 덩굴로 덮였어라
다만 즐겁고 즐거워라 군자여
하늘이 복록을 내려 보우하여라

남산에 가지 늘어진 나무 있어
머루 덩굴 다래 덩굴이 얽히고 얽혀
다만 즐겁고 즐거워라 군자여
하늘이 복록을 내려 형통하여라

5. 메뚜기[螽斯]

메뚜기 날갯짓을 하여
쓰르륵쓰르륵 소리를 내
그러니 당신의 자손들은
마땅히 떨치고 떨치리라

메뚜기 날개를 떨어
웅웅웅 하고 소리를 내니

마땅히 당신의 자손들은
끊임없이 이어져 번창하리라

메뚜기 날개를 떨어
찌륵찌륵 소리를 내니
마땅히 당신의 자손은
화목하고 평안하리라

6. 복숭아나무[桃夭]

복숭아 새 가지 싱싱해
꽃이 흐드러지게 피어라
그 아가씨 시집을 가거니
시집 화목하게 하리로다

복숭아 새가지 싱싱해
열매 크고 탐스러워라
그 아가씨 시집을 가거니
시집 화목하게 하리로다

복숭아 새 가지 젊고 싱싱해
잎이 무성하고 무성하여라
그 아가씨 시집을 가거니
시집사람들 화목케 하리로다

7. 토끼 그물[兎罝]

가지런하고 촘촘한 토끼 그물
말뚝 박는 소리 쩡쩡 울린다
늠름하고 용감한 무사여
제후의 튼튼한 간성이로다

가지런하고 촘촘한 토끼 그물
가운데 갈림길에 쳐 놓았다
늠름하고 용감무쌍한 무사여
제후의 믿음직스런 짝이로다

가지런하고 촘촘한 토끼 그물
숲속 가운데에 쳐 놓았다
늠름하고 용감무쌍한 무사여
공후의 믿고 믿는 심복이로다

8. 질경이[芣苢]

캐어라 캐어라 질경이
모두 서둘러 캐어라
캐어라 캐어라 질경이
모두 서둘러 거두어라

캐어라 캐어라 질경이
모두 서둘러 담아라

캐어라 캐어라 질경이
서둘러 열매를 거두어라

캐어라 캐어라 질경이
서둘러 옷섶에 담아라
캐어라 캐어라 질경이
서둘러 앞치마에 거두어라

9. 한수는 넓어[漢廣]

남산에 큰 나무 있으나
그늘이 없으니 쉴 수 없고
한수에 노니는 그 아가씨
내 사랑을 구할 수가 없네
한수가 넓고 또 넓으니
헤엄쳐 건널 수가 없고
강물이 길이길이 흘러가니
뗏목을 저어 갈 수 없어라

나무 풀로 무성히 우거진
그 속의 가시나무 베리라
그 아가씨 시집갈 때이면
말에게 먹이 먹여주리라
한수가 넓고 또 넓으니
헤엄쳐 건널 수가 없고

강물이 길이길이 흘러가니
뗏목을 저어 갈 수 없어라

나무와 풀이 무성히 우거진
그 속의 쑥대를 베리라
그 아가씨 시집을 갈 때이면
망아지에게 먹이 먹여주리라
한수가 넓고 또 넓으니
헤엄쳐 건널 수는 없고
강물은 길이길이 흘러가니
뗏목을 저어 갈 수 없어라

10. 여수의 강둑[汝墳]

저 여수의 강 언덕을 따라
나무 가지와 줄기를 쳐내리
당신을 보려야 볼 수 없으니
아침을 굶은 것처럼 사무쳐

저 여수의 강 언덕을 따라
새 나무 가지들을 쳐내리
당신을 지금 만날 수 있다니
저를 멀리 버리지 않으셨구나

방어의 꼬리가 붉어지니
왕실은 불타는 것 같아라

비록 불타는 것 같더라도
부모님을 가까이 모시리라

11. 기린의 발[麟趾]

기린의 발이여!
떨쳐 일어난 제후의 아들
놀라워라 기린이로구나

기린의 이마여!
떨쳐 일어난 자손들
놀라워라 기린이로구나

기린의 뿔이여!
떨쳐 일어난 종족들
놀라워라 기린이로구나

소남(召南)

소남(召南)은 어느 지방의 노래인지는 이설들이 많다. 서주(西周) 초기에 주공(周公)과 소공(召公)이 섬(陝, 지금의 하남성 섬현)을 분할 통치하였다. 소공은 서방의 제후들을 통치하였는데, 통할하는 남쪽 지역을 '소남'이라고 일컬었다. '소남'은 당연히 이 지역의 노래이다. 모두 14수인데, 시대와 내용은 '주남'과 비슷하다. '주남'은 남혼(男婚)을, '소남'은 여가(女嫁)를 말하고 있다고도 한다.

뿐만 아니라 현존하는 14수의 내용을 검토해 보면, '감당(甘棠)'에서 소공(이름, 奭) 뒤의 소호(召虎)를 그리워 노래한다. 이 한편 이외에는 내용으로 보면 모두 소공과는 관계가 없다. 또 '강유사(江有汜)'의 '강(江)' 자는 남쪽지역과 관계가 있다고 하더라도, 나머지 작품들은 남쪽 지역과 관련되지 않는다. 반대로 여러 작품들은 북방의 작품으로 생각할 수 있다. 기타 작품들 가운데의 '평왕(平王)', '제후(齊侯)' 등은 모두 북쪽의 일들이니 당연히 북쪽의 노래라는 것이다.

1. 까치집[鵲巢]

까치가 둥지를 틀었는데
뻐꾸기가 차지하고 살아
아가씨가 시집을 가는데
백량의 수레가 맞이하네

까치가 둥지를 틀었는데
뻐꾸기가 차지하고 살아

아가씨가 시집을 가는데
백량의 수레가 배웅하네

까치가 둥지를 틀었는데
뻐꾸기가 가득 살고 있어
아가씨가 시집을 가는데
백량의 수레로 예를 치러

2. 쑥을 뜯네[采蘩]

어디에서 쑥을 캐었나
연못가 강가에서 캐었지
쑥은 어디에 쓰려고 해
공후의 제사를 지내려고

어디에서 쑥을 캐었나
산 개울가에서 캐었지
쑥은 어디에 쓰려고 해
공후 사당의 제물로 쓰려고

머리 가지런히 꾸미고
아침저녁 사당에 있어
머리 가지런히 꾸민 채
서둘러 집으로 돌아간다

3. 베짱이[草蟲]

베베짱 떠는 베짱이
톡톡 튀는 메뚜기
당신 볼 수 없으니
이내 시름 사무쳐
당신 볼 수 있거나
만날 수만 있다면
이 마음 놓이련만

저 남산에 올라가
고사리를 캐노라
당신을 볼 수 없어
걱정 근심 그지 없네
당신을 볼 수 있고
만날 수만 있다면
이 내 마음 기쁘련만

저 남산에 올라가
고비를 캐노라네
당신을 볼 수 없어
내 마음 슬프더이다
당신을 볼 수 있고
또 만날 수 있다면
내 마음 평안하련만

4. 마름을 캐며[采蘋]

어디에서 마름을 캐었나
남쪽 산골 개울가에서지
어디에서 마름을 캐었나
저쪽 길가의 도랑에서지

어디에 담을 것인가
네모와 둥근 대광주리에
어디에 삶을 것인가
세발솥과 가마솥에 삶지

어디에 차려 놓을까
사당의 남창 앞쪽에
누가 제례를 지낼까
경건한 어린 딸이지

5. 아가위나무[甘棠]

무성한 아가위나무
자르지도 베지도 말라
소백(召伯)이 쉬던 곳이니

무성한 아가위나무를
자르지도 꺾지도 말라
소백(召伯)이 누웠던 곳이니

무성한 아가위나무를
자르지도 굽히지도 말라
소백(召伯)이 잠자던 곳이니

6. 길 이슬[行露]

비 내리듯 한 이슬에 젖은 길
아침저녁 아니 가려 했으련만
길에 이슬이 많아 못 떠났구나

누가 참새의 부리가 없다고 해
그런데 어떻게 나의 집을 뚫어
누가 당신 아내가 없다고 했는가
그런데 어떻게 날 감옥에 보내나
비록 나를 감옥에 보낸다고 해도
당신의 집사람이 되는 것은 싫어라

누가 쥐의 어금니가 없다고 해
그런데 어떻게 내 담장을 뚫었나
누가 네 아내가 없다고 했는가
아내를 두고 어떻게 날 고소하나
비록 나를 고소한다 하더라도
나는 널 따라가지 않을 것이다

7. 어린양[羔羊]

어린양 가죽으로 갖옷을 지어
흰 실로 오타(五紽)를 꿰매어
관아에서 퇴근해 밥을 먹어라
참으로 자유하며 자재하네

어린양 안가죽으로 갖옷 지어
흰 실로 다섯 곳을 감치었네
참으로 자유하고 자재하여라
관아에서 퇴근하여 밥을 먹네

어린양 가죽으로 옷을 지어
흰 실로 다섯 곳을 땋아 내려
참으로 자유하고 자재하여라
관아에서 퇴근해 집밥을 먹네

8. 천둥소리[殷其靁]

우르릉 우르릉 천둥은
남산 기슭에서 치고 있다
당신 이곳을 떠난 지 오래
그렇게 조금의 겨를도 없나
장하고 또 미더운 당신아
돌아오라 어서 돌아오라

우르릉 우르릉 천둥은
남산 기슭에서 치고 있다
당신 이곳 떠난 지 오래
그렇게 조금의 쉴 겨를도 없나
장하고 미더운 당신아
돌아오라 어서 돌아오라

우르릉 우르릉 천둥은
남산 아랫자락을 치고 있다
어쩌다 이곳을 떠난 지 오래
그렇게 조금의 쉴 겨를도 없나
장하고 미더운 당신아
돌아오라 어서 돌아오라

9. 떨어지는 매실[摽有梅]

뚝뚝뚝 떨어지는 매실
열의 일곱만 남았어라
내 사랑을 구하는 남자들
어서 길일 택해 올지어다

뚝뚝뚝 떨어지는 매실
열의 셋만 남았노라
내 사랑을 구하는 남자들
지금 서둘러 올지어다

뚝뚝뚝 떨어지는 매실
광주리 기울여 주어 담네
내 사랑을 구하는 뭇 남자
당장 찾아 "사랑한다"할지어다

10. 작은 별[小星]

반짝이는 저 작은 별
셋 다섯이 동쪽에 떠
서둘러 새벽에 나가서
밤낮 관아에서 일하다니
운명이 다 같지가 않구나

반짝이는 저 작은 별
삼성과 묘성이로다
서둘러 새벽에 나가자니
이부자리를 펴지 못하여라
정말로 운명이 다 같지 않구나

11. 두물머리[江有汜]

두 강물이 다시 합치거늘
그 사람 장가가고자 하여
날 거들떠보지 아니하나

나를 데려가지 아니하면
뒤에는 반드시 후회하리라

강의 작은 섬이 있거늘
그 사람 장가가고자 하여
나와 함께 가고자 아니하나
지금 함께 가지 아니하면
뒤에는 시름에 겨워하리라

강에는 지류가 있거늘
그 사람 장가가고자 하여
나를 찾아오려 아니하나
지금 찾아오지 아니하면
뒤에는 슬피 울며 노래하리라

12. 들에 사냥한 노루 있어[野有死麕]

들에 사냥한 노루가 있어
하얀 띠풀로 감싸고 감싸
여자 봄의 정 그리워한데
풍류의 남자가 유혹하여라

숲속에 떨기나무 있으며
들에 사냥한 사슴 있거늘
하얀 띠풀로 묶어 바치어
아가씨 마치 백옥 같아라

옷자락을 천천히 펼치고
내 패건(佩巾) 건드리지 말라
소리 나면 개가 짖을 터이니

13. 어찌 저리 고울까[何彼襛矣]

어찌 저렇게 화사한가
산매자의 꽃이로구나
상서롭고 장엄하지 않나
왕희 시집가는 수레로다

어찌 저렇게 화사할까
복사꽃 오얏꽃과 같다
주나라 평왕의 꽃다운 손녀
제나라 왕자에게 시집가노라

낚시 하는 것 무엇으로 만들었나
두 가닥의 실을 꼬아서 만들었지
제나라 늠름하고 늠름한 공자에게
주나라 평왕의 손녀가 시집가노라

14. 사냥꾼[騶虞]

저 무성한 갈대밭에서
한 화살로 어미돼지 다섯을

놀랍다 사냥꾼 추우로다

저 무성한 쑥대밭에서
한 화살로 새끼돼지 다섯을
놀랍도다 사냥꾼 추우로다

우리말 시경
제2권

패풍(邶風)

〈패풍〉은 패나라의 노래이다. 모두 19편이다. 대다수가 동주(東周)의 작품이다. 패(邶)는 주나라 때의 제후국이다. 그러나 어느 지역인지 확실하게 알 수가 없다. 주 무왕은 상(商)을 멸망시킨 뒤에 각지의 제후들을 정복, 상이 통치하던 지역을 완전히 장악하였다. 정복 지역의 반항을 완화하기 위하여 무왕의 아들인 무경(武庚)을 상에 두고 유민을 통제하도록 하였다. 한편, 조가(朝歌, 상나라의 수도, 지금의 하남성 동북) 지역을 패(邶), 용(鄘), 위(衛)로 3분하여, 무왕의 동생인 관숙(管叔)에게 '위'를, 채숙(蔡叔)에게 '용'을, 곽숙(霍叔)에게 '패'를 다스리게 하였다. 이들을 삼감(三監, 통치 지역을 감독)이라고 하였다. '패'는 북쪽, '용'은 남쪽, '위'는 동쪽이었다. 그런데 무왕이 죽자 아들 성왕(成王)이 뒤를 이었다. 나이가 어렸음으로 주공(周公) 단(旦)이 섭정을 하였다. 이에 불만을 갖게 된 관숙과 채숙이 반란을 일으켰으나 곧 평정되었다. 그 뒤 행정 조직의 개편으로 '패', '용'은 '위'에 병합되었으니, 세 나라는 실제적으로 같은 땅이었다. 지금의 하남성 기현(淇縣) 동북에서 하북 남부 일대이다. '패풍' '용풍' '위풍'은 이 지역의 노래이다. 모두 39편인데, 번거롭고 서로 국풍이 많이 달라 셋으로 나누었다.

1. 잣나무배[栢舟]

두둥실 떠가는 저 잣나무 배
물결 따라 두리둥실 흘러가

불안으로 잠자지 못하다니
수심이 깊고 깊은 듯해라
내게 비록 술이 없다고 해도
두루 즐겨하며 놀 수 있다네

내 마음이 거울이 아니라
모두를 헤아리지 못하리
비록 형제가 있다고 해도
이제는 의지할 수 없으니
서둘러 가서 하소연한들
오히려 저의 분노만 사겠네

내 마음이 돌이 아니라서
어떻게 굴릴 수도 없노라
내 마음이 돗자리가 아니라
둘둘 말아 걷을 수도 없노라
위엄 있어 몸가짐 단아하니
정말로 물러서지 못하겠네

마음속 근심 끝이 없거니와
뭇 것들의 미움만을 받노라
수난을 당함이 이리 많거늘
모욕을 받음도 적지 않아라
조용히 생각하고 생각하니
깨어 일어나 가슴만 치게 돼

해야 달아
왜 번갈아 이지러지나
마음의 근심
빨지 않은 옷과 같은데
생각해봐도
떨치고 날지를 못하겠네

2. 녹색 옷[綠衣]

녹색 옷
겉 녹색 안 노랑
이 마음의 시름
언제나 끝날까

녹색 옷
녹의황상(綠衣黃裳)
이 마음의 근심함
언제 잊을 수 있을까

녹색 실
당신이 물들인 것
옛 사람을 생각해
잘못 없이 하리라

모시옷 베옷
춥기야 바람 때문

옛 사람 생각하노라니
정말 내 마음으로 깨달아

3. 제비[燕燕]

날아다니는 제비들
물 찬 듯 나는 나래 짓
누이의 시집가는 길
교외로 나가 보내노라
멀어져 보이지 않아
눈물은 비처럼 흐른다

날아다니는 제비들
오르고 내리고 한다
누이의 시집가는 길
멀리 나아가 보내노라
바라보아 보이지 않아
그저 오래오래 서서 울어

날아다니는 제비들
오르내리며 지지배배
누이의 시집가는 길
멀리 남쪽으로 배웅해라
바라보아 보이지 않아
내 마음만 괴로워라

누이는 덕망이 있고
성실하며 마음이 깊고
온화하고 또 공손하여
삼가 처신 맑게 하고
선친을 그리워하거니
곧 나를 격려하여라

4. 해와 달[日月]

햇님과 달님이
이 땅을 비추시고 있거늘
세상에 이런 사람도 있는가
옛날같이 대해주지 않으니
내 마음 안정할 수 있겠나
왜 날 돌아보지 아니하는가

햇님과 달님이
이 땅을 덮고 계시거늘
세상에 이런 사람도 있는가
서로 좋아하지 아니하니
내 어찌 안정할 수 있겠나
왜 사랑한다 말하지 아니하는가

햇님과 달님이
동쪽에 떠올랐거늘

세상에 이런 사람도 있나
언행이 어질지 못하거니
내 어찌 안정할 수 있으며
잊을 수 있을 것이라 하는가

햇님과 달님이
동쪽에 떠올랐는데
아버지와 어머니는
내 양육을 마치지 못해라
내 어찌 안정할 수 있을까
내게 돌아오는 건 무도함뿐

5. 바람[終風]

이 폭풍우 쏟아지는데
나를 돌아보며 비웃네
희롱하고 모욕하며 놀려
마음속으로 슬퍼하노라

바람 불고 흙먼지 날리나
즐거운 마음으로 오너라
오지도 가지도 아니하니
시름이 더욱 깊어지노라

바람 불고 음산하더니
개자마자 또 어두워져

깨어 잠 이루지 못하고
생각하면 가슴 답답하여라

어둑어둑하고 음산한데
천둥소리는 우르릉우르릉
깨어서는 잠을 못 이루고
생각하면 곧 슬픔에 졌어라

6. 북소리[擊鼓]

북소리 둥둥둥 울리거늘
뛰어나와 병기를 잡는다
나라는 땅 파고 도읍은 성 쌓고
나 홀로 남쪽으로 싸우러 나간다

위나라 장군 손자중을 따라서
진과 송의 전란을 평정하였지
하지만 나 돌아가지 못하여
마음의 걱정이 더욱 깊어라

이에 이곳 저곳 머물다가
이에 내 말(馬)을 잃어버려
그 말을 어디로 가서 찾나
숲의 아래쪽에서 찾았어라

죽고 살고 만나고 헤어짐을

당신과 더불어 언약을 했지
당신의 손잡고 나의 손잡고
우리 백년해로 하자고 하여라

우리 멀리 떨어져 있으니
함께 살 수 없을 것만 같아
너무나 멀고 오래되어서
언약대로 못 살 것만 같아라

7. 남풍[凱風]

남풍이 남으로부터 불어와
멧대추나무 새 순에 분다
새순은 푸르고 싱싱하거니와
이때면 어머니 고통스러우리

남풍은 남으로부터 불어와
멧대추나무 떨기에 분다
어머니 성스럽고 착하시거늘
우리는 효도하는 자식이 없어

어디에 시원한 샘물이 있나
준이란 고을 아래에 흐른다
아들 일곱 명이나 있는데도
어머닐 고통스럽게 하는가

아름다운 꾀꼬리 소리
꾀꼴꾀꼴 맑기도 하여라
아들이 일곱이나 있으나
어머니 위로하지 못하나

8. 수꿩[雄雉]

장끼가 날아간다
푸덕이며 날갯짓한다
내 그리워하는 사람아
<u>스스로</u> 이 시름 갖게 해

장끼가 비상한다
오르내리며 꿩꿩꿩
내 진실한 당신이여
내 마음을 힘들게 해

해와 달을 바라보니
내 걱정이 그지없다
길이 멀고 험하거늘
어떻게 올 수 있을까

여러 군자들은
덕행을 모르는가
해하며 탐내지 않으면
어찌 잘 되지 않을까

9. 마른 박 잎[匏有苦葉]

박의 잎이 누렇게 말라 있고
건너려는 나루엔 물이 깊네
깊으면 옷을 입은 채 건너고
얕거든 옷자락을 걷고 건너라

물이 불어 나루에 차올라
까투리는 까투까투 운다
물 차올라도 수레 축 안 젖고
까투리는 짝을 찾아서 운다

기럭기럭 우는 기러기 날고
비로소 아침 해는 떠오른다
만일 남자가 아내를 맞이하려면
얼음 녹지 않는 때를 찾아 하여라

손짓하는 뱃사공의 부름에
사람들 건너거늘 나는 아니 건너
사람들 건너도 내 안 건너는 것은
내 벗이 올 때까지 기다림이어라

10. 동풍[谷風]

살랑살랑 동풍이 불어오더니
날씨가 흐려지고 비가 내리네

부지런히 합심협력할지언정
분노하는 것은 마땅하지 못해
순무를 캐고 또 무를 캐거니
설마 뿌리를 버리지는 않겠지
언약이 깨어지지 않을진데는
나는 당신과 함께 죽으리로다

길 가기를 머뭇머뭇하는 것
마음속 어그러짐 있음이라
멀리 배웅 나오지도 안하고
서둘러 문지방 넘어 가란다
누가 씀바귀를 쓰다 하던가
씀바귀의 단맛 냉이와 같아
당신의 신첩을 즐겨 하기는
형제처럼 정을 다하여 한다

경수가 위수로 인하여 흐리나
가운데 섬의 물은 맑고 맑아라
당신 신첩과 쏟아지는 재미로
나와 함께하고자 하지를 않아
내 물고기 보에는 가지 말아라
내 통발은 열어보지 말지어다
나를 받아들이지 아니하고는
나의 뒷일을 돌볼 틈이 있으랴

물 깊은 데로 나가려거든

뗏목을 타거나 배를 타고
얕은 데로 나가려고 하면
헤엄이나 자맥질로 건너라
무엇이 있고 무엇이 없는가
부지런히 하고 힘써 구하며
사람들이 잃어버림이 있으면
손과 발을 다하여 구하리라

날 사랑하지 않을 뿐더러
도리어 원수로 여기는구나
하여 내 공덕이 없다고 하는데
마치 물건 판다며 안 파는 것 같아
옛 살림살이가 너무 곤궁하여
함께 무너질까 걱정을 하였지만
그래도 아들딸 낳고 잘 길렀거늘
이제는 나를 독벌레로 여기는가

내 맛있는 나물을 장만함은
겨울 추위를 견디려 함이네
당신 신첩과 즐겁게 보내나
나는 가난을 견디려 함이네
흉폭하고 무도하기 그지없어
내게 고통을 더했을 뿐이라
어찌해 옛날은 생각지 않나
서로 사랑하고 행복하던 때를

11. 황혼[式微]

이미 황혼이 드리워졌거늘
어찌하여 돌아오지 않나요
임금 때문이 아니라고 하면
어찌 이슬 맞으며 기다릴까요

이미 황혼이 드리워졌거늘
어찌하여 돌아오지 않나요
임금님 몸소 인연이 아니면
어찌 진흙물에서 허덕일까요

12. 높은 언덕[旄丘]

높은 언덕의 칡덩굴일랑은
어찌 그렇게 멀리 뻗었나요
위나라의 아우와 형들이여
어찌 많은 날을 타향에서 보내나

어찌 그렇게 머물러 있나요
분명 다른 나라와 무엇 하려고
어찌하여 그렇게 오래 있나요
반드시 무슨 까닭 있을 것이지

호피 옷이 너덜너덜해
수레 동으로 오지 않네

위나라의 아우와 형들
우리 뜻 함께 못 하여라

쇠약하고 미약한
떠돌아다니는 사람
위나라의 아우들 형들
귀마개를 막은 듯하여라

13. 성대하도다[簡兮]

성대하며 성대하게
곧 춤을 추려고 한다
태양이 중천에 있고
무도자 맨 앞쪽에 섰네

그 사람 기골이 장대해
종묘의 뜰에서 춤을 춘다
힘이 있어서 호랑이 같고
고삐를 베 짜듯 날렵히 잡아

왼손으로 피리를 잡고
오른손으로 꿩 깃을 잡아
얼굴은 상기하여 촉촉하니
임금이 술잔을 내리신다

산에는 개암나무 있고

습지에는 감초가 있네
누구를 생각하시나요
서방의 그 멋진 사람을
멋져라 그 남자 멋져
서쪽에서 온 사람이어

14. 샘물[泉水]

용솟음치는 샘물이
기수(淇水)로 흘러가듯
위나라를 그리워하여
생각하지 않는 날 없다
그리고 저 모든 여자들과
함께 돌아갈 것을 논의하여

제수 가로 나가서 유숙하고
예에서 전별의 술을 마시어
딸을 타향으로 출가시키니
부모 형제 멀어지게 되어라
고모들에게 안부를 묻나니
언젠간 언니에게 돌아가리

간(干)에 나가서 유숙하고
언(言)에서 전별 술 마시고
수레 축 기름 치고 빗장 걸어

수레를 돌이켜 출발하면은
금방 위나라에 도착하련만
무엇이 방해 될 것이 있는가

비천(肥泉)을 그리워하여
내 길이길이 탄식하여라
수(須)와 조(漕)를 생각하면
마음의 시름 깊고 아득하여라
수레를 타고 나들이 나감으로
나의 이 근심이나 털어버릴까

15. 북문(北門)

북문으로 나서니
근심은 은근하고 깊어
구차하고 가난하거늘
내 어려움을 알지 못해
아아! 아서라 말아라
하늘이 그렇게 하시니
말을 한들 무엇 하랴

왕의 일 내게 주워졌거늘
일 더욱더 무겁고 많아
밖에서 집으로 돌아오니
집사람 이것저것 꾸짖어

아아! 아서라 말아라
하늘이 그렇게 하시니
말을 한들 무엇 하랴

왕의 일 내게 던져졌거늘
일은 더욱더 무겁고 많아
밖에서 집으로 들어오니
집사람 이것저것 꾸짖어
아! 아서라 말아라
하늘이 그렇게 하시니
말을 한들 무엇하랴

16. 북풍(北風)

북풍이 쌀쌀하게 불고
눈이 펄펄 쏟아진다
사랑하는 나의 사람과
손잡고 동행하리라
그런데 왜 우물쭈물해
십분 급하고 급하다

북풍이 휘몰아치고
눈이 펄펄 날린다
사랑하는 나의 사람과
손잡고 동행하리라

그런데 왜 우물쭈물해
십분 급하고 급하다

붉지 않다고 여우가 아니며
검지 않다고 까마귀가 아닌가
사랑하는 나의 사람과
손잡고 수레 타고 가리라
왜 그런데 우물쭈물해
십분 급하고 급하다

17. 정숙한 아가씨[靜女]

정숙하고 아름다운 아가씨
성 모퉁이서 만나기로 약속해
내 꼭꼭 숨으니 찾지 못하여라
머리를 긁적이며 이리저리 찾네

정숙하고 아름다운 아가씨
내게 붉은 피리를 주었네
그 피리는 빨갛게 빛나고
아가씨 아름다워 기쁘도다

들에서 띠싹을 뜯어 주니
정말로 아름답고 특이하도다
띠싹이 아름다운 것이 아니라
사람이 아름다워 띠싹이 아름답다

18. 새로 지은 누대[新臺]

새로운 누대가 산뜻한데
황하의 물은 넘쳐흐른다
온후한 사람 찾아 왔는데
꼽추라니 쉬이 죽지도 않겠네

새로운 누대가 높이 솟았고
황하의 물은 강안을 덮었다
온후한 사람을 찾았으나
꼽추라니 쉬이 죽지도 않겠네

어망을 설치하였는데
기러기가 곧바로 걸려
온후한 사람 찾았으나
이런 곱사등을 얻었네

19. 두 아들이 배를 타[二子乘舟]

두 아들 조각배를 타고
두둥실 멀리멀리 떠나가
늘 아들을 생각하는지라
걱정이 넘치고 불안하다

두 아들은 조각배를 타고
두둥실 멀리멀리 떠나가

늘 아들을 생각하노라
어떤 화가 있지 않은지

우리말 시경
제3권

용풍(鄘風)

지금의 중국 하남성 급현(汲縣)의 경내이다. 주(周)나라 무왕(武王)이 상(商)을 정복한 뒤, 근기(近畿) 일대를 패(邶), 용(鄘), 위(衛)의 세 나라로 나누었다. 그러나 무왕이 죽은 뒤에 성왕(成王) 때 무경(武庚)이 반란을 일으키자, 주공은 이 지역을 아우 강숙(康叔)에게 봉하였다. '용풍'은 이 지역에 유행하였던 시가이다. '용풍' 10편은 대부분 동주(東周) 때의 작품이다.

1. 잣 나무배[栢舟]

두리둥실 떠가는 저 잣나무 배
멀리 황하 가운데 떠있어라
두 갈래 따 내린 까만 머리 소년
정말로 나의 천생의 배필이니
죽어도 내 마음엔 딴 사람 없어
어머니시여! 하늘이시여!
나의 마음은 왜 몰라주시는가

두리둥실 떠가는 저 잣나무 배
황하의 흐르는 물가에 떠있어라
두 갈래로 따 내린 까만 머리 소년
정말로 나의 천생의 배필이니
죽어도 내 마음은 변함이 없어
어머니시여! 하늘이시여!
나의 마음은 왜 몰라주시는가

2. 담장의 가시찔레[墻有茨]

담장엔 가시찔레로 덮여
쓸어버리지 못하겠다
내전의 베갯머리의 말을
참으로 말하지 못하겠네
감히 말을 한다고 하더라도
말은 더욱 입만 더럽힐 것

담장엔 가시찔레로 덮여
정말 없애 버릴 수가 없다
내전의 베갯머리의 말을
정말 자세하게 말 못하겠다
자세히 말한다고 하더라도
말만 수다스럽고 길어질 뿐

담장에 가시찔레 덮여
정말 묶어 버릴 수 없다
내전의 베갯머리 말을
주절주절 말할 수도 없네
만약 주절주절 하더라도
말이 오히려 욕될 뿐일 것

3. 백년해로하길[君子偕老]

당신과 함께 해로하고 싶어
쪽 찌고 달랑달랑 옥잠을 끼고
얌전하고 의젓이 걸음을 떼어
산과 강처럼 무겁고 너그럽고
화려한 예복은 잘 어울리는데
당신의 정숙하지 못함은
정말 어떻게 하면 좋으랴

정말 곱디곱기도 하여라
꿩 무늬 화려한 적의(翟衣)
까만 머리 구름과도 같으니
가체가 필요하지도 않아라
아름답고 빛나는 옥 귀마개
희고 은은한 상아 머리꽂이
이마는 수려하고 눈은 맑고
어쩌면 그렇게 선녀와 같고
어쩌면 그렇게 천녀와 같은가

화려하고 화려하여라
그 입고 있는 하얀 예복
가는 모시옷을 입었거니
시원한 속적삼을 받쳐 입어
당신의 눈은 맑고도 밝아
이마는 훤하고 수려하다

진실로 이런 사람은 당신뿐
나라의 으뜸인 재원이로다

4. 뽕나무 밭에서[桑中]

어디에서 실새삼을 캐어왔소
매(沫)마을 저 넓은 들에서요
누구를 그렇게 그리워하나요
강 씨네의 아름다운 맏딸이지
뽕나무 밭에서 만나기로 약속
뽕밭 상궁(上宮)으로 이끌어라
기수 가에서 나를 배웅하도다

어디에서 보리싹을 캐어 왔오
매 마을 저 북쪽 들에서요
누구를 그렇게 그리워하나요
익 씨네의 아름다운 맏딸이지
뽕나무 밭에서 만나기로 약속
뽕밭 상궁으로 이끌어라
기수 가에서 나를 배웅하도다

어디에서 순무를 캐어 왔소
매마을 저 동녘 들에서요
누구를 그렇게 그리워하나요
용 씨네의 아름다운 맏딸이지

뽕나무 밭에서 만나기로 약속
뽕밭 상궁으로 이끌어라
기수 가에서 나를 배웅하도다

5. 메추라기 짝지어[鶉之奔奔]

메추라기 짝지어 따르고
까치 깍깍 쌍쌍이 날거늘
어질지 못한 이 사람을
내 형으로 삼아야 하나

까치는 깍깍 쌍쌍이 날고
메추라기 짝지어 따르거늘
그 어질지 못한 이 사람을
내 남편으로 삼아야 하나

6. 남쪽하늘의 정성[定之方中]

정성(定星)이 남쪽하늘에 떠
초구(楚丘)에 궁실을 짓는다
해의 그림자로 방위를 측정하고
초구에 왕실을 장중하게 지어서
주위로 개암나무 밤나무를 심고
가래 오동 노 옻나무가 자라면

베어 거문고 비파를 만들리라

저 큰 언덕에 올라 서서
초구를 멀리 바라보노라
더불어 당읍을 바라본다
큰 산 높은 언덕을 살펴보고
내려와 뽕나무 밭을 둘러본다
복점에서 길하다고 하거니와
끝내는 참으로 좋으리로다

길한 비 이미 내리고 있거늘
저 마부에게 분부 준비하여
날 개이면 일찍 수레를 몰아
뽕나무 밭에서 쉬자 한다
한결같은 그 사람의 곧은
마음가짐이 충실하고 깊고
양마(良馬)가 삼천 필이로다

7. 무지개[蝃蝀]

무지개 동녘에 떠 있으나
감히 손가락질 못하리로다
여자가 시집을 가게 되면
부모 형제를 떠나야 하느니라

아침 무지개 서녘에 떠 있으니

아침 내내 비가 주룩주룩 내려
여자가 남의 집에 시집을 가면
형제 부모를 떠나야 하느니라

그래 그런 사람이란 말이냐
그저 육정만을 생각하다니
믿음을 갖고 있지 못하니
부모의 가르침 못 알아들어라

8. 쥐[相鼠]

쥐도 낯가죽이 있거늘
사람 되어 예의가 없어서야
사람이 예의가 없을진댄
죽지 않고 무엇을 하리오

쥐를 보건데 이빨이 있거늘
사람이 되어 염치가 없어서야
사람이 되어 염치가 없을진댄
죽지 않고 무엇을 기다리오

쥐를 보아도 체통이 있거늘
사람이 되어 예절이 없어서야
사람이 되어 예절이 없을진댄
어찌하여 서둘러 죽지를 않느뇨

9. 깃대[干旄]

우뚝 선 깃대의 쇠꼬리 깃발
준 읍 교외에 나부끼고 있다
하얀 끈으로 깃발을 달아매고
네 필의 준마 힘차게 달려가
저렇게 준수하고 어진 사람을
무엇으로 답례를 해야 할 것인가

우뚝 선 깃대 매 문양의 깃발
준읍에 펄럭펄럭 나부낀다
하얀 실끈으로 깃발 달아매고
다섯 필의 준마가 달려간다
저 준수하고 아름다운 사람을
무엇으로 답례를 해야 할 것인가

우뚝 선 오색의 꿩 깃발
준의 도성에 나부끼고 있다
하얀 실끈으로 깃발 달아매고
여섯 필의 준마가 달려간다
저 준수하고 아름다운 사람을
무엇으로 아뢰어야 할 것인가

10. 말을 달려[載馳]

달리는 말에 채찍을 가해

귀국해 위후를 문안하고자
말을 몰아 먼 길을 달려오니
곧 조 읍에 당도할 터이로다
대부(大夫)들 물 건너오려니
내 마음의 근심과 걱정되어라

이미 나를 좋지 않게 여길새
물 건너 되돌아갈 수 없어라
당신이 좋지 않게 여기지만
내 생각은 멀리 못하겠노라
나를 좋지 않게 여기는 바에는
물 건너 돌아가지 못하겠노라
당신이 좋지 않게 여기지만
내 고국의 그리움 더욱 깊어라

저 비탈진 언덕에 올라가서
그 패모초를 캐려고 하노라
여자 시름의 정감이 많으나
각각의 생각 까닭이 있거늘
허나라 사람이 날 탓하다니
유치한 미치광이 짓이어라

내 고향 넓은 들녘을 걸으니
보리는 바람에 물결치도다
큰 나라에 호소하려고 하여도
누구를 믿고 요청할 수 있을까

대부들이여! 군자들이여!
내 잘못 있다 탓하지 말지어다
그네들의 생각이 많고 많아도
내 귀국하는 길만 같지 못하다

위풍(衛風)

위나라 지역의 노래이다. 모두 10편이다. 대부분 동주 시기의 작품
이다. 동주는 지금의 하남성 북부 일대이다. 패풍(邶風)을 참고하기
바란다.

1. 기수의 물굽이[淇奧]

기수의 물굽이를 바라보자니
푸르고 푸른 대나무 일렁거려
문채 빛나고 풍채 늠름한 그대
옥을 깎고 다듬은 듯도 하고
옥을 쪼고 간 것 같기도 하다
장중하고 위엄이 있으려니와
빛나고 너그럽기도 하더이다
문채 빛나고 풍채 늠름한 그대
영원히 잊을 수 없으리로다

기수의 물굽이를 바라보자니
대나무가 푸르고 푸르러라
문채 빛나고 풍채 늠름한 그대
귀의 옥 가리개 밝게 빛나며
갓의 옥은 별처럼 반짝인다
장중하고 위엄이 넘치거니와
맑고 밝고 여유롭기도 해라

문채 빛나고 풍채 늠름한 그대
영원히 잊을 수 없으리로다

기수의 물굽이를 바라보자니
대나무가 푸르게 덮였어라
문채 빛나고 풍채 늠름한 그대
금, 주석, 규, 옥과도 같아라
너그럽고 여유 넘치는 그대
수레의 쌍교에 기대어 있어
유머가 있고 해학이 넘치나
조금도 경박하지가 않아라

2. 장단 치며 노래해[考槃]

산 개울에서 쟁반치고 노래한다
흉금이 너그럽고 고결한 어진 선비
홀로 자고 홀로 깨고 홀로 문답한다
영원히 이 즐거움 잊지 않으리라고

언덕에 올라 장단 맞추어 노래한다
마음이 너그럽고 평화로운 어진 선비
홀로 자고 홀로 깨고 홀로 노래하나
영원히 세상 밖으로 나가지 않겠노라고

고원에 올라 장단 맞추어 노래한다
그 모습 그윽하고 높은 어진 선비

홀로 자고 홀로 깨고 홀로 뒹굴어
영원히 이 즐거움 말하지 않겠노라고

3. 미인[碩人]

아름다워라 하늘하늘 몸의 맵시
비단 옷 입고 바람막이 겉옷 둘러
제나라 임금의 사랑하는 딸이요
위나라 임금의 사랑하는 부인이네
제나라 동궁태자의 친 누이이고
형나라 임금의 작은 처제이며
담공은 언니의 남편 형부이다

손은 새 띠처럼 부드럽고 고우며
살결은 유지처럼 매끄럽고 희어
목은 길어 나무 속의 유충처럼 희며
이는 박씨처럼 나란하여 백옥 같고
이마는 매미 눈썹은 나방 같아라
생긋 웃으면 입가에 보조개 지고
까만 눈은 아름답고 맑기도 하다

키도 커라 날씬한 몸매의 미인
교외에서 수레를 세우고 쉬어라
네 필의 수놈 말은 건장도 한데
재갈 양쪽에 맨 비단 띠 아름다워

꿩 깃의 휘장 수레를 타고 입조해
조회한 대부들은 일찍이 퇴궐하여
임금의 피로 덜어드리자 하더니라

황하의 물은 호호탕탕하게
북쪽으로 굽이치며 흐른다
어부 어망 드리는 소리 쏴쏴
잉어 다랑어 걸려 퍼덕인다
언덕엔 갈대가 크게 자랐거늘
혼례 수행의 아가씨들 고와라
뭇 무사들은 위용이 넘치노라

4. 어떤 남자[氓]

바보처럼 성실한 어떤 남자
베를 안고와 실과 바꾸려고 해
사실 실을 바꾸러 온 것 아니라
혼기를 의논하려고 함이었도다
당신을 배웅하여 기수를 건너서
곧바로 돈구까지 갔었더니라
내가 혼기를 미뤘던 것이 아니라
좋은 중매가 없었기 때문이로다
원하거니 당신은 노하지 말지어다
이 가을로 혼기를 정할 것이니라

저 무너진 성곽에 올라가서
멀리 복관(復關)을 바라본다
그러나 당신은 보이지 않아
흐르는 눈물이 끊이지 않네
당신 복관으로 오는 것 보고
그저 기뻐 웃고 기뻐 떠들어
점을 쳐 당신 괘를 물어보니
점괘에 불길한 말이 없으니
날을 가려서 수레를 몰고 와
나의 모든 혼수를 옮겨 가리라

뽕잎이 떨어지지 않았을 땐
그 잎은 푸르고 싱싱하였지
아! 비둘기여, 아! 비둘기여
뽕의 오디를 먹지 말지어다
아! 아가씨여, 아! 아가씨여
남자랑 사랑에 빠지지 말라
남자는 사랑에 빠진다 해도
쉬이 빠져나올 수 있거니와
아가씨가 사랑에 빠진다면
쉬이 벗어나오지 못하리라

뽕나무 잎이 말라 떨어지니
누런 잎이 땅위에 널렸도다
내 당신에게 시집 온 뒤부터
삼 년 동안 가난으로 고생고생

기수의 물은 도도하게 흘러
수레의 장막이 모두 젖었도다
여자의 잘못 있어서가 아니라
남자의 행실 다르기 때문이다
남자의 마음이 바르지 않고
말과 행동의 줏대가 없어라

삼 년 동안 당신의 마누라 되어
집안일 수고로 여기지 않았고
일찍 일어나 늦은 밤에 잠자고
아침이 밝아오는 것도 몰랐노라
모든 것 말대로 따라서 했거니와
당신은 포악스럽게 변하였도다
형제들도 내 고통을 알지 못하고
그저 히히거리며 조소하도다
조용히 마음 가다듬어 생각하니
내 홀로 마음이 아프고 슬퍼져라

백년해로 하려고 하였더니
그러나 늙어 원망만 하도다
기수 강 언덕은 옛 그대로이고
늪, 웅덩이, 개울도 옛 그대로라
어려서 함께 즐겁게 뛰어 놀고
그저 떠들고 웃고 희희낙락했지
믿음으로 정성으로 맹서를 할새
지금의 잘못을 생각하지 못했어라

잘못을 생각하지 아니했으리니
아서라 말아라 아서라 말아라

5. 낚싯대[竹竿]

가늘고 긴 대낚시로
기수에서 낚시질할 것을
어찌 생각 아니했을까마는
멀어서 가지 못함이로다

천원은 왼쪽에서 흐르고
기수는 오른쪽에서 흐른다
여자가 시집을 가게 되면
부모 형제 멀리하게 되도다

기수는 오른쪽에서 흐르고
천원은 왼쪽에서 흐르느니라
생긋하니 이는 백옥처럼 희고
패옥 짤랑짤랑 소리 명랑해라

기수는 넘실넘실 흐르고
전나무 노나무 소나무 배 두둥실
이 배 타고 나들이나 가리라
이내 시름 씻어 보내고자한다

6. 박주가리[芄蘭]

박주가리의 덩굴가지여
아이는 휴(觿)를 차고 있네
비록 휴를 차고 있다고 해도
어리니 나와 어울릴 수 없다
건들거리며 따라오거니
드리운 띠 덜렁덜렁거리어

박주가리의 연한 잎
아이가 뿔 깍지를 끼고 있네
비록 뿔 깍지를 끼고 있더라도
나와는 동갑내기 못 하리로다
건들거리며 느릿느릿 걸으니
드리운 띠 덜렁덜렁거리어

7. 황하는 넓어도[河廣]

뉘 황하를 넓다고 하였는가
갈대배로 건널 수 있는 것을
누가 송나라가 멀다고 하였는가
까치발 제겨서 바라볼 수 있는 곳인데

누가 황하를 넓다고 하였는가
좁아 작은 배도 띄울 수 없는 것을

누가 송나라가 멀다고 하였는가
아침나절이면 갈 수가 있는 곳인데

8. 당신[伯兮]

당신은 용감하고 위풍당당해
정말로 이 나라의 영웅이로다
당신은 긴 창을 손으로 잡고
임금님을 위하여 앞장에 섰네

당신이 동쪽으로 출정한 뒤로부터
내 머리는 마치 날리는 쑥대밭 되어
어찌 머리 감고 바를 기름 없을까만
누구를 위하여 얼굴 화장을 하리

비야 내려라 비야 내려라
하지만 태양은 나무 위로 떠올라
매양 당신을 그리워하는지라
머리 아픈 것이야 달갑게 여겨라

어떻게 망우초를 얻어다가
등에 꽂기라도 해 보았으면
늘 당신을 그리워하는지라
아픈 가슴앓이 깊고 깊어라

9. 여우[有狐]

여우가 어슬렁거리며
기수 다리에 나타났도다
마음속으로 걱정하는 것은
당신의 입을 옷이 없기 때문

여우가 어슬렁거리며
기수 물가에 나타났도다
마음속으로 근심하는 것은
당신의 허리띠가 없기 때문

여우가 어슬렁거리며
기수의 언덕에 나타났도다
마음속으로 근심하는 것은
당신의 입을 의복이 없기 때문

10. 모과[木瓜]

나에게 모과를 보내주어
아름다운 옥으로써 보답해
보답하고자 하는 것 아니라
길이길이 좋아지내고자 함일러라

나에게 복숭아를 보내옴에
아름다운 요패로 보답해

보답하고자 하는 것이 아니라
길이길이 좋아지내고자 함일러라

나에게 오야를 보내어 옴에
까만 옥패로 보답해
보답하고자 하는 것이 아니라
길이길이 좋아지내고자 함일러라

우리말 시경

제4권

왕풍(王風)

동주. 낙읍 및 그 주위 지역의 노래이다. 모두 10편이다. 대다수가 전란, 이별의 노래이다. 선왕이 죽자 나라에는 잠시도 임금이 없으면 안 된다고 하여, 태자를 세워 상례를 집행하고, 곧 즉위하니 이가 유왕이다. 신(申)나라 제후의 딸로 왕후를 삼고, 그 사이에서 태자 의구(宜臼)를 낳았다. 그러나 유왕은 정사를 소홀히 하고 음란을 일삼았다. 그러다가 절세의 미인 포사(褒姒)를 왕후 몰래 후궁으로 맞아들였다. 포사는 곧 아들 백복(伯服)을 낳았다. 그러자 왕후와 태자 의구를 왕실로부터 쫓아내었다. 태자 의구는 신나라로 망명하였다. 이렇게 되자 왕후의 아버지인 신(申)의 제후는 강성한 서융(西戎)과 함께 주(周)의 호경(鎬京, 지금의 서안)을 공격하였다. 주 무왕 이후의 도읍지였으나 함락당하고 유왕은 여산(驪山)에서 피살당하였다. 하지만 융주(戎主)는 포사가 매우 아름다워 죽이지 못하고 자신의 여자로 삼았다고 한다. 이어서 태자 의구를 신나라로부터 모셔와 주왕으로 옹립하니 이가 평왕(平王)이다. 평왕은 도읍을 호경에서 낙읍(洛邑, 지금의 낙양)으로 옮겼다. 이때에 수많은 백성들도 낙읍으로 이주하였다. 이리하여 서주(西周)는 망하고, 동주(東周)의 시대가 열렸다.

1. 기장이 무성하네[黍離]

왕궁 터엔 기장이 왕성하게 덮였고
피는 피대로 싹이 자랐어라
걸음걸이가 잘 떼어 놓여지지 않아

마음은 허무하여 갈피를 못 잡겠네
날 아는 이 마음의 걱정 있다 하나
날 모르는 이 무엇 구하고 있느냐고
끝없는 푸른 하늘에게 묻노니
이렇게 하는 이는 어떤 사람일까

왕궁 터엔 기장이 왕성하게 덮였고
피의 이삭도 무성하게 피었어라
발길이 떼어지지 않아 머뭇거려
마음속 번뇌라 술에 취한 것 같네
날 아는 이 마음의 시름 있다 하나
날 모르는 이 무엇 구하고 있느냐고
끝없는 푸른 하늘에게 묻노니
이렇게 하는 이는 어떤 사람일까

왕궁 터엔 기장이 왕성하게 덮였고
피도 무성하여 씨가 영글었어라
발길이 잘 떼어지지 않아 머뭇거려
속마음은 막힌 듯이 답답하거니
날 아는 이 마음속 시름 있다 하나
날 모르는 이 무엇 구하고 있느냐고
끝없이 푸른 하늘에게 묻노니
이렇게 하는 이는 어떤 사람일까

2. 남편의 행역[君子于役]

남편은 행역을 나갔으나
기한을 알 수가 없나이다
당신은 언제나 오시려나
닭들도 둥지에 깃들었고
날은 이미 저물었는지라
양과 소는 우리로 돌아와
남편 행역을 나가 없으니
어찌 그립지 아니하리오

남편은 행역을 나갔으나
하루도 아니며 한 달도 아니라
언제 어디에서 만날 수 있을까
닭들은 이미 횃대에 깃들고
날은 저물어 어두워지는지라
소와 양도 우리로 돌아오도다
남편 행역을 나간 지 그 오래
혹여 굶주리고 목마름 없기를

3. 당신 기뻐해[君子陽陽]

당신은 흥겨워하여
왼손은 생황을 잡고
날 불러 춤조차 추자고 해

참으로 즐겁고 즐겁도다
당신은 흥이 도도하여
왼손은 깃 선(扇)을 들고
날 불러 춤조차 추자고 해
참으로 즐겁고 즐겁도다

4. 격량[揚之水]

도도하게 흘러가는 강물
나뭇단도 흘려내지 못하나
멀리 두고 온 집사람과 함께
신(申)나라에 수자리 살 수 없고
그리워하고 그리워하여라
어느 달에나 돌아갈 수 있을까

도도하게 흘러가는 강물
가시나뭇단도 흘려내지 못하나
저 멀리 두고 온 집사람과 함께
보(甫)나라에 수자리 살 수 없고
그리워하고 그리워하여라
어느 달에나 돌아갈 수 있을까

도도하게 흘러가는 강물
갯버들단도 흘려내지 못하나
저 멀리 두고 온 집사람과 함께

허(許)나라 수자리 살 수 없고
그리워하고 그리워하여라
어느 달에나 돌아갈 수 있을까

5. 산골짜기 익모초[中谷有蓷]

산골짜기에 익모초 있더니
햇빛에 말라서 죽어있어
여자는 집을 떠도는 도다
한숨지으며 탄식을 하고
한숨지으며 탄식을 한다
사람이 어려움을 만남이다

골짜기에 익모초 있더니
햇빛에 말라서 죽어 있어
여자는 집을 떠도는 도다
길이 한숨지으며 탄식하고
길이 한숨지으며 탄식한다
사람이 불행을 만남이다

골짜기에 익모초 있더니
습한 데서 말라 죽어있어
여자는 집을 떠도는 도다
훌쩍거리며 슬퍼하고
훌쩍거리며 슬퍼한다

탄식한들 무엇 하겠는가

6. 토끼는 깡총깡총[兎爰]

토끼는 깡총깡총 뛰놀고
꿩은 그물에 걸렸구나
내가 태어난 처음에는
무엇 걱정할 것 없더니
내가 성장한 뒤로부터는
수없이 우환을 만나고 겪어
깊은 잠에서 깨지 말았으면

토끼는 깡총깡총 뛰놀고
꿩은 그물에 걸렸구나
내가 태어난 처음에는
오히려 걱정할 것 없더니
내가 성장한 뒤로부터는
많은 근심을 만나고 겪어
원컨대 잠에서 깨지 말았으면

토끼는 깡총깡총 뛰놀고
꿩은 그물에 걸렸구나
내가 태어난 처음에는
무엇 걱정할 것이 없더니
내가 성장한 뒤로부터는

많은 흉한 일을 만나고 겪어
차라리 잠자며 아무것도 몰랐으면

7. 칡덩굴[葛藟]

길이 뻗어나간 칡덩굴이여
저 강의 언덕까지 뻗었도다
마침내 형제를 멀리하고는
다른 사람을 아버지라고 해
다른 사람을 아버지라고 해도
나를 잘 돌보지 아니하도다

계속 뻗어나간 칡덩굴이여
강 언덕까지 자라났도다
끝내는 형제들을 멀리하고
다른 사람을 어머니라고 해
다른 사람을 어머니라고 하나
나를 좋아하지 아니하도다

길이 뻗어나간 칡덩굴이여
강 언덕까지 자라났도다
끝내는 형제를 멀리하고
다른 사람을 맏형이라고 해
다른 사람을 맏형이라고 하나
나를 긍휼히 여기지 아니하도다

8. 칡 캐는 아가씨[采葛]

칡 캐는 아가씨
하루라도 못 보면
석 달을 못 본 듯해

쑥 캐는 아가씨
하루라도 못 보면
세 계절을 못 본 듯해

약쑥 캐는 아가씨
하루라도 못 보면
삼 년을 못 본 듯해

9. 큰 수레[大車]

큰 수레 덜컹덜컹 달려가고
털옷 색깔은 새 갈대 잎 같아
어찌 당신을 생각 안할까마는
당신이 두려워 따라나서지 못해

큰 수레가 덜컹덜컹 달려가고
털옷은 홍옥의 빨간 색깔 같아
어찌 당신 생각 안할까마는
당신이 두려워 쫓아가지 못해

살아선 집이 다르다고 하더라도
죽어서 같은 무덤에 잠들리라
나를 믿을 수 없다고 여기려니
태양이 이렇듯이 밝게 지켜보리

10. 언덕의 삼밭[丘中有麻]

언덕 위에는 삼이 자라고
자차를 기다리고 있도다
자차를 그리워하고 있으니
어서 돌아와 선정을 베풀리라

언덕 위에는 보리가 자라고
유자국을 기다리고 있도다
유자국을 그리워하고 있으니
어서 돌아와 먹을 것을 주리라

언덕 위에는 오얏이 자라고
아들을 기다리고 있도다
아들을 그리워하고 있으니
어서 돌아와 내게 패옥을 주리라

정풍(鄭風)

정(鄭)의 노래이다. 정나라는 원래 지금의 섬서성(陝西省) 화현(華縣) 일대이다. 주 선왕 때에 그의 아우 '우(友)'를 이곳에 봉하였다. 이가 정나라의 환공이다. 그런데 유왕(幽王) 말년에 환공은 견융(犬戎)의 난으로 죽고, 그의 아들 무공(武公)이 즉위하였다. 이어 지금의 하남성 신정현(新鄭縣)으로 도읍을 옮겼다. 이 「정풍」은 도읍을 옮긴 뒤의 신정 일대의 노래이다. 즉 동주(東周, 서기전770~256) 시기의 작품이다. 이 시들은 거의가 남녀의 애정이 주제이다. 성정(性情)의 부드럽고 섬세한 표현을 마다하지 않았다. 그리하여 「정풍」을 일컬어, "망국의 소리[亡國之音]"라고까지 하였다. 지금 남아 있는 시가는 모두 21편이다.

1. 검은 옷[緇衣]

검은 옷이 잘 어울리니
낡으면 다시 지어서 드리리
당신이 관아에 일하러 갔다가
돌아오면 아름다운 밥상 드리리

검은 옷이 참 좋아 보이니
낡으면 다시 지어드리리라
당신이 관아에 일하러 갔다가
돌아오면 아름다운 밥상 올리리

검은 옷이 참으로 넉넉하니
낡으면 다시 지어드리리라
당신이 관아에 일하러 갔다가
돌아오면 아름다운 밥상 올리리

2. 중자에게[將仲子]

청하거니와 중자시여
우리 마을로 넘어오지 말아요
내 심은 버들을 꺾지 말아요
어찌 버들이 아까워서겠어요
우리 부모님이 두려워서지요
내 님을 정말로 그리워하나
부모 말씀 정말로 두려워해요

청하거니와 중자시여
우리 담장을 넘어오지 말아요
내 심은 뽕나무를 꺾지 말아요
어찌 뽕나무가 아까워서일까요
우리 집 어른들이 두려워서요
내 님을 정말로 그리워하나
여러 어른들 말씀을 두려워해요

청하거니와 중자시여
내 정원을 넘어오지 말아요

내 심은 박달나무 꺾지 말아요
어찌 박달나무가 아까워서일까요
사람들의 많은 말들 두려워해서요
내 님을 정말로 그리워하나
많은 말들을 정말로 두려워해요

3. 숙의 사냥[叔于田]

숙이가 사냥하러 나아가니
마을이 텅 빈 것 같아
어찌 사람들이 없을까
그러나 숙이만 같지 못하여
그는 정말로 아름답고 어질어

숙이가 사냥하러 나아가니
마을에는 술 마시는 사람도 없어
어찌 술 마시는 사람 없을까
그러나 모두 숙이만 같지 못하여
그는 정말로 아름답고 호쾌해

숙이가 들로 나아가니
마을에는 말 타는 사람도 없어
어찌 말 타는 사람이 없을까
그러나 모두 숙이만 같지 못하여
그는 정말로 아름답고 용감무쌍해

4. 대숙의 사냥[大叔于田]

숙이가 사냥을 나아가
네 필 말의 수레를 탔노라
실 짜듯 고삐를 당기고 놓으니
좌우 두 말은 춤추듯 달린다
숙이가 늪 속으로 들어가니
사냥의 횃불을 들어 밝히어라
웃옷을 벗고 호랑이를 잡아
임금 계신 곳에 바치었노라
원하건댄 너무 자만하지 말 것은
호랑이가 당신 해칠까 염려되어라

숙이가 사냥을 하러 가며
네 필 황마의 수레를 타
가운데 두 말은 앞으로 달리며
좌우의 두 말은 나란히 달린다
숙이가 늪 속으로 들어가니
횃불을 높이 들어 밝히어라
숙이가 활을 잘 쏘기도 하고
말의 제어를 잘도 하여
고삐를 당기기도 하고
고삐를 늦추기도 하여라

숙이가 사냥을 하러 가며
네 필 얼룩말의 수레를 타

가운데 두 말 가지런히 달리며
좌우의 두 말 나란하게 달린다
숙이가 늪 속으로 들어가니
횃불을 일제히 들어 올려라
숙이의 말이 천천히 달리니
숙이의 활쏘기 뜸해지더이다
화살 통을 풀어내려 놓고
활을 활집에 거두어 넣어라

5. 청읍 군사들[淸人]

청읍 군대 팽 땅에 진주해
갑주의 네 필 말 위풍당당하여라
두 자루 창에 겹겹이 영락을 달고
황하의 물가에서 유유자적해

청읍 군대 소 땅에 진주해
갑주의 네 필 말 용맹스러워라
두 자루 창에 겹겹이 꿩 깃을 꽂고
황하의 물가에서 한가해

청읍의 군대가 축 땅에 진주해
갑주의 네 필 말 도도히 달리어라
좌우로 선회하며 칼을 빼어들어
중군(中軍)은 무예를 연마해

6. 양가죽 옷[羔裘]

어린 양 갖옷이 젖은 듯 부드러워
참으로 구김이 없고 아름다워라
참으로 준수하고 용감한 남자여
죽어도 임금의 명 수행하리로다

어란 양 갖옷 소매를 표피로 달았거니
참으로 용맹스럽고 힘이 넘치어라
참으로 준수하고 용감한 남자여
나라의 일을 올바르게 하리로다

어린 양 갖옷 곱고 화려하고
소매의 장식이 찬연하여라
준수하고 용감한 남자여
나라의 뛰어난 준재로다

7. 큰길 따라[遵大路]

큰길로 따라나서며
옷자락을 부여잡아
나를 미워하지 말라
옛정 잊지 못하리라

큰길을 따라나서며
당신 손을 부여잡아

날 추하다 말 것이라
옛사랑 잊지 못하리라

8. 닭이 울어요[女曰雞鳴]

여자 닭이 울어요 하거늘
남자 날이 밝지 않았어 한다
여보 일어나 밝았나 살펴봐요
샛별이 반짝반짝 빛나고 있어
새들이 깨어나 날아다닐 것이니
활로 오리와 기러기 잡아 오리라

활을 쏘아 오리 기러기를 잡으면
당신의 입맛대로 안주를 만들리라
안주가 되면 함께 술을 마시리라
원하거니 당신과 백년해로하고자 해
거문고를 뜯고 비파를 타고 있으면
고요하며 즐겁지 아니함이 없어라

당신의 돌봄과 관심을 잘 알아요
나의 쓰던 패옥을 정표로 드립니다
당신의 순응하는 것을 잘 알아요
나의 쓰던 패옥을 예물로 드립니다
당신의 깊은 사랑을 잘 알고 있어요
나의 쓰던 패옥으로 보답하리라

9. 함께 수레를 타[有女同車]

그녀가 나와 함께 수레를 타
얼굴은 무궁화처럼 곱도다
걸음은 나는 새처럼 가볍고
허리의 패옥은 붉게 빛난다
저 강씨네의 아름다운 아가씨
정말로 아름답고 우아하도다

그녀와 함께 동행해
얼굴은 무궁화 꽃 같아라
몸매는 나는 새처럼 날렵하고
패옥이 쟁그랑쟁그랑한다
저 강씨네의 아름다운 딸이여
고상한 인덕을 잊지 못하도다

10. 산의 부소나무[山有扶蘇]

산의 큰 부소나무 있으며
늪에 연꽃이 활짝 피었거늘
준수한 남자 만나지 못하고
이내 미치광일 만났단 말인가

산에는 큰 소나무 있으며
늪에는 말여뀌 하늘거리거늘
준수한 남자는 만나지 못하고

교활한 녀석을 만났단 말인가

11. 낙엽[蘀兮]

낙엽이여! 낙엽이여!
바람에 불려 떨어지리라
아우 형 여러분들이여
내 노래하면 화답하리라

낙엽이여! 낙엽이여
바람이 날려 보내리라
아우 형 여러분들이여
내 노래를 따라 부르리라

12. 교활한 녀석[狡童]

저 교활한 녀석은
나와 말도 하고자 아니해
모두가 너의 일 때문으로
밥도 먹을 수 없느니라

저 교활한 녀석은
나와 밥 먹으려 아니해
모두 너의 일 때문으로
쉬지 못하게 하느니라

13. 치마를 걷고[褰裳]

너 나를 사랑하고 생각할진댄
치맛자락을 걷고 진하를 건너려니
너 나를 생각하지 않는 바에는
어찌 나라고 다른 사람인들 없겠나
미친 녀석 미친 짓 하고 있구나

너 나를 사랑하고 생각할진댄
치맛자락 걷고 유하를 건너려니와
너 나를 생각하지 않는 바에는
어찌 나라고 다른 사람인들 없겠나
미친 녀석이 미친 짓 하고 있구나

14. 풍채[丰]

당신의 늠름하고 의젓한 풍채
나를 골목에서 기다리게 했거늘
내따라가지 아니함을 후회하여라

당신의 튼튼하고 건강함이랑
나를 어귀 집에서 기다리게 하더니
내 따라가지 아니함을 후회하여라

비단저고리에 겉저고리를 입고
비단치마에 겉치마를 덧입어

아우여! 형제여! 여러분들이여
달려와 나를 수레에 태워 가리라

비단치마에 겉치마를 덧입고
비단저고리에 덧저고리 입고
아우여! 형이여! 여러분들이여!
달려와 나를 수레에 태워 가리라

15. 동문의 마당[東門之墠]

동문 밖의 넓은 마당
꼭두서니가 가득 덮여
그 집은 곧 가까이 있으나
그 사람 하늘가에 있는 듯

동문 밖의 밤나무 숲이 있는데
옹기종기 집들이 정답고 가지런해
어찌 당신을 생각하지 않을 수 있을까
하지만 당신은 날 찾아오지 않을 듯해

16. 풍우(風雨)

비바람이 몰아치고
닭이 꼬끼오 울어라
이미 당신을 만났거니

어찌 기쁘지 않겠어요

비바람이 몰아치고
닭이 꼬끼오 울어라
이미 당신을 만났거니
어찌 병 낫지 않겠어요

비바람치고 깜깜하거늘
닭 울음 멈추지 않아라
이미 당신을 만났거니
어찌 기쁘지 아니하리오

17. 당신의 옷깃[子衿]

푸르고 푸른 당신의 옷깃
내 마음 시름겹게 하도다
내 비록 가지 못하더라도
당신은 왜 소식이 없는가요

푸르른 당신 패옥의 인끈
내 생각 시름겹게 하도다
내 비록 못 간다고 하더라도
당신은 왜 오지 않는가요
왔다 갔다 하다가 다시 와
성문의 누대에 올랐도다
하루를 보지 못하였는데

석 달은 못 본 것 같도다

18. 격랑[揚之水]

도도히 흘러가는 강물
나뭇단도 흘려내지 못해
마침내 형제들 헤어지고
우리 나와 너 둘뿐이니
사람들의 말을 믿지 말라
그들은 너를 속일 뿐이니라

도도히 흘러가는 강물
나무 단도 흘려내지 못해
마침내 형제들도 헤어지고
우리 나와 너 둘뿐이니
사람들의 말을 믿지 말라
그들은 믿지 못하느니라

19. 동문을 나서니[出其東門]

그 동쪽 문을 나서니
여자들 구름처럼 모여
비록 구름 같다고 하나
마음에 있는 여자 없어

파란 두건 흰 옷의 그녀
내 마음 즐겁게 하여라

그 성곽을 나서니
여자들 흰 띠 꽃처럼 모여
비록 흰 띠 꽃과 같다 하나
내 마음 가지 아니하여
꼭두서니 수건 흰옷의 그녀
가히 함께 즐겨하리라

20. 들의 덩굴풀[野有蔓草]

들엔 덩굴로 파랗게 덮였고
이슬이 방울방울 떨어진다
아름답고 아름다운 한 사람
몸매는 날렵하고 눈은 맑아
정말 우연하게 만났거니와
소원대로 나의 마음에 들어

들엔 덩굴풀이 파랗게 덮였고
이슬이 흠뻑 맺혀 떨어진다
아름답고 아름다운 한 사람
몸매는 날렵하고 눈은 맑아
우리는 우연하게 만났거니와
우리 함께라니 참으로 좋아

21. 진수와 유수[溱洧]

진수와 유수
넘실넘실 흐른다
남자와 여자는 난을 들고
여자가 어서 가보자고 말하니
남자가 이미 가보았다고 대답해
또 가봐요, 유수 가는 넓고 놀기가 좋아요
둘이는 희희낙락하며, 서로 빨간 작약을 건네어

진수와 유수
거울처럼 맑고 맑아
남자와 여자 가득히 모여
여자가 어서 가보자고 하니
남자는 이미 갔었는데 하고 대답해
또 가봐요, 유수 가는 넓고 놀기가 좋아요
둘이는 희희낙락하며, 서로 빨간 작약을 건네어

우리말 시경
제5권

제풍(齊風)

'제풍'은 제나라의 노래이다. 모두 11편이다.

〈언역시전〉에 " 少昊氏씨爽鳩氏가살던 싸인딕禹貢에ᄂ靑州디경이라"고 설명하였다. 제는 지금의 산동성 북부이다. 주 무왕이 은나라를 멸망한 뒤 그의 아버지 문왕 때부터 대 공신이었던 여상(呂尙, 太公望, 속명 강태공)을 이곳에 봉하였다. 수도를 영구(營丘)에 두었다. 뒤에 임치(臨淄)라고 하였는데 오늘의 산동 치박(淄博)이다. 춘추 초기에 강역을 산동동부로 확대하였으나 전국 후기에 국력이 쇠약해짐으로 B.C.221에 진(秦)에 멸망하였다.

'제풍'은 비교적 맑고 완만하다. 그러나 내용이 비교적 복잡하며 풍자, 사랑, 사냥의 시가가 대부분이다.

1. 닭이 울어요[鷄鳴]

"닭이 이미 울었어요
군신들로 가득해요"
"닭이 운 것이 아니라
파리가 나는 소리요"

"동방이 밝아 왔어요
군신들로 붐벼요"
"동방이 밝아 온 것 아니라
떠오른 달 빛이라오"

"벌레가 옹옹 날아다녀요
당신과 단꿈에 들 것을 원하나
군신들 모였다가 돌아가면
나 때문에 당신 미움 사지 않을까"

2. 민첩한 사냥꾼[還]

당신의 사냥 솜씨 정말로 민첩하네
우리는 노산의 골짜기에서 서로 만나
함께 말을 달려 두 마리 짐승 쫓았거니
오히려 내게 읍을 하고 일컬어 민첩하다고

당신의 무예 정말 출중하네
우리 노산의 길에서 서로 만나
함께 말을 달려 두 마리 돼지 쫓았거니
내게 읍을 하고 일컬어 뛰어나다고

당신은 영걸하고 무예가 뛰어나
나와 노산의 남쪽 언덕에서 만나
함께 말을 달려 이리를 쫓았거니
내게 읍을 하고 일컬어 명수라고

3. 문간에서[著]

나를 문간에서 기다리고 있거니

귀마개를 하얀 것으로서 하고
더하여 꽃같이 붉은 옥돌을 달아

나를 뜰에서 기다리고 있거니
귀마개를 파란 것으로 하고
더하여 꽃같이 붉은 옥돌을 달아

나를 중당에서 기다리거니
귀마개를 노랑으로서 하고
더하여 꽃같이 붉은 옥돌을 달아

4. 동방의 태양[東方之日]

동방의 태양이여
저 아름다운 아가씨
나의 침실에 있어
나의 침실에 있어
나를 뒤따라 나서네

동방의 달이여
저 아름다운 아가씨
나의 문안에 있어
나의 문안에 있어
나를 뒤따라 떠나네

5. 동녘이 밝기 전에[東方未明]

동녘이 밝지 않았거니와
서둘거니 의상을 거꾸로 입어
이렇게 허둥지둥하는 것은
임금의 급한 부름을 받았기 때문

동녘이 밝지 않았거니와
급하거니 의상을 뒤집어 입어
이렇게 허둥지둥하는 것은
임금의 급한 명령을 받았기 때문

버들 꺾어 채마밭 울타리 치거니
미치광이 감독자는 눈을 뇌 까려
새벽과 밤을 구분하지 못하니
이른지 아니면 늦은지도 몰라라

6. 남산(南山)

남산은 높고 험하거니와
수놈 여우가 어슬렁거려
노나라의 길은 평탄하고
제의 문강 이 길로 시집가
이미 임금께 시집갔거늘
어찌하여 그녀를 그리워하나

칡 신이 한 켤레이며
갓끈이 두 가닥이어라
노나라의 길 평탄하고
제 문강이 이 길로 시집가
이미 임금께 시집갔는데
어찌 또 그녀를 따라가는가

마를 심으려면 어떻게 해야 하나
이랑을 횡으로 갈고 종으로 갈아야
아내를 장가들려면 어떻게 하나
반드시 부모에게 말씀을 드려야
이미 부모에게 말씀을 드렸거니
어찌하여 또 그녀를 어렵게 하는가

장작을 쪼개려면 어떻게 해야 하나
도끼가 아니라면 쪼갤 수가 없노라
아내를 장가들려면 어떻게 해야 하나
중매가 아니라면 얻을 수가 없노라
이미 절차를 따라 아내를 얻었거니와
어찌하여 또 그녀를 곤욕스럽게 하나

7. 넓은 밭[甫田]

넓은 밭을 갈지 말라
개 꼬리 풀이 무성하니

먼 곳 사람 생각 마라
괴로움의 번민이 깊어

넓은 밭을 갈지 말라
개 꼬리 풀로 무성하니
먼 곳 사람 생각 마라
마음 걱정으로 속이 타

예쁘고 어리었던 것이
머리를 땋아 쌍상투를 해
얼마 뒤에 다시 만나 보니
갑작스레 성년의 갓을 써

8. 사냥개 목의 방울[盧令]

사냥개의 딸랑딸랑하는 방울소리
그 사냥꾼은 아름답고 어질기도 해

사냥개는 목걸이를 쌍으로 하였거니
그 사냥꾼 아름답고 머리는 바람에 말려

사냥개는 크고 작은 목걸이를 하였거니
그 사냥꾼 아름답고 힘이 넘치고 넘쳐

9. 해진 통발[敝笱]

해진 통발을 어살에 놓았는데
아름다운 방어와 환어가 걸려
제나라 문강이 시집을 가는데
사람들 구름처럼 모여들어

해진 통발을 어살에 놓았는데
아름다운 방어와 서어가 걸려
제나라 문강이 시집을 가는데
사람들 소낙비처럼 모여들어

해진 통발을 어살에 놓았는데
물고기 무리지어 유유히 오가
제나라 문강이 시집을 가는데
따르는 사람 물살처럼 모여들어

10. 수레를 몰아[載驅]

말을 모는 채찍소리 휘이익 휘이익
수레 뒤쪽의 대 발과 붉은 가죽 휘장
노나라의 길이 넓고 평탄하거늘
제나라의 문강은 저녁에서야 떠나

네 필 검정말의 행보가 가지런하고
말고삐 놓고 당기기를 마음대로 해

노나라의 길이 넓고 평탄 하거늘
제나라 문강은 부끄러워하지 않아

문수의 강물은 소용돌이 치고
따르는 사람들로 북적 거리어
노나라 길은 넓고 평탄하거늘
제나라 문강은 아무 기탄없어

문수의 강물은 도도히 흘러가고
따르는 사람들로 하여 붐비고
노나라의 길이 넓고 평탄하거늘
제나라 문강 양양하고 여유로워

11. 아! 멋있어[猗嗟]

아아! 멋있어라
키가 훤칠하게 크고 준수하며
시원한 이마는 기상이 드날리듯
눈은 수려하고 물처럼 영롱해라
걸음걸이 경쾌하고 절도 있으며
정말로 활을 정말로 잘 쏘아라

훌륭하다! 그 모습 드날리네
아름다운 눈은 맑고 밝아 라
사전(射箭)의식을 마치고 곧
종일 도록 과녁을 겨냥하되

정곡을 벗어나지 아니하나니
정말 우리의 훌륭한 생질이네

뛰어나라! 참으로 잘생겨라
눈은 맑고 이마는 시원스레
춤사위는 매우 가지런하며
화살은 과녁을 꿰뚫고 나가
네 개의 화살을 거두어 오다
세상의 난 막을 수 있으리라

위풍(魏風)

위(魏)나라 노래로 모두 7편 18장이다.

위는 지금의 산서(山西)의 예성(芮城) 운성(運城) 일대를 일컫는다. 〈언역 시전언해〉에 의하면 위는 순(舜)임금과 우(禹)임금의 옛 도읍이라고 하였다. 남으로 하곡(河曲)을 베개 삼고 북으로 분수(汾水)를 건너며 땅이 협소하고 백성이 가난하고 풍속이 검소하여 성현의 유풍이 남아 있다고 하였다. 그러나 춘추 중기(B.C. 661)에 진(晉)나라의 헌공(獻公)에 의하여 멸망하였고, 대부 필만(畢萬)을 봉하였으나 전국 후기에 진(秦)나라에게 멸망하였다. 위풍 7편은 춘추 시기의 위나라의 노래로 대부분이 풍자, 울분의 시가이다. 격정의 시대의 반영이라고 할 수 있다.

1. 칡신[葛屨]

성글게 삼은 칡 미투리를 신고
서리를 밟고 다닐 수 있을까
가냘픈 고운 여자의 손으로
어찌 치마를 꿰맬 수 있을까
허리를 달고 동정을 달아서
아름다운 사람 입도록 하리라

아름다운 사람 마음일랑 평안하고
왼쪽으로 여민 옷자락이 고운데
상아로 만든 비녀를 머리에 꽂아

하지만 마음이 너무나도 편협하여
너그럽지 못한 그녀를 풍자하노라

2. 분수의 늪지[汾沮洳]

저 분수 물가의 늪지에서
국거리 나물을 뜯고 있다
나물 뜯는 저기 저 사람
참으로 아름다워라
참으로 아름다워라
자못 공로 관리와는 달라

저 분수의 한 물가에서
뽕나무 잎을 따고 있다
뽕잎 따는 저기 저 사람
꽃과 같이 아름다워라
꽃과 같이 아름다워라
자못 공행관리와는 달라

저 분수의 한 물굽이에서
우슬 나물을 뜯고 있다
나물 뜯는 저기 저 사람
옥과 같이 아름다워라
옥과 같이 아름다워라
자못 공족관리와는 달라

3. 정원의 복숭아[園有桃]

정원에 복숭아나무 있어
복숭아 따 먹으리로다
마음에 근심이 있는지라
노래하고 또 노래하노라
나를 이해 못 하는 사람
선비로 교만하다고 한 다
"저 사람이 옳고도 옳거니
당신의 말은 어찌 그런가"
이 마음속의 근심함일랑
그 어느 누구인들 알리요
그 어느 누구인들 알리요
생각 안하는 것만 못하리라

정원에 대추나무 있어
그 대추를 따 먹으리다
마음으로 근심하여라
애오라지 나라를 떠돌아
나를 이해 못 하는 사람
선비로 다함이 없다고 해
"저 사람이 옳고도 옳거늘
당신의 말은 어찌 그런가"
이 마음속의 근심함일랑
그 어느 누구인들 알리오
그 어느 누구인들 알리오

아예 생각하지 아니하리라

4. 산에 올라[陟岵]

저 민둥산으로 올라가서
아버지 계신 곳을 바라보아
아버지 말씀이 "아! 슬프다
내 아들아 전쟁은 밤낮 없어
더욱이 삼가고 조심을 해라
올 무렵에 지체하지 말아라"

저 나무 무성한 산에 올라가
어머니 계신 곳을 바라보아
어머니 말씀이 "아! 슬프다
내 막내 전장에서 밤낮 없어
더욱이 삼가고 조심해라
올 무렵에 버림 없도록 해라"

저 산마루에 올라가서
형 계신 곳을 바라보아
형이 말하기를 "슬프다!
내 아우 전장의 밤낮 없어
더욱 삼가고 조심해라
올 무렵 죽어서는 안 돼"

5. 십 무 사이[十畝之間]

십 무 사이에
한가로이 뽕 따는 아가씨
아가씨와 함께 돌아가리라

십 무 밖에서
유유히 뽕 따는 아가씨
가자! 우리 함께 떠나가리라

6. 박달나무를 베어[伐檀]

쩡쩡 박달나무를 베어다가
황하 물가에 날라다 두어
황하의 물은 맑고 넘실거려
심지 않고 거두지 아니하면
어찌 삼백 호 곡식을 거두며
철따라 사냥하지 아니하면
어찌 뜨락에 매달린 짐승을
볼 수 있을까 저들 빈둥빈둥이
공으로 밥일랑 먹으려 하나

쩡쩡 수레바퀴 살 할 것을 베어
황하의 곁에 날라다 쌓아 놓아
황하의 물이 맑고 물결은 곤두서

심지 아니하고 거두지 아니하면
어찌 세곡 삼백억을 거두어 들여
철따라 사냥을 하지 아니하면
어찌 뜨락에 매달린 사냥한 짐승
볼 수 있을까 저들 빈둥빈둥이
공으로 밥일랑 먹으려 하는가

쩡쩡 수레바퀴 만들 것을 베어
황하의 물가에 날라 쌓아놓아
황하의 물이 맑고 소용돌이 쳐
심지 아니하며 거두지 아니하면
어찌 세곡 삼백 창고를 거두어
철따라 사냥을 하지 아니하면
네 뜨락에 매달린 메추라기를
볼 수 있을까 저들 빈둥빈둥이
공으로 밥일랑 먹으려고 하는가

7. 큰 쥐[碩鼠]

크고 큰 쥐야 크고 큰 쥐야
내 기장은 먹어 치우지 말라
삼 년 동안 당신을 섬기었거늘
나를 전혀 돌아보지 아니하니
맹서하거니와 당신을 떠나서
낙토로 가리라 낙토로 가리라

낙토여 저 아름다운 낙토여
내 평안하게 살 곳을 얻으리라

크고 큰 쥐야 크고 큰 쥐야
내 보리를 먹어 치우지 말라
삼 년 동안 당신을 섬기었거늘
나에게 덕을 베풀지 아니하니
맹서하거니와 당신을 떠나서
낙원에 가리라 낙원에 가리라
낙원이여 저 즐거운 낙원이여
나의 마땅한 살 곳을 찾으리라

크고 큰 쥐야 크고 큰 쥐야
나의 곡식의 싹을 먹지 말라
삼 년 동안을 당신을 섬겼거늘
나를 즐거이 위로하지 아니해
맹서하거니 당신을 떠나서
저 즐거운 들로 찾아가리라
즐거운 들이여 즐거운 들이여
뉘 그곳에서 고통을 호소하랴

우리말 시경
제6권

당풍(唐風)

당풍(唐風)은 당의 노래이다.

산서(山西)에는 '당'이라 불리는 두 곳이 있다. 한 곳은 태원(太原)에 한 곳은 임분(臨汾, 平陽)에 있다. 요(堯) 초에 태원에 도읍을 건설하였다가 뒤에 평양으로 옮기게 되었는데 이때로부터 '당(唐)'이란 지명을 얻게 되었고 그 뒤에 다시 진양(晉陽)으로 옮겼는데 당풍은 모두 이 일대에 유행하던 노래이다.

주초에 주성왕은 그의 아우인 숙우(叔虞)를 산서에 봉하였다. 그런데 산서에 진수(晉水)가 있었기 때문에 숙우의 아들은 나라 이름을 진(晉)으로 바꾸었고 증손 진문후(晉文侯)가 곡옥(曲沃, 지금의 산서성 문희(聞喜)로 옮기었다가 목후(穆侯) 때에는 다시 익(翼, 지금의 익성翼城)으로 옮기었다. 곡옥, 익, 평양은 서로 가까웠기 때문에 자연히 진의 통할을 받게 되었다. 따라서 지금 남아있는 당풍 12편은 실제로 진의 노래이다. 그런데 '진'이라고 하지 않고 '당'이라고 한 것은 '요(堯)'를 추앙하였기 때문이다.

1. 귀뚜라미[蟋蟀]

귀뚜라미 집 안에서 귀뚤귀뚤
이 해도 이내 저물게 될 것이네
지금 우리 즐겁게 놀지 못하면
세월은 머물지 않고 흘러가리라
그러나 지나친 놀이는 안 될 것
마땅히 할 일은 생각을 해야지

좋아하고 즐김의 그릇됨이 없나
어진 사람의 두려워 경계할 일

귀뚜라미 집 안에서 귀뚤귀뚤
이 해도 드디어 갈 것이로네
지금 우리 즐기지 아니하면
세월은 덧없이 흘러가리라
너무 지나치게 노는 것 아닌가
마땅히 뜻밖의 일을 생각하여
즐겨 하되 지나치지 아니하여
어진 선비 분발하게 할 것이라

귀뚜라미 집 안에서 귀뚤귀뚤
농사의 일 수레 한가하게 되리
지금 내 즐겁게 놀지 않으면
세월은 그냥 지나가고 말리라
아니 지나치게 노는 것 아닌가
마땅히 그 우환을 생각하여
즐겨하되 지나치지 않는 것이
어진 사람 자적하도록 할 것이라

2. 산의 가시느릅나무[山有樞]

산에는 가시느릅나무 있고
습지에 흰 느릅나무 있어라

아름다운 의상을 갖추었으되
당신 입고 다니지 아니하며
수레와 말을 갖고 있거니와
아무데도 타고 다니지 않고
두고 보기만 하다 죽는다면
곧 다른 사람이 기뻐하리라

산에는 북나무(栲)가 있고
습지에는 감탕나무 있어라
당신은 집과 정원이 있거니와
물 뿌리지 않고 쓸지도 않으며
당신은 종고를 가지고 있으되
두드리지 않고 치지 아니하고
두고 보기만 하다가 죽는다면
곧 다른 사람이 차지하리라

산에는 옻칠 나무가 있고
습지에는 밤나무가 있어라
당신은 술과 요리가 있으되
어찌 날로 비파를 타지 않나
또한 기뻐하고 즐김으로써
나날을 다하지 아니하는가
앉아 있기만 하다가 죽으면
곧 다른 사람이 집을 차지하리라

3. 격랑[揚之水]

거칠고 거친 황하의 물이여
흰 바위가 선명하게 들어나
내 흰 옷의 붉은 옷깃 여미고
곡옥(曲沃)으로 당신 쫓아가리라
이렇듯이 당신을 만났거니
이 어찌 즐겁지 아니하리까

거칠고 거친 황하 물이여
흰 바위 깨끗하게 들어나
흰 옷의 붉은 깃 여며 입고
곡읍(鵠邑)으로 당신 따라가리라
이미 당신을 만나보오니
어찌 근심할 것 있으리까

거칠고 거친 황하 물이여
흰 바위가 언뜻언뜻 빛나고
내 만남의 알림을 들었거니
감히 사람에게 알릴 수 없어

4. 산초[椒聊]

산초(山椒)나무의 열매여
흐드러지니 되[升]에 가득

저기 저 건장한 사람이여
크고 커서 비할 데가 없어라
휘어져 매어 달린 산초여
가지는 멀리 멀리 뻗어나가

산초(山椒)나무의 열매여
흐드러지니 두 줌에 가득
저기 저 장대한 사람이여
크고 또 온유돈후하여라
휘어져 매어 달린 산초여
가지는 멀리멀리 뻗어나가

5. 나뭇단을 묶어[綢繆]

단단히 나뭇단을 묶고 나니
삼성(參星)이 하늘에 떴어라
오늘 저녁이 어떤 저녁이련가
남편을 만나 보는 저녁이지
당신이여 사랑하는 당신이여
당신에게 어떻게 해야 좋을까

단단히 꼴단을 묶고 나니
삼성이 동남쪽 하늘에 떠
오늘 저녁이 어떤 저녁인가
우리 서로 만나 보게 되리라

당신이여 사랑하는 당신이여
이렇게 만나 어찌 해야 할까

단단히 가시 단을 묶고 나니
삼성이 정남향 창문 위에 떠
오늘 저녁이 어떤 저녁인가
아름다운 당신을 만나니라
당신이여 사랑하는 당신이여
아름다운 당신 어찌 하리요

6. 우뚝한 아가위[杕杜]

홀로 우뚝한 아가위나무여
그 잎이 무성하고 무성하다
홀로 다니자니 고독하구나
어찌 동행할 사람 없을까만
그러나 형제만 같지 못하니
아! 슬프다 길가는 사람들은
어찌하여 서로 돌보지 않나
사람이 형제들이 없거니와
어찌하여 도와주지 아니하니

홀로 우뚝 선 아가위나무여
잎이 무성하여 푸르고 푸르다
홀로 다니자니 외롭고 쓸쓸해

어찌 동행할 사람 없겠냐마는
내 친척과 같이 함만 같지 못해
아! 슬프다 길 가는 사람들은
어찌하여 도와주지 아니하는가
사람이 형제가 없고 고독하거니
어찌하여 서로 도와주지 아니하나

7. 양의 갖옷[羔裘]

어린양 갖옷의 표피(豹皮) 소매 단
사람의 오만하고 무례함 때문이라
어찌 다른 사람이 없겠느냐마는
오직 당신의 옛 정의 까닭이니라

어린양의 갖옷 표피의 소매 장식
사람의 교만과 무례함 때문이라
어찌 다른 사람이 없겠느냐마는
당신을 그저 좋아하는 까닭이니라

8. 너새 깃[鴇羽]

너새가 너울너울 날갯짓하며
상수리나무에 모여 앉았어라
나라의 일로 쉴 수가 없으니
기장(稷黍) 농사를 짓지를 못해

부모는 무엇으로 봉양할 것인가
아득하고 아득한 푸른 하늘이여
언제나 안정하여 살 수 있을까

너새가 너울너울 날갯짓하며
가시나무 위에 모여 앉았어라
나라의 일로 쉬지 못할 것이라
기장 농사를 지을 수가 없으니
부모님 무엇으로 밥 지어 드릴까
아득하고 아득한 하늘이시어
언제나 그런 일 끝날 수 있을까

너울너울 나는 너새의 항렬
뽕나무 위에 모여 앉았어라
나라의 일로 쉬지를 못하니
벼 수수 농사를 지을 수 없어
부모님 밥을 무엇으로 지으랴
아득히 먼 푸른 하늘이시여
언제나 일상을 찾을 수 있을까

9. 어찌 옷이 없을까[無衣]

어찌 일곱 벌의 옷이 없을까
당신이 보내준 옷의 편안하고
또한 아름다움만 같지 못하여

어찌 여섯 벌의 옷이 없을까
당신이 보내준 옷의 편안하고
또한 따뜻함만 같지 못하여

10. 홀로 우뚝한 아가위[有杕之杜]

홀로 우뚝 서 있는 아가위나무
길의 왼쪽에서 나고 성장해
저 사람이여! 저 사람이여!
나에게 원하여 가까이 올까
마음속으로 그저 좋아하여라
어찌 하면 함께 먹고 마실 수 있을까

홀로 우뚝 서 있는 아가위나무
길의 굽은 곳에서 나고 성장해
저 사람이여! 저 사람이여!
원하여 스스로 찾아와 놀까
마음속으로 그저 좋아하여라
어찌 하면 함께 먹고 마실 수 있을까

11. 칡이 자라서[葛生]

칡이 자라 가시나무를 뒤덮고
염초(薟草, 거지덩굴)가 들에 뻗어
내 남편이 이 세상에 없으니

누구와 함께 하나 홀로 살이 해야 하나

칡이 자라 멧대추나무를 휘감고
거지덩굴이 묘역으로 뻗어나가
내 남편 이 세상을 떠나고 없으니
누구와 함께 하나 홀로 쉬어야 하나

뿔 베개가 아름답고
비단 이불이 고와라
남편이 이곳에 없으니
누구와 함께 하나 밤을 홀로 해야 하나

길고 긴 여름날과
길고 긴 겨울밤을…
백년 뒤(죽은 뒤)에나
당신 무덤으로 가리라

길고 긴 겨울의 밤과
길고 긴 여름날을…
백년 뒤(죽은 뒤)에나
당신 무덤으로 가리라

12. 수련을 캐려면[采菽]

수련 캐기를
수양산 꼭대기에서 할 것인가

사람의 그와 같은 헛된 말을
정말로 맞는다고 믿지 말라
귀 흘려버리고 흘려버리어서
정말로 그렇게 여기지 않으면
사람의 그와 같은 거짓말로서
도대체 무엇을 얻을 수 있을까

씀바귀 캐기를
수양산의 아랫자락에서 할 것인가
다른 사람의 그와 같은 헛된 말을
정말로 맞노라고 찬동하지 말라
귀 흘려버리고 귀 흘려버리어서
정말로 옳다고 여기지 않으면
사람의 그와 같은 뻔한 거짓말들을
믿지 않으니 무엇을 얻을 수 있을까

순무 캐기를
수양산 동쪽 기슭에서 할 것인가
남의 그와 같은 헛된말을
정말로 맞다고 따르지 말라
귀 흘려버리고 귀 흘려버리어서
정말로 또 그렇다고 여기지 않는다면
남의 그렇게 뻔한 거짓말일랑
믿지 않으니 무엇을 얻을 수 있을까

진풍(秦風)

'진'은 본래 동방의 부족이다.

진은 우공(禹貢) 옹주(雍州)에 있었다. 조서산(鳥鼠山, 감숙성 渭源縣 서쪽)의 근처로, 처음에 백익(伯益)이 하우(夏禹)의 치수를 도와 공을 세웠음으로 영(瀛)이란 성을 하사받았다. 그 뒤 중휼(中潏)이 서융(西戎) 땅에 살았는데, 6세손 대락(大駱)이 두 아들을 낳았는데 성(成)과 비자(非子)였다. 비자가 주나라 효왕(孝王, B.C.897-888)을 섬기며 말을 견수(汧水), 위수(渭水) 사이(섬서 부봉(扶鳳), 미현(眉縣) 일대)에서 길렀는데 크게 번식하였다고 한다. 그리하여 효왕은 그를 봉하여 부용(附庸)으로 삼았고, 진의 땅(감숙성 청수(淸水)의 진정(秦亭) 지역)을 채읍으로 하사하였다. 따라서 비로소 '진(秦)'이란 명칭을 얻었다. 그리고 선왕(宣王, B.C.827-782)의 때에는 견융(犬戎)이 '성(成)'의 일족을 멸함으로 선왕은 비자의 증손인 진중(秦仲)을 대부로 삼아 서융을 공벌하고자 하였으나 도리어 패망, 죽임을 당하였다. 뒤 유왕(幽王)이 서융과 견융에게 피살되고, 주 평왕은 수도를 동쪽 낙읍(洛邑)으로 옮겼다. 그럼으로 관중(關中) 지역은 진의 소유가 되었다. 즉 '진풍' 10편은 춘추 시기 이 일대의 노래이다.

1. 수레소리[車鄰]

수레소리가 덜컹덜컹하고
말 이마의 흰털이 살랑살랑
내 찾아왔으나 친구 안 보여

시종에게 알리라고 명령해

산언덕에 옻칠나무 있으며
습지에는 밤나무가 있도다
이미 보고 싶은 친구를 만나
나란히 앉아 비파를 타노라
지금 놀고 또 즐기지 않으면
세월은 유수와 같고 곧 늙어

산언덕에 뽕나무 있으며
습지에 버드나무 있도다
이미 보고 싶은 친구 만나
나란히 앉아 황(簧)을 불어
지금 놀고 즐기지 안하면
세월은 흘러가 곧 죽으리

2. 네 필 검정 말[駟驖]

네 필의 검정말 매우 건장해
여섯 가닥 고삐 수중에 있어
진공(秦公)의 사랑하는 아들
아버지 따라 사냥을 나가라

이때에 사냥감을 몰아드리어라
다 큰 수놈이 매우 살이 쪘거니
진공이 왼쪽으로 몰라고 하시어

곧 발사하여 맞힘으로 잡았어라

수렵을 마치고 북쪽 동산에서 노니
네 필의 검정말 이미 한가하기도 해
경쾌한 수레 재갈의 방울 소리 맑아
두 마리 엽견이 수레를 타고 있어라

3. 작은 병거[小戎]

거상(車箱)이 낮은 작은 병거(兵車)
다섯 곳을 묶은 들보 같은 수레채로라
마흉(馬胸)의 유동하는 청동의 걸고리
가로 막이의 가죽 띠 백금 고리에 매어
호피 문양의 깔개와 긴 바퀴의 살이라
나 검푸른 말(駓)과 발이 흰 말이 끌어
서융(西戎) 땅의 남편을 생각하거니와
온유하고 돈후함이 아름다운 옥과 같아
그가 나무판자의 병사(兵舍)에 있다니
나의 마음 어지럽고 괴롭기 그지없어

네 필 수말이 살찌고 매우 건장해
여섯 줄 고삐 손에 잡고 조정한다
'기'와 '류'를 가운데 복마로 하고
'왜'와 '려'를 참마로 하였거니와
용무늬 방패 나란하게 합해 세우고

백동 걸고리에 참마의 고삐를 매어
이에 먼 먼 곳 당신을 생각하노라
온유한 당신 서융의 고을에 계시니
어느 때를 기약할 수 있을 것인가
잊지 못하고 그렇게 생각하게 하나

가벼운 갑옷의 네 필 말들 발맞추고
세모창의 손잡이는 백동으로 하여
커다란 방패의 문채가 빛나거니와
호피의 활집 쇠박이 장식을 하다
활집에 두 개의 활을 엇지어 놓고
대틀로 활을 바로 하고 끈으로 묶어
이에 당신을 생각하고 그리워하다
잠자며 일어나고 하는 것 어떠하신지
신중하고 참으로 점잖은 당신이여
칭찬하는 소리가 아주 자자하노라

4. 갈대[兼葭]

갈대는 푸르고 또 푸른데
흰 이슬 서리되어 내리고
나의 사랑하는 그 사람은
강물 건너편에 있으려니
거슬러 따라가려고 해도
길도 매우 험하고도 멀며

물결 따라 쫓아가려 하나
강물 가운데의 푸른 섬에 있는 것 같아

갈대가 무성하고 무성한데
흰 이슬은 맺혀 마르지 않아
나의 사랑하는 그 사람은
건너편 강물가의 언덕에 있어
거슬러 올라가 따라가려 하나
길이 험하고 언덕이 가파르다
물결을 따라 쫓아가려고 하나
강물 가운데의 모래섬에 있는 것 같아

갈대가 무성하여 꺾음직도 해
밤새 내린 이슬은 마르지 않아
내 이른바 사랑하는 그 사람은
건너편 강물가의 언덕에 있어
거슬러 올라가 따라가려 하나
길도 험하고 또 돌아가야 하며
물결 따라서 따라가려고 하나
강물 가운데의 모래톱에 있는 것 같아

5. 종남산[終南]

종남산에는 무엇이 있나요
가래나무와 매화나무 있어

군자께서 이곳을 오시나니
여우 갖옷에 비단옷을 입어
단을 바른 것처럼 붉은 얼굴
정말로 그 군자이시로구나

종남산에 무엇이 있나요
구기자와 아가위가 있어
군자가 이곳에 오시나니
불(黻) 수(繡)의 의상 입어
패옥이 쟁그랑 쟁그랑하고
축원하니 만수무강하시기를

6. 꾀꼬리[黃鳥]

꾀꼴꾀꼴하는 꾀꼬리는
가시나무 위에 앉아 있어
누가 목공을 따라 묻히나
자거(子車) 씨 엄식이다
엄식이 이 엄식이야말로
백 사람 가운데 특출한데
묻힐 묘혈에 이르러서야
두려워하여 전율하누나
저 높고 푸르른 하늘이여
우리 양인(良人)을 죽이다
만약 대신 묻힐 수 있다면

나 일백 번 죽어도 좋으리

꾀꼴꾀꼴하는 꾀꼬리
뽕나무에 날아와 앉아
누가 목공 따라 묻히나
자거 씨 중행(仲行)이라
중행이여 이 중행이여
백 사람은 막을 것이다
묻힐 그 묘혈에 이르러
두려워하여 전율을 해
높고 푸르른 하늘이여
우리 좋은 사람 죽이다
대신 죽을 수가 있다면
일백 번 죽어도 좋으리

꾀꼴꾀꼴하는 꾀꼬리
가시나무에 날아와 앉아
누가 목공 따라 묻히나
자거 씨의 침호(鍼虎)로다
침호여 이 자거의 침호여
일당백의 참 걸출한 사람
묻힐 묘혈에 이르러서야
두려워하여 전율하노라
저 높고 푸르른 하늘이여
우리 좋은 사람을 죽이다
대속하여 죽을 수 있다면

일백 번 죽어도 좋으리라

7. 새매[晨風]

질풍처럼 빠른 저 새매는
울창한 북쪽 숲으로 날아가
남편을 만나 볼 수 없으니
근심이 너무나 깊고 깊어
어찌하여서? 어찌하여서?
날 이렇게 잃어버리고 있나

산에는 도토리나무가 있고
습지에는 느릅나무가 있다
남편을 만나 볼 수 없으니
걱정으로 즐겁지 못하여
어찌하여서? 어찌하여서?
날 잊다니 너무하지 않나요

산에는 당체(唐棣)나무 있고
습지에는 팥배나무가 있다
남편을 만나 볼 수 없으니
걱정일랑 술에 취한 듯하여
어찌하여서? 어찌하여서?
날 잊다니 너무하지 않나요

8. 옷이 없을까[無衣]

누가 옷이 없다고 말하나
설마 전복을 함께 입을까
왕께서 군사를 일으키시면
단창 장창을 닦고 정돈해
함께 적을 대적하리라

누가 옷이 없다고 말하나
설마 속옷을 함께 입을까
왕께서 군사를 일으키시면
장창 양지창을 닦고 정돈해
함께 전장으로 나아가리라

누가 옷이 없다고 말하나
설마 치마를 함께 입을까
왕이 군사를 일으키시면
갑옷 무기를 닦고 정돈해
함께 전장으로 나아가리라

9. 위수의 북안[渭陽]

나는 외숙을 전송하려고
위수(渭水) 북안에 이르러
무엇 예물을 드려야 하나

수레와 황색의 말이로세

내 외숙을 전송을 하니
마음이 매우 여유로워
무엇으로 예물을 드리나
빛나는 주옥과 옥패로세

10. 처음처럼[權輿]

나에게
큰집이 넓고 넓었는데
이제는
매 끼니 먹는 것도 부족해
슬프다
처음처럼 이어가지 못하니

나에게
끼니마다 성찬이더니
이제는
끼니마다 배불리 먹지 못해
슬프다
처음처럼 이어가지 못하니

우리말 시경
제7권

진풍(陳風)

'陳風'은 진나라의 노래이다.

그러면 진은 어디인가? 옛 대호(大皞) 복희(伏羲)씨의 땅이다. 우공 (禹貢) 예주(豫州)의 동쪽 지역의 평야로 큰 산과 큰 강이 없다. 지금 의 하남성 회양(淮陽), 자성(柘城), 안휘(安徽) 일대이다. 주나라 무왕 이 상을 멸망시키고 순(舜)의 후인(后人)을 이 땅에 봉하였다. 그리고 자기의 큰 딸을 진의 국왕에게 시집을 보냈다. 특기할 것은 진나라는 무속(巫俗)이 매우 성행하였고, 무의 가무가 유행하였다. 따라서 사회 문화의 바탕을 형성 하였다. 또 남방의 유연 한 본래의 인성과 융합하 여 낭만적인 진풍의 시격을 갖게 되었다. 현존하는 시가는 모두 10편 으로 결혼의 습속과 가무에 관한 것이다.

1. 완구(宛丘)

당신의 거침없는 춤사위
완구에서 너울너울 추어
진정 이내 마음 어쩌나
더 이상 바랄 수가 없어

둥둥둥 하고 북을 치며
완구 아래에서 춤을 추어
겨울도 없고 여름 없이
해오라기의 깃을 들고서

덩더쿵 하고 질 장구를 치며
완구의 길에서 돌고 또 돌아
겨울도 없고 여름도 없이
해오라기 흰 부채를 들고서

2. 동문의 흰 느릅나무[東門之枌]

동문의 흰 느릅나무와
완구의 도토리나무 있어
자중의 곱고 고운 따님
그 아래에서 돌아 돌아 춤을

좋은 날을 가려 뽑아서
남쪽들에서 춤을 추어
삼베길쌈은 아니하고
장마당에서 돌아 돌아 춤을

좋은 날 이른 아침에 가니
모두 모여 무리지어서 가
내 너 보기 촉규화같이 하니
내게 한 다발 화초를 주어

3. 막대 문빗장[衡門]

막대 문빗장을 걸어놓고

평안하게 쉬며 살리라
샘물은 흘러 넘쳐 내리고
배고픔을 면할 수 있으리

고기를 먹으려고 함에
어찌 황하의 방어라야 하나
장가가려고 하는데 아내가
반드시 제나라 딸이라야 하나
고기를 먹으려고 하는데
어찌 황하의 잉어라야 하나
장가를 가려하는데 아내가
반드시 송나라 딸이라야 하나

4. 동문 밖의 연못[東門之池]

동문 밖의 연못에
삼(麻)을 담그리라
저 아름다운 아가씨
함께 노래 부르리라

동문 밖의 연못에
모시를 담그리라
저 아름다운 아가씨
함께 이야기 나누리라

5. 동문 밖의 버들[東門之楊]

동문 밖의 버들은
잎이 무성도 해라
황혼에 만날 것 약속 했는데
이미 샛별이 떴는데 오지 않아

동문 밖의 버들은
잎이 무성도 해라
저물녘에 만날 것 약속했는데
이미 샛별이 밝은데 오지 않아

6. 묘지의 문[墓門]

묘지 길 밖의 가시나무를
도끼로 찍어 베어 내다니
그 사람 선량하지 않은 것
사람들 다 알고 있거니와
알면서도 그만두지 않아
옛날 그 모양 그대로이라

묘문 밖의 매화나무 있거늘
부엉이 날아와 가지에 앉아
그 사람 선량하지 아니하여
노래를 지어 권고하고자 해

권고해도 날 돌아보지 않으니
낭패한 뒤에 나를 생각하리라

7. 방죽의 까치집 있어[防有鵲巢]

방죽에 까치집이 매달려 있고
흙더미에 맛있는 완두콩이 있어
누가 내 아름다운 연인을 유혹해
내 마음 이렇게 번민하게 만드나

중당에 벽돌을 깐 길이 있고
흙 언덕에 맛있는 수초가 있어
누가 내 아름다운 연인을 유혹해
내 마음 이렇게 걱정스럽게 하나

8. 달이 떠올라[月出]

달이 떠오르니 달빛이 교교해
아름다운 사람 더욱이 고와서
그윽한 자태 참으로 청아한데
시름에 겨워서 번민은 깊어라

달이 떠올라 밝고 밝거늘
아름다운 사람 요염하여
온유한 교태 참으로 고와서

　　마음이 괴롭고 초조하여라

　　달이 떠올라 비추이거늘
　　아름다운 여인 밝고 환해
　　고운 몸매 하늘하늘거려
　　괴롭고 불안하기 그지없어

9. 주의 숲[株林]

　　어찌 주림(株林)으로 갔는가
　　하남(夏南)을 따라간 것이니라
　　주림으로 가려고 한 것이 아니라
　　하남(夏南)을 따라간 것이니라

　　나의 네 필 말의 수레를 타고
　　주읍 밖의 들에서 멈추었노라
　　나의 네 필 망아지 수레를 타고
　　아침밥을 주읍에서 먹었어라

10. 방죽[澤陂]

　　저기 연못의 방죽에는
　　부들과 연꽃이 피어나
　　아름다운 한 사람이여
　　이 아픈 마음 어이하나

오매불망 하염없이
눈물과 콧물 비 오듯 해

저기 연못의 방죽에는
부들과 부용이 피어나
아름다운 한 사람이여
훤칠하고 또한 늠름해
오매불망 하염없이
마음 초조하고 초조해

저기 저 연못의 방죽에는
부들과 연 봉우리 필 듯이
저 아름다운 한 사람이여
훤칠하고 또 진중도 해라
오매불망 하염없이
뒤척이다 베개에 엎더져

회풍(檜風)

회(檜)나라의 노래이다. 모두 4편이다. 지금의 하남성 밀현(密縣) 일대이며 고서에는 '회(鄶)', '회(會)'로 기록하고 있다.

고신(高辛) 씨 때의 화정(火正) 축융(祝融)의 땅이었다. 우공(禹貢) 때에 예주(豫州) 외방의 북쪽과 영파(滎波)의 남쪽에 있었다. 진수(溱水)와 유수(洧水) 사이에 살았으니 그 임금은 운(妘) 씨이니 축융의 후예라고 한다. 주나라가 쇠퇴함에 '회'는 정나라에 의하여 멸망하였다. '회풍' 4편은 이 지역의 노래이다. '비풍(匪風)'은 춘추 초기의 작품이다. 나머지 3편은 서주의 작품으로 여겨진다.

1. 어린양의 갖옷[羔裘]

어린양의 갖옷을 입고 소요하며
여우의 갖옷을 입고 조회한다
어찌 당신을 생각하지 아니하랴
시름에 겨워 불안하기 그지없어라

어린양 갖옷을 입고 나들이 하며
여우 가죽옷 입고 조회에 나간다
어찌 당신을 생각하지 아니하랴
시름에 겨워 내 마음 슬퍼하여라

어린양의 가죽옷 기름 바른 듯
태양 떠오르니 반짝반짝한다

어찌 당신을 생각하지 아니하랴
내 마음속으로 깊이 슬퍼하여라

2. 흰 갓[素冠]

행여나 흰 갓 쓴 당신 볼 수 있으랴
수척한 당신 파리하기 그지없으니
시름에 겨운 이 내 마음 달랠 길 없어라

행여 흰 옷 입은 당신 볼 수 있으랴
내 마음속으로 아파하고 슬퍼하나
애오라지 당신과 함께 돌아가리라

행여 흰 폐슬 입은 당신 볼 수 있으랴
내 마음에 한 맺혀 울적하기 그지없어
애오라지 당신과 더불어 하나가 되리라

3. 습지의 다래나무[濕有萇楚]

습지에 다래가 있는데
어느새 어린 가지가 자라라
참으로 아름답고 싱싱한 너
세상 번뇌 모르다니 부러워라

습지에 다래가 있는데

아름다운 꽃이 피었어라
하늘하늘 고운 꽃잎의 너
집 걱정 없으니 부러워라

습지에 다래가 있는데
어린 열매가 열었어라
여리고 싱싱한 열매의 너
아내 없다니 부러워라

4. 저 바람[匪風]

바람이 불지 아니하고
수레는 달리지 아니해
주(周)의 길을 돌아보며
마음속으로 상심하노라

바람이 회오리치지 않으며
수레 그렇게 흔들리지 않아
주(周)나라의 길을 돌아보며
마음속으로 매우 슬퍼하노라

누가 물고기 찜을 하랴
가마솥을 씻을 것이다
누가 서쪽으로 돌아가나
좋은 소식을 품고 오리라

조풍(曹風)

'조풍'은 조나라의 노래이다. 모두 4편이다.

조나라는 지금의 산동성의 하택현(荷澤縣), 정도현(定陶縣), 조주현(曹州縣)의 일대이다. 주나라 초기에 무왕이 그의 아우인 숙진탁(叔振鐸)을 이곳에 봉하였는데 기원전 487년 송에 의하여 멸망하였다.

1. 하루살이[蜉蝣]

하루살이의 날개는
밝고 매우 선명해라
마음의 근심이 가득
돌아갈 곳은 어딜까

하루살이의 날개는
아름답고 화려해라
마음속 근심이 깊어
돌아가 쉴 곳 어디일까

하루살이 날아오르니
날개는 눈과 같이 희어
마음의 근심 쌓이노라
돌아가 머물 곳 어디일까

2. 출입국 관원[候人]

변경의 출입국 관리
단창과 장창을 메고
그 사람 적불(赤芾)을
삼백 사람과 같이 입어

사다새 어살(魚梁)에 있어
그러나 날개는 젖지 않아
저 사랑하는 사람의 그 옷
잘 어울리지 아니하여

사다새 어살(魚梁)에 앉아있어
그 긴 부리가 물에 젖지 아니해
내 마음속으로 사랑하는 그 사람
혼인을 하려고 하지 아니하는가

초목이 울창한 남산에
아침의 무지개 떴노라
앳되고 아름다운 소녀
이처럼 사랑에 굶주려

3. 뻐꾸기[鳲鳩]

뻐꾸기 뽕나무에 둥지 틀어
일곱 마리의 새끼를 길러

현명하고 선하신 군자여
행동하심이 한결같도다
거동 항상 변함이 없으며
성실한 마음 한결같아라

뽕나무 둥지의 뻐꾸기 새끼
날아 매화나무 가지에 앉아
현명한 선하신 군자(君子)
허리에는 흰 실로 땋은 큰 띠
큰 띠가 흰 실로 엮은 것이니
갓은 푸르고 검은 색이로다

뽕나무 둥지의 뻐꾸기 새끼들
날아 가시나무 가지에 앉아
현명하고 선하신 군자(君子)
그 언동이 어긋나지 아니해
행동거지가 어긋나지 않으니
네 주위 나라를 바르게 하리라

뽕나무 둥지의 뻐꾸기 새끼
날아 개암나무 떨기에 앉아
현명하고 선하신 군자(君子)
이 나라 사람을 바르게 하리
나라의 사람을 바르게 하니
어찌 만년을 가지 아니할까

4. 흘러내리는 샘물[下泉]

차디찬 저 흘러내리는 샘물로
여물지 않은 고량포기가 잠겨
내 깨어나 한숨 짓고 탄식하며
주나라의 서울을 그리워하여

차디찬 저 흘러내리는 샘물로
쇠꼬리 쑥 떨기는 물에 잠기어
한숨지어 잠 깨어나 탄식하며
주나라의 서울을 그리워하여

차디찬 저 흘러내리는 샘물로
점가치 풀떨기는 물에 잠기어
한숨지으며 잠 깨어 탄식하여
주나라의 서울을 그리워하여

기장의 싹이 무성하게 자라
비가 내리니 더욱 기름져라
주위 국가의 왕 있으시거늘
순백(郇伯)이 그들을 위로해

우리말 시경
제8권

빈풍(豳風)

빈(豳)의 노래는 모두 7편이다.

빈은 지금의 섬서성 빈읍(邠邑) 및 빈현(豳縣) 일대이다.

주의 시조는 후직(后稷)이다. 성은 희(姬)이고 이름은 기(棄)이다. 어머니는 태(邰) 씨의 딸로, 제곡의 왕비였다. 후직이 죽은 뒤 그이 아들 불줄(不窋)이 아버지의 관직을 물려받았으나 실패를 되풀이하다가 융적의 땅으로 떠나버렸다. 그러자 그의 아들 공유(公劉)는 태(邰)에서 빈(豳, 섬서성 旬邑)으로 이주하였다. 공유는 황무지를 개간하고 농업을 발전시켜 자연히 물산이 풍부하였다. 공유 이후 9대가 되는 고공단보(古公亶父) 때의 일이다. 융, 적이 빈의 물산을 탐내어 침략함으로 시달리게 되었다. 그리하여 고공단보는 부족을 이끌고 기산(歧山) 남쪽으로 옮겨 왔다. 땅이 비옥하고 농업이 잘되었으므로 민생은 날로 안정되었다. 마을을 이루어 정착, 상나라 문화의 영향을 받아 차츰 융적의 생활 습관으로부터 벗어났다. 관제를 제정하여 사회의 틀을 잡아갔다. 그 뒤 서백(西伯, 문왕)은 상의 통치로부터 벗어날 준비, 풍읍(豊邑)으로 도읍을 옮겼다. 서백이 죽고 아들 발(發)이 즉위하였다. 주의 무왕(武王)이며 호(鎬, 지금의 장안 즉 西安)로 도읍을 옮겼다. 무왕은 상의 주왕(紂王)을 멸망시키고 주나라를 건립하였다. 빈은 이렇게 오랜 역사의 우여곡절을 겪어왔다.

1. 칠월(七月)

칠월의 화성 서로 흐르면
구월에 추위 옷을 만들어
동짓달에 찬바람이 일고
섣달의 추위가 매섭거니
겉옷이 없고 마의 없으면
어찌 해를 넘길 수 있으랴
정월이면 쟁기를 손질하고
이월엔 밭 갈아 이랑 지어
부녀 아들과 함께 하거니
남쪽 밭에 새참 날라오면
권농의 관리는 기뻐하노라

칠월의 화성이 서로 기울면
구월에는 추위 옷을 지어
봄날이 비로소 따듯해지고
꾀꼬리 꾀꼴꾀꼴하고 울면
아가씨 깊은 대광우리 끼고
구불구불한 오솔길을 따라
부드럽고 연한 뽕잎을 따며
봄날이 더욱 길어지게 되면
흰 쑥을 수북수북하게 뜯어
불현듯이 아가씨는 슬퍼져
공자와 함께 결혼하게 되어

칠월에 화성이 서로 기울면
팔월에는 갈대를 베어 들여
삼월에는 뽕나무가지를 쳐
도끼와 자귀를 가지고 와서
멀리 뻗어나간 가지를 베고
어린가지 휘어잡아 뽕을 따
칠월에 때까치가 때때 울면
팔월에는 곧 길쌈을 시작해
검정으로 노랑으로 물 들여
내 빨강이 가장 밝게 물들면
공자님의 치마바지 지으려니

사월에 애기풀 이삭이 패면
오월에는 매미가 맴맴 울어
팔월에 가을걷이 시작하면
시월에는 낙엽이 흩날리어
동짓달에는 사냥을 나아가
저 여우와 이리를 잡아와서
공자(公子)의 갖옷을 지으며
섣달이면 사냥을 함께하여
무공을 익히고 또 연찬하며
사냥한 작은 돼지는 내 갖고
큰 돼지는 임금께 바치리라

오월에 메뚜기 톡톡 뛰고
유월에 베짱이 날개 떨어

칠월에 들에서 일을 하고
팔월에 처마 밑 정리하고
구월에 집 안의 집일 하고
시월에 귀뚜리 평상 밑 숨어들어
구멍 막고 연기로 쥐 쫓아
북창을 막고 문틈 바르고
아! 슬프다 마누라와 아들
가로대 이 해도 바뀌거니
이 방에 들어와 거할지라

유월에 아가위 머루를 먹고
칠월에 콩과 아욱 삶아먹고
팔월에 대추나무 대추 떨며
시월에 벼를 거두어들이어
꽃피는 이 봄에 술을 담가서
마시고 취해 장수를 바라며
칠월에 오이를 깎아 먹으며
팔월에 주렁주렁 박을 따며
구월에 삼의 종자를 거두며
씀바귀 캐고 가죽나무 때어
우리 농부들 실컷 먹으리라

구월에 채마밭에 마당을 만들고
시월에 곡식을 거두어들이어라
기장과 피 나중 익고 먼저 익고
벼와 마와 콩과 보리 같이 익어

아! 슬프다! 우리네 농부들이어
곡식을 이미 한 곳에 거두었으니
들어가 집안일을 다잡아 하리라
낮에는 이엉의 띠 풀 베러 가고
긴 밤 이야기 엮어 새끼를 꼬아
서둘러 지붕을 잇고 난 뒤에야
비로소 곡식을 파종을 하리라

섣달에 탕탕 얼음을 뚫고 깨어
정월에 빙고(氷庫)에 드려놓아
이월 이른 아침의 제사를 올려
양을 헌상 부추나물 제물 차려
구월에 차디찬 서리가 내리면
시월에는 마당을 깨끗이 하고
두 단지 술로 향연을 베풀거니
어린 양과 성숙한 양을 잡아서
저 공당(公堂)으로 갖고올라가
뿔[兕觥]잔을 받들어 올리나니
만수무강하기를 축원하나니라

2. 부엉이[鴟鴞]

부엉이야 악한 부엉이야
이미 내 새끼 잡아 갔으니
나의 집은 허물지를 말라

알뜰살뜰 부지런히 하여
힘껏 새끼를 길러 내리라

날씨가 흐려 비가 오기 전에
저 뽕나무 뿌리를 벗겨다가
문과 창문을 꼭꼭 얽어매면
지금 네 아래 많은 백성들이
감히 나를 모욕할 수 있으랴

손이 지쳐 오그라들도록
갈대를 베어 날라 와서는
갈대를 펴고 자리를 다져
입이 마침내 병이 난 것은
집을 마련하지 못했기 때문

나의 날개 윤기가 없으며
나의 꼬리 뽑히고 부려져
나의 집 높이 매달려 있어
비바람에 회오리로 흔들려
두려워 호호하고 부르짖어

3. 동산(東山)

내 동산으로 출정하여서
오랫동안 돌아오지 못해
내 동에서 돌아올 때에

비가 아득히 내리었노라
내 동에서 돌아올 때에
내 서쪽 생각으로 슬퍼져
이후 평상의 의상을 지어
항매(군장표지) 안 하리
꿈틀꿈틀하는 뽕누에여
오랫동안 뽕 밭에 있고
내 외로이 잠자고 있나니
전차 밑에서 웅크리고 자

내 동산으로 출정하여서
오랫동안 돌아오지 못해
내 동쪽에서 돌아올 때
아득히 가랑비가 내리어
하늘 타리 열매 주렁주렁
처마를 따라 올라갔거니
쥐며느리는 방 안에 있고
긴 다리 거미줄 창에 걸려
텃밭에 사슴 농장 있으며
반딧불이가 반짝반짝 날아
가히 두려워하지 아니하며
이런저런 감회에 잠기어

내 동산으로 출정하여서
오랫동안 돌아오지 못해
내 동으로부터 돌아올 때

아득히 가랑비가 내리고
황새가 언덕에서 울거니
아내는 집에서 탄식하며
청소하며 쥐구멍을 막아
출정한 남편 돌아오거니
주렁주렁한 조롱박일랑
밤나무 섶에 달려 있어
내 그것을 보지 못한지
어언 삼 년이 넘었어라

내 동산으로 출정하여서
오랫동안 돌아오지 못해
내 동으로부터 돌아올 때
아득히 가랑비가 내리고
꾀꼬리는 꾀꼴꾀꼴 나니
빛나노라 그 고운 날갯짓
그 아가씨 시집을 가는데
영친(迎親)의 홍황색의 말
어머니는 패건을 매어주어
여러 가지 의례로 번잡하나
신혼은 매우 아름다웠거니
이별 뒤 만남은 어떠했을까

4. 깨진 도끼[破斧]

이미 나의 도끼는 깨어지고
네모 구멍도끼 이 빠졌으나
주공이 동쪽으로 출정하심
세상을 올바르게 하심이니
우리 백성들을 어여삐하심
매우 훌륭하고 영광스러워

이미 나의 도끼는 깨어지고
내 칼날의 이빨 빠졌으나
주공이 동쪽으로 출정하심
세상을 교화하심이니
우리 백성을 어여삐 여김
매우 아름답고 선하여라

이미 내 도끼는 깨어지고
내 끌의 이빨이 빠졌으나
주공의 동쪽으로 출정하심
세상을 안정하게 함이니
매우 선하고 아름다워라

5. 도끼자루 베려면[伐柯]

도끼자루를 베려면 어찌할까
도끼가 아니면 베일 수 없어

아내를 장가가려면 어찌할까
중매가 아니면 얻을 수 없어

도끼자루를 베려 하거니
도끼자루 규격 내 손안에 있네
나의 아내를 만나 보노라니
예기에 과일 고기 차려놓아

6. 촘촘한 어망[九罭]

촘촘한 어망의 송어 방어
가는 비늘 송어와 방어
그 사람을 만나고 보니
용무늬 비단옷을 입어

기러기 모래톱 따라 나르고
공은 돌아갈 처소가 없노라
네게 이틀 밤만 머무시리라

기러기 뭍을 따라 기럭기럭 나르고
공이 돌아가면 돌아오지 않으리니
네 게서 이틀 밤을 유숙하시리라

그럼으로 곤의 입을 사람 있으리니
공이 돌아가지 아니하도록 하리라
우리들 마음일랑 슬프게 하지 말라

7. 늙은 이리[狼跋]

이리 앞으로 가고자 하면 턱살이 밟히고
뒤로 물러서고자 하면 꼬리를 밟게 되어
공손(公孫)의 몸 크고 배가 뚱뚱도 하나
붉은 신의 앞굽 높게 들려있고 의젓해라

이리 물러서고자 하면 꼬리가 밟히고
나아가고자 하면 턱살을 밟게 되어
공손(公孫)의 몸 크고 배가 뚱뚱하나
그의 명성에는 아무런 흠이 없노라

우리말 시경
제9권

소아(小雅)

주희(朱熹)는 〈집전〉에서 "아(雅)는 정(正)이며 정악(正樂)의 노래이다. 그 시편은 본래 대소의 다름이 있으나 선유의 설에는 또 각자 정변의 분별이 있다. 지금 상고해 보면 정 소아는 연회의 음악이다. 정 대아는 조회의 음악이며 수리진계(제사지낸 뒤의 음복하며 훈계하는)의 사(辭)이다. 그러므로 혹 기뻐하여 함께 이야기하며 모든 아래 사람들과 정을 다한다. 또는 제장(齊莊)을 공경함으로써 선왕의 덕을 펼친다. 사기가 같지 않고 음절이 또한 다르며, 대부분 주공 제작 때에 정해진 것이다. 그 변함은 사유가 반드시 같지가 않으며, 각기 그 소리가 따른다. 그 차례는 시세를 따르나 상고할 수는 없다.(雅者, 正也, 正樂之歌也. 其篇本有大小之殊. 而先儒說各有正變之別. 以今考之, 正小雅, 燕饗之樂也. 正大雅, 朝會之樂, 受釐陳戒之辭也. 故或歡欣和說, 以盡群下之情, 或恭敬齊莊, 以發先王之德. 辭氣不同, 音節亦異, 多周公制作時所定也. 及其變也, 則事未必同, 而各以其聲附之. 其次序時世, 則有不可考者矣)"라고 하였다.

즉 아는 정악으로 대소의 구별이 있고, 선유들에 의하면 정, 변의 구별이 있다고 하였다. 그러나 상고해 보면 소아는 연회의 음악이며, 대아는 조회의 음악이라고 하였다.

'아(雅)'는 '하(夏)'에서 유래한 이름이며, '아(雅)'는 주나라 근기(近畿) 일대의 노래인 것으로 생각하였다. '아(雅)'의 득명은 하(夏)나라 사람의 거주지와 관계가 있다. 『순자(荀子)』의 '영욕(榮辱)'에 "월나라 사람은 월나라에 사는 것이 평안하고, 초나라 사람은 초나라에 사는 것이 평안하고, 군자는 아(雅)에 사는 것이 평안하다(越人安越 楚人安

楚 君子安雅)"라고 하였다. 또한 '유효(儒效)'에 "초나라에 살면 초나
라 풍속을 따르고, 월나라에 살면 월나라 풍속을 따르고, 하나라에 살
면 하나라 풍속을 따른다.(居楚而楚 居越而越 居夏而夏)"라고 하였다.

위의 글을 미루어 보면 '아(雅)'는 '하(夏)'임을 알 수 있다(김학주).
주나라 사람들은 서북지역으로부터 중원으로 옮겨온 이후, 하나라 사
람들과 같은 지역에 거주하였으며, 통혼(通婚)을 함으로써 동화하였
다. 그리고 주나라 사람들은 자신들이 서융(西戎)으로부터 왔다는 것
을 부끄럽게 생각, 자칭 '하'나라 사람이라고 하였다. 이 일대의 노래
를 '하성(夏聲)'이라고 하여, 땅이름인 '하'와 구별하였다. 하나라의 노
래를 '아'로 대표하였다(劉毓慶).

〈소아(小雅)〉는 모두 74편이다. 대부분이 주 선왕(宣王)과 유왕(幽
王) 시기의 작품이지만, 일부 동주 시기의 작품도 있다. 작자는 귀족과
평민이 섞여 있다. 서주 말기의 사회는 매우 불안정하였다. 흉노의 침
입이 빈번하였을 뿐만 아니라, 유왕의 무도한 폭정으로, 〈소아〉는 원
망의 내용이 대부분이다.

『시경』「소아」는 크게 7개의 제목으로 나누어 있는데, 10편씩 나누
어 책 1권으로 묶기 위해 붙인 제목이다. 즉 권별로 묶을 때 처음 기록
하는 시의 제목을 붙여 '제목+지습(之什)'이라고 붙인 것이다. 이 '소
민지습'은「소아」의 녹명지습(鹿鳴之什) 10편, 백화지습(白華之什) 10
편, 동궁지습(彤弓之什) 10편, 기보지습(祈父之什) 10편, 다음에 이어
지는 다섯 번째 묶음 제목이며, 10편이 기록되어 있다.

그런데 한자 '십(什)'의 독음이 다양하다. 자전에는 흔히 '십'으로 되
어 있는데, 이『시경언해』의 독음은 '습'으로 적고 있다. '아(雅)'와 '송
(頌)'은 나라의 구별이 없이 10편을 1권으로 묶었다. 본디 습(什)은 10

이란 뜻이다. 군제(軍制)에서 얻어온 말이다. 즉 10명이 1습이며 그 우두머리가 습장(什長)인 것처럼, 첫 번째의 편명을 제목으로 하고, 그 아래 10편의 작품을 두었다.

그런데 〈소아〉에는 작품의 이름만 있고 내용이 없는 것이 6편이 있다. 즉 '남해(南陔)', '백화(白華)', '화서(華黍)', '유경(由庚)', '숭구(崇丘)', '유의(由儀)'이다. 작품 이름만 있는 이 작품들을 10편 속에 포함하느냐 제외하느냐에 따라서 10편의 우두머리 편명이 다르게 되었다.

그러나 『시경언해』의 규장각본이나 장서각본 모두, '녹명지습, 백화지습, 동궁지습, 기보지습, 소민지습, 북산지습, 상호지습, 도인지습' 등 8개로 편집하여 80수의 시를 10수씩 맞추었다.

녹명지습(鹿鳴之什)

1. 사슴의 울음소리[鹿鳴]

요우 요우 사슴 울어 동료를 불러
들에서 함께 흰 다북쑥 뜯고 있어
나의 아름다운 손님이 오시었으니
비파[瑟]를 뜯으며 생(笙)을 불어
생황의 소리는 흥겹고 흥겨운데
광주리를 받들어 폐백을 드리니
나를 좋아하는 저 손님이야말로
나에게 넓고 바른 길을 가리켜 주어라

요우 요우 사슴 울어 동료를 불러
들에서 함께 파란 쑥을 뜯고 있어
나의 아름다운 손님 오시었으니
그 덕의 말씀이 매우 밝고 밝아
백성들에게 경박함이 보이지 않아
군자는 이를 원칙과 모범으로 삼아
나에게 아름답고 맛있는 술 있어
아름다운 손님 즐겨 하며 마시어라

요유 요유 사슴 울어 동료를 불러
들에서 함께 금(쪽)풀을 뜯고 있어
내 아름다운 손님이 오시었으니
비파[瑟]를 타며 거문고를 뜯어
이어 비파를 타며 거문고를 뜯어
서로 어우러져 즐기고 즐겨 한다
내게 아름답고 맛있는 술 있으니
아름다운 손님 마음을 즐겁게 하여라

2. 네 필 수놈의 말[四牡]

네 필 수말이 줄곧 달리니
넓은 길이 아득히 둘리어
어찌 돌아갈 마음 없으랴
나라 일을 마칠 수가 없으니
마음속으로 애 타고 슬퍼해

네 필 수말이 줄곧 달리니
헐떡이는 검은 갈기의 흰말
어찌 돌아갈 것 생각 않으랴
나라 일을 마칠 수가 없어서
겨를을 내어 편히 쉴 수 없어

비상하는 비둘기들이
날다가는 이내 내려와서
상수리나무에 모여 앉아
나라 일을 마치지 못하여
아버지 봉양할 겨를을 못내

비상하는 비둘기들이
날더니 이내 멈추어
구기자나무에 모여 앉아
나라 일 마치지 못하여
어머니 봉양할 겨를을 못내

네 필 검은 갈기의 흰말을 몰아
달려가기를 나는 듯이 하거니
어찌 돌아갈 생각 아니하리오
이에 노래를 지어서 부르나니
어머니를 그리워할 뿐이라네

3. 화려한 꽃[皇皇者華]

빛나고 화려한 꽃이
언덕과 늪지에 피어
나는 듯 말 달리는 사신
생각대로 못 할까 걱정해

나의 말은 육 척의 준마
여섯 가닥 고삐 젖은 듯 선명해
달려서 가니라 채찍으로 몰아
두루두루 묻고 두루두루 찾아

내 말은 검푸른 준마
여섯 가닥 고삐 베 짜듯 놓고 당겨
달려서 가니라 채찍으로 몰아
두루두루 묻고 두루두루 찾아

내 말은 검은 갈기의 흰 준마니라
여섯 가닥 고삐 깨끗하고 윤택해
달려서 가니라 채찍으로 몰아
두루두루 묻고 두루두루 헤아려

내 말은 얼룩말의 준마
여섯 가닥 고삐 가지런하고 나란해
달려서 가니라 채찍으로 몰아
두루두루 묻고 두루두루 찾아가

4. 아가위 꽃[常棣]

그윽한 아가위의 꽃이야
꽃송이 선명하지 않는가
모든 요즘의 세상 사람들
형제같이 정 있는 이 없어

죽음으로 위태로움에
형제들 매우 걱정하며
황량한 들에 묻힐진대
다만 형제들이 찾을 뿐

할미새 언덕을 호들갑스레 날고
형제는 급하고 어려운 일을 당해
항상 어진 벗이 있다고는 하지만
그저 긴 탄식만 하고 있을 뿐

형제들 집안에서 다투나
밖으로는 그 모욕을 막아
항상 어진 벗이 있다고는 하나
사람들 도와주는 것이 없어

상난(喪亂)이 이미 평정되어
이미 안정하고 또 평안하면
비록 형제들이 있다고 해도
친구같이도 여기지 아니해

네 예기의 안주를 가득 차려
흡족하게 술을 마시었거니와
형제 이미 한 자리에 모여앉아
서로 화목하여 즐거워해

아내와 아들의 화합함은
비파와 거문고를 타는 듯
형제들 이미 화합을 하여
서로 화목하여 매우 기뻐해

네 가정을 화목하게 하며
네 아내 아들의 즐겁게 함
깊이 생각하고 도모하여
그것이 당연한 이치 아닌가

5. 벌목(伐木)

나무를 쩡쩡 하고 베거늘
새도 영영 하고 울음 울어
깊은 골짜기에서 날아와
높은 나무에 옮겨 앉아서
영영 하는 그 울음소리는
그 벗을 찾는 소리로구나
저 울음 우는 새를 보거니
벗을 찾는 소리일진대는

하물며 우리들 사람이야
친구를 찾지 아니할 것인가
삼가 벗의 말을 듣고 따르면
화목하고 또 평안할 지니라

나무 베기를 쓱싹쓱싹해
막 걸러낸 술이 향기롭다
살진 어린 양을 준비하여
일가의 어른들을 부르니
마침 오지 못한다고 해도
돌보지 아니할 일 없으리
오라! 깨끗이 물 뿌려 쓸고
음식일랑 팔 첩 상 차리고
또 살진 수양을 준비하여서
외척의 어른들을 청하오니
마침 어떤 일로 오지 못해도
나로서 허물없게 할 것이라

나무를 산기슭에서 베거니
걸러낸 향기로운 술이 넘쳐
음식을 가지런히 차려놓으니
형제와 같아서 멀지 않은 벗들
사람들에게 덕을 잃어버림은
마른 음식의 소홀한 대접 때문
익은 술이 있거들랑 걸러 내며
술이 없거든 덜 익은 술도 걸러

둥둥 북을 치고 둥둥 북을 치고
덩실덩실 흥겹게 춤을 추어라
이내 한가로운 때 틈을 내어서
걸러 놓은 향기로운 술을 마시라

6. 하늘의 보우[天保]

하늘이 임금을 보우하시어
견고하시니 아무 염려 없어
임금으로 하여 후하게 하니
어느 복인들 내리지 않으랴
임금으로 하여 이롭게 하니
번성하고 부유하지 않음 없어라

하늘이 임금을 보우하시어
하여금 복록을 누리게 하여
모두 마땅하지 않은 것 없어
하늘의 모든 복록을 받으시니
임금님께 원대한 복 내리시어
날로 복록이 넘치고 넘치어라

하늘이 임금을 보우하시어
흥성하지 않는 것이 없어
산 같기도 언덕 같기도 하며
산등 같기도 구릉 같기도 해

강물이 넘실거리며 흘러오듯
불어나지 않는 것일랑 없노라

목욕재계하고 제물을 준비
조상님에게 제사를 올리어
여름 봄 겨울 가을의 제사를
선공(先公)과 선왕께 올리니
신령이 "임금에게 내리노라
만수무강하리라" 하시어라

신령이 강림하신지라
임금께 많은 복을 주시며
백성들이 또한 소박한지라
일하고 먹고 마시고 즐기며
백성들이 너도나도 일컬어
모두 임금님 덕이라고 하여라

마치 달의 상현과 같으며
마치 해의 떠오름과 같고
마치 남산이 영원함 같아
훼손되고 붕괴하지 않으며
마치 송백의 무성함과 같아
임금님 덕 모두 이어받아라

7. 고사리를 꺾어[采薇]

고사리를 꺾으니
고사리 싹이 새로이 돋아나
돌아가리라 집으로 돌아가리라
이 해도 벌써 저물어 가노라
아내도 없고 가정도 없는 것은
오랑캐[玁狁]의 침략 때문이라
겨를이 없어 편안히 쉬지 못함은
오랑캐 때문이네 오랑캐 때문이네

고사리를 꺾으니
고사리 새싹이 파랗게 돋았네
돌아가리라 집으로 돌아가리라
마음의 걱정으로 시름에 겨워
시름으로 마음이 타는 듯도 하여서
이렇게 배고프고 이렇게 목말라
내 수자리 생활이 안정되지 않아
하여금 돌아가 문안을 드리지 못해

고사리를 꺾으니
고사리 또 자라서 쇠하여
돌아가리라 집으로 돌아가리라
이 해도 벌써 시월이 되었는데
나라의 일을 끝내지 못할 것이니
겨를을 내어서 편히 쉬일 수 없어

마음의 근심으로 매우 고통스러워
내 출정을 하면 돌아가지 못하리라

저 활짝 핀 꽃은 무슨 꽃인가
아가위나무의 화려한 꽃이다
저 높고 큰 수레는 무엇인가
장군이 타는 전차(戰車)이다
전차를 몰고 달려가나니
네 필의 말들 크고 건장하여
어찌 안정하여 편히 쉴 수 있으랴
한 달 세 번 싸워 세 번 이겼어라

저 네 필의 말을 달리니
네 필의 말 강건하여라
장군은 전차에 늠름히 올라
병졸들 앞뒤로 엄호하거니
네 필의 말들 나란히 달려
상아 활과 가죽 화살통 메어
어찌 날마다 경계하지 않으랴
오랑캐의 형세 매우 긴박한테

옛날 내가 출정을 할 때는
버드나무가 하늘거리더니
이제 내가 돌아올 때에는
하늘 가득 눈이 펄펄 날려
돌아가는 길이 더디고 더뎌

목이 마르고 배도 고프니
나의 마음이 슬퍼지거니와
누구도 내 비애를 알지 못해

8. 출정하는 전차[出車]

내 전차(戰車)의 출동을
저 도성(都城)의 교외로
천자가 계신 곳으로부터
서둘러 오라고 하여라
전차의 병사를 불러서
출정 준비하라고 일러
나라의 일이 다난하고
형세가 긴박하다고 한다

내 전차(戰車)의 출동을
저 도성(都城)의 교외로
현무의 깃발을 설치하고
쇠꼬리의 깃발을 세우니
붉은 송골매 현무의 깃발
어찌 펄럭이지 아니할까
마음 근심으로 힘겨우니
병졸들은 실의에 빠지다

왕이 남중(南仲)에게 명하시어

방(方)에 성을 쌓으라고 하시네
전차 출동하니 기세 당당하며
교룡 현무의 깃발이 선명하다
천자께서 내게 명령하시어서
저 북방에 성을 쌓게 하시란다
공으로 혁혁하게 빛나는 남중
침략자 흉노(匈奴)를 소탕하리라

지난 내가 출정을 할 때에는
기장과 피가 꽃이 피었더니
이제 내 돌아오려고 함에는
눈이 내리어 길이 질척거려
나라의 환난이 많고 큰지라
겨를을 내어 편히 쉬지 못해
어찌 돌아갈 것 생각 않을까만
참으로 임금의 명령 두려워라

요요하고 우는 풀벌레
톡톡하고 튀는 메뚜기들
군자를 보지 못하여서
마음의 걱정함이 깊거니
군자를 볼 수 있어야만
나의 마음이 놓이겠노라
혁혁하게 빛나는 남중이여
어서 오랑캐를 정벌하리라

봄날이 점점 길어지고
초목이 점점 무성하며
꾀꼬리 울어 꾀꼴꾀꼴
아가씨 흰 쑥을 듬뿍 캐
간첩 잡고 적들 포획해
곧 개선하여 돌아가려
공이 혁혁한 남중(南仲)
오랑캐를 평정하여라

9. 홀로 선 팥배나무[杕杜]

홀로선 우뚝한 팥배나무
주렁주렁 열매가 열렸고
나라의 일 끝내지 못해
날을 이어서 계속하도다
세월은 이미 시월이라니
여인의 마음 시름에 겨워
출정한 당신 겨를을 얻길

홀로 우뚝한 팥배나무
잎이 매우 무성하여라
나라 일을 끝내지 못해
내 마음이 아프고 슬퍼
초목이 저렇게 무성하듯
여인의 마음일랑 슬퍼

출정한 당신 돌아오라

저 북쪽 산에 올라가
그 구기자를 따노라
나라 일 끝내지 못할 것이니
우리 부모들 근심 걱정하게 해
박달나무 낡은 수레 덜컹거리고
네 필 수말 수척하고 병들었으니
출정한 당신 머지않아 돌아오리라

수레 타고 오지 아니하니
근심으로 더욱 고통스러워
기약한 날 지나도 오지 않으니
이런저런 걱정일랑 더욱 많아
거북점과 산가지점을 쳐 보니
점괘는 돌아올 날 가까웠다고
출정한 남편은 곧 돌아오리라

10. 남해(南陔)

이 시는 생황(笙簧)으로 연주하였던 노래이다. 이 시는 곡조만 있을 뿐 본래 노랫말이 없다고 하는 것이다.

주희는 〈집전〉에서 〈의례 향음주(儀禮鄕飮酒)〉, 〈연악(燕樂)〉을 참고하여 연주의 순서를 설명하고 있다. 즉 〈어리(魚麗)〉의 노래가 끝나면, 생황으로 〈유경(由庚)〉등 노랫말이 없는 곡조를 연주한다고 하였

다. 일가일취(一歌一吹)라고 하였다. 〈남해〉는 〈어리(魚麗)〉 뒤에 있
던 것을 여기로 옮겨놓은 것이라고 하였다. 『시서』에는, "〈남해〉는 효
자가 서로 규범으로 삼음으로써 부모를 봉양함이다.(南陔 孝子相戒以
養也)"라고 하였다. 그리고 〈소아(小雅)〉 '유월(六月)'의 시에는, "〈남
해〉를 폐한 즉 효도 우애가 깨뜨려졌다.(南陔廢 則孝友缺矣)"라고 하
였다. 미루어 보면 〈남해〉는 효도와 우애가 주제가 아닌가 여겨지기도
하지만, 노래 사이의 생황으로만 연주되었다는 주희의 언급이 맞는 것
으로 생각된다. 〈의례(儀禮)〉의 기재에 의하면, 이 악곡은 향음주례
및 연례 중에 모두 생황으로 연주하였으며, 그러므로 '생시(笙詩)'라고
하였다고 하였다.

백화지습(白華之什)

1. 흰꽃[白華]

'흰꽃'이란 뜻이다.

이 시는 생황(笙簧)으로 연주하였던 곡이다. 곡조만 있고, 가사가 없다. 위의 〈남해(南陔)〉와 같다. 『시서』에, "백화는 효자의 결백함을 노래함이다.[白華 孝子之潔白也]"라고 하였다.

2. 이삭 팬 기장[華黍]

'이삭 팬 기장'이란 뜻이다.

이 시는 생황(笙簧)으로 연주하였던 곡이다. 곡조만 있고 가사가 없다. 〈의례, 향음주례〉에는 '녹명(鹿鳴)', '사모(四牡)', '황황자화(皇皇者華)'를 노래한 뒤에 생(笙)이 당(堂) 아래 경(磬)의 남쪽에 들어와서 북쪽을 향하여 서서, '남해(南陔)'와 '백화(白華)', '화서(華黍)'를 연주한다고 하였다. 『시서』에 "때가 평화하고 해가 풍성하여, 기장과 피가 잘 되었다.[時和歲豊 宜黍稷也]"라고 하였다. 풍년을 노래한 것 같다.

3. 물고기가 걸렸네[魚麗]

물고기 통발에 걸렸거니
날치와 모래무지로구나
군자에게 술이 있거니와

맛 좋아라 많아라

고기가 통발에 걸렸거니
방어와 가물치로구나
군자에게 술이 있거니와
많이 있어 맛이 좋아라

고기 통발에 걸렸거니
살진 메기와 잉어로구나
군자에게 술이 있거니와
맛이 좋아 많이 있어라

차린 음식이 많으니
그지없이 아름다워

차린 음식이 맛있으니
빠짐없이 갖추었노라

차린 음식이 많이 있어
신선하고도 철에 맞아라

4. 도를 따르네[由庚]

'도(道)를 따르다'라는 뜻이다.

이 시는 생황(笙簧)으로 연주하였던 곡이다. 곡조만 있고, 가사는
없다. 『시서』에는 "만물이 그 도(道)로 말미암는다.[萬物得有其道也]"

라고 하였다. 『의례』의 〈향음주(鄕飮酒)〉 및 〈연례(燕禮)〉에서는 노래
의 연주 방식을 다음과 같이 서술하고 있으니, "앞의 음악이 끝나면 다
바꾸어 〈어리(魚麗)〉를 노래하고, 〈유경〉을 생으로 불며, 〈남유가어
(南有嘉魚)〉를 노래하고, 〈숭구(崇丘)〉를 생으로 불며 …"라고 하였
다. 미루어 보면, 〈유경〉의 연주의 뜻을 이해할 수 있다.

5. 남쪽에 아름다운 고기 있어[南有嘉魚]

남쪽 강의 살진 물고기 있어
물결 따라 떼를 지어 뛰어 논다
군자에게 맛 좋은 술이 있으니
아름다운 손님과 주연을 즐겨

남쪽 강에 살진 물고기가 있어
물결 따라 떼를 지어 유영하네
군자에게 맛 좋은 술이 있으니
아름다운 손님과 주연을 즐겨

남쪽에 가지 늘어진 나무 있는데
단박(甘瓠)이 나무를 감아 올라
군자에게 잘 익은 맛 좋은 술 있으니
가빈(嘉賓)과 주연을 마음 놓고 즐겨

훨훨 날아 비둘기는
무리지어서 내려와
군자에게 술이 있으니

가빈과 주연을 거듭해

6. 숭구(崇邱)

만물이 숭고(崇高)해졌음을 기리는 시였다고 한다. 이 시는 생(笙)
으로 연주하는 곡이었다고 한다.

이 시 '숭구(崇邱)'는 『모시정의(毛詩正義)』에 제목만 전해지고 있
는데, 이 책 『시경언해』에는 제목마저 보이지 않는다. 다른 이본 중에
이 시를 '백화지습'의 여섯 번째 시로 올라 있으므로, 편집자가 임의로
삽입한다. 이 시를 더하여야 '백화지습'의 시가 10수가 되기 때문이다.

7. 남산에 삿갓풀 있어[南山有臺]

남산에 삿갓풀이 있고
북산에 명아주가 있어
즐거워라 군자여
나라의 기초로다
즐거워라 군자여
만수무강하시리라

남산에 뽕나무 있고
북산에 버드나무 있어
즐거워라 군자여
나라의 영광이라

즐거워라 군자여
만수무강하시리라

남산에 구기자나무
북산에 오얏나무 있어
즐거워라 군자여
백성의 부모로다
즐거워라 군자여
칭송 소리 끝이 없어라

남산에 북나무 있고
북산에 감탕나무 있어
즐거워라 군자여
어찌 장수하지 않을까
즐거워라 군자여
칭송이 자자하여라

남산에 탱자나무 있고
북산에 가래나무 있어
즐거워라 군자여
어찌 고수를 누리지 않을까
즐거워라 군자여
후손 보우하시리라

8. 유의(由儀)

본문의 설명은 '어리' 시에 설명이 있다고 하였으나, 이 책『시경언해』의 '어리' 시에는 설명이 보이지 않는다. 이 시는 생황(笙簧)으로 연주하였던 노래라고 한다. 곡조만 있고 가사가 없다.『시서』에, "만물의 자람이 각기 그 합당함을 얻었다.[萬物之生, 各得其宜也]"라고 하였다.

9. 높이 자란 다북쑥[蓼蕭]

높다랗게 자라난 다북쑥
내린 이슬로 흠뻑 젖어
이제야 군자를 보니
내 마음이 놓이고 후련해
잔치를 차려 웃고 말하니
참으로 즐겁고 평안하여라

높다랗게 자라난 다북쑥
내린 이슬 초롱초롱 맺혀
이제야 군자를 만나보니
더 없는 영광을 갖게 되어
덕이 깊어서 이지러짐 없으니
장수하여 무강(無疆)하리라

높다랗게 자라난 다북쑥
내린 이슬로 흠뻑 젖어

이제야 군자를 만나보니
매우 즐겁고 유쾌하거니
형제같이 친밀하고 정겨워
아름다운 덕 장수를 즐기리라

높다랗게 자라난 다북쑥
내린 이슬로 흠뻑 젖어
이제야 군자를 만나보니
말의 청동장식 늘어뜨려
방울소리 달랑달랑하니
만복이 모두 모여들어

10. 흠뻑 내린 이슬[湛湛]

비 오듯 내린 이슬
햇빛 나지 않으면 마르지 않아
흡족하여라 야연(夜宴)의 기쁨
취하지 않으면 돌아가지 않으리라

흠뻑 내린 이슬
무성한 풀잎에 초롱초롱 맺혀
흡족하여라 야연(夜宴)의 기쁨
이에 선조의 종실에 차리었노라

흠뻑 내린 이슬
구기자나무 멧대추나무에 내려

광명 정대하고 진실한 군자는
그 덕이 아름답기 그지없어라
오동나무와 가래나무
열매가 주렁주렁 열려
즐겁고 평화로운 군자
그 모습일랑 아름다워라

우리말 시경
제10권

동궁지습(彤弓之什)

1. 주홍색 활[彤弓]

주홍색 활시위가 풀렸거늘
명을 받아서 이를 귀히 보관해
나의 아름다운 손님이 있어라
마음속으로 그지없이 좋아해
이미 종과 북을 모두 설치하고
오전 내내 성대하게 잔치를 벌여

주홍색 활시위가 풀렸거늘
명을 받아 이를 귀히 보관해
내 아름다운 손님이 있어라
마음속으로 그지없이 좋아해
이미 종과 북을 모두 설치하고
권커니 잣거니 술을 마시노라

주홍색 활시위가 풀렸는데
명을 받아서 활집에 넣어
내 아름다운 손님이 있어라
마음속으로 그지없이 좋아해
이미 종과 북을 모두 설치하고
권커니 잣거니 술을 마시노라

2. 무성한 쑥[菁菁者莪]

무성하여라 쑥은
저 언덕 가운데 있어
이제 당신을 만나 뵈니
화락하고 예의가 있어

무성하여라 쑥은
저 모래톱 가운데 있어
이제 당신을 만나 뵈니
내 마음이 참으로 기뻐

무성하여라 쑥은
구릉 가운데 있어
이제 당신을 뵈니
많은 보물을 주심 같아

두둥실 두리둥실 떠가는 버들 배
잠기는 것 같고 떠오르는 것 같아
이제야 당신을 만나 뵈니
내 마음이 기쁘고 안심이 되어

3. 유월(六月)

유월은 황급하고 분망하여
전차를 정비 출전 준비한다

네 필 수말은 매우 건장하며
전투복의 병사들 비상 대기해
오랑캐들 매우 치열해지고
우리의 형세가 급박해지니
왕께서는 출정을 명령하여
나라를 바로잡으라고 하시어

몸이 가지런한 네 필의 검정말
훈련이 잘되어 전법에 어김없어
유월이 되어 군복을 제조함으로
이미 우리의 군복이 다 만들어져
성 밖의 삼십 리를 행군하여 가다
이에 임금님의 명을 받잡고 출정
천자를 보좌하고 나라를 보위해

네 필의 수말이 장대하며
몸집이 크고 머리가 크다
어서 오랑캐를 정벌하여
나라의 큰 공을 세우리라
위엄이 있고 신중하게 해
싸움의 임무를 다함으로
싸움의 임무를 다함으로
나라를 안정하게 하리라

오랑캐가 허약하지 아니해
초호에 주둔 전열을 가다듬어

호(鎬)와 방(方)을 침략하여
경수(涇水)의 이르렀어라
군기의 문양은 나는 새이며
흰 띠 깃발이 선명히 펄럭여
큰 전차 열 양으로 나란히 진격해
먼저 길을 열고 싸움을 시작해라

전차는 싸움이 없어 평안하니
무거운 듯 가벼운 듯 흔들흔들
네 필의 수말은 본래 건장하고
또한 매우 훈련이 잘 되어
서둘러 오랑캐를 토벌함으로
일로에 대원(大原)에 이르나니
문무(文武)를 겸비한 길보(吉甫)
만방의 본보기로 본을 삼아라

길보(吉甫) 주연을 기뻐하노라
이미 이렇게 많은 복 받았노라
호경(鎬京)으로부터 돌아오노라
내가 출정한 지도 오래되었노라
모든 벗들에게 음주를 권하노라
자라를 찜하고 잉어를 회치노라
자리 벗이 누구인가 모르겠노라
효와 우애 깊은 장중(張仲)이어라

4. 소귀나물을 뜯으며[采芑]

서둘러 소귀나물을 뜯으리라
저기 재작년에 일군 밭에서도 캐고
여기 작년에 일군 밭에서도 캐어라
방숙(方叔)이 통솔하고 오시나니
그 지휘하는 전차가 무려 삼천인데
병사들은 대적(對敵)의 훈련을 해
방숙이 모두 지휘하고 통솔을 하니
네 필 검푸른 준마를 높이 탔어라
네 필 검푸른 준마 가지런히 달리니
큰 수레의 붉은 광채가 빛나고 빛나
대나무 가리개와 어피(魚皮)의 화살집
배띠의 쇠고리와 고삐의 걸쇠가 빛나

서둘러서 소귀나물을 캐리라
저기 재작년에 일군 밭에서 캐고
여기 마을의 묵정밭에서도 캐어라
방숙(方叔)이 여기 내림 하오니
지휘하는 수레가 삼천이로다
청룡과 현무의 깃발은 펄럭이며
방숙이 모두 통솔을 하고 있노라
붉은 바퀴 축 아로새긴 가로막이
여덟 개의 말방울이 딸랑딸랑하고
천자의 내려주신 관복을 입었는데
붉은 폐슬이 선명하고 휘황하며

푸른 패옥일랑 쨍그랑쨍그랑거려

저 훨훨 하늘을 나는 새매
하늘에 닿을 듯 날아올라
곧바로 나무에 내려앉아
방숙(方叔)이 이에 오나니
수레가 무려 삼천 승인데
병사들 방어 훈련을 하고
방숙이 이를 지휘 통솔해
징과 북을 쳐 행군을 알리고
병사들 진열해 군령을 발동
영명하고 충성스러운 방숙
둥둥둥 북을 급하게 치고
전군을 정렬하여 행진한다

꿈틀거리는 남쪽 오랑캐
큰 나라를 원수로 삼다니
공훈이 높고 뛰어난 방숙
그 지략은 참으로 장하여
방숙이 지휘 통솔하노라
간첩과 오열을 포획하다
전차가 빠르게도 달리니
덜컹덜컹하는 웅장한 소리
천둥소리와 우렛소리 같아
영명하고 충성스러운 방숙
북방의 험윤(玁狁)을 정벌하니

남쪽의 만형(蠻荊)도 항복해 와

5. 견고한 수레[車攻]

나의 수레 견고하고
나의 말 가지런하여
네 필의 말 힘이 넘치니
수레를 몰아 낙양으로 가다

사냥의 수레 잘 수리하고
네 필의 말 매우 장대하며
낙양의 넓은 초원이 있거늘
수레를 몰고 달려가 사냥해

임금이 수렵을 가시니
병졸들의 점호로 소란해
현무와 쇠꼬리 깃발 세우고
오(敖, 개봉)에서 사냥을 해

네 필 수말의 수레를 달리니
말들은 장하고도 늠름하다
붉은 폐슬과 금빛 신을 신고
모여드는 제후들 줄을 이어

활의 손깍지와 팔찌를 갖추고
활과 화살의 강약을 조절하여

활을 쏘는 궁수(弓手)들 모두 모여
나를 도와 사냥한 짐승 짐져와

네 필 황마의 수레 달리매
양쪽의 곁말들은 쏠림이 없이
질풍처럼 가지런히 달리거니
화살이 과녁을 통과하는 것 같아

힝힝 하고 말은 울음을 울고
깃발은 유유히 바람에 나부끼어
사졸과 마부들 기민하니
설마 임금님의 주방이 차지 않으랴

임금이 사냥을 떠나시느니
소문은 들리고 행차의 소리 없어
정말로 진실하신 임금이시어
진실로 매우 크게 이루시었노라

6. 길일(吉日)

길한 날을 가려 무진(戊辰)일
마조(馬祖)에게 복을 간구하고
사냥할 수레 견고하게 수리해
네 필의 수말 매우 장대하거니
저 높고 큰 언덕으로 올라가서
짐승의 무리들을 쫓고 쫓아라

길한 날을 가려 경오일에
내 힘차고 잘 달리는 말을 골라
달려가 이 짐승 모여 있는 곳으로
사슴들이 떼 지어서 뛰어다니니
칠수(漆水)와 저수(沮水)가를 따라
천자께서 계신 곳으로 몰아와라

저 넓은 벌판을 바라보니
큰 짐승들 많기도 하여
이리저리 뛰거나 서성이고
무리를 이루거나 짝을 지어
좌우에서는 그것들 몰아와
천자를 매우 즐겁게 하여라

나는 활을 당기고서
곧바로 화살을 메우어
저 작은 암퇘지를 잡고
이 큰 들소를 사살하여
손님에게 잡아 올리고
달고 맛있는 술을 권해라

7. 기러기[鴻雁]

기러기 날갯짓소리 음산하고
그분은 사신으로 먼 길을 떠나

들판 길에서 고생이 많고 많아
이곳에 저 많은 가련한 사람들
홀아비와 과부 동정 금할 수 없어

기러기가 하늘을 날아
못 가운데 모여 앉았다
그분은 담장을 쌓기 시작해
많은 담장(百堵)을 쌓아
비록 수고함을 많이 하였으나
사람들 안거(安居)하리라

기러기가 하늘을 날며
슬피 울음을 울어 기럭기럭
지혜로운 사람은 나를 가리켜
참으로 많이 수고한다 하거늘
어리석은 사람은 나를 일컬어
교만하고 사치한 짓이라고 해

8. 모닥불[庭燎]

이 밤일랑은 어떻게 되었는가
아직도 어둠이 밝아오지 않고
뜰의 모닥불만 밝게 타고 있어
제후(諸侯)들이 모여 오나니
말방울소리 짤랑짤랑해

이 밤일랑은 어떻게 되었는가
아직도 어둠이 밝아오지 않고
뜰의 모닥불만 활활 타고 있어
제후(諸侯)들이 모여 오나니
말방울소리 딸랑딸랑해

이 밤일랑은 어떻게 되었는가
새벽이 이미 가까워오고 있고
뜰의 모닥불만 밝은 빛을 발해
제후(諸侯)들이 모여오나니
그들의 깃발이 팔랑팔랑해

9. 넘실거리는 강물[沔水]

넘실거리며 흘러가는 저 강물
넓은 바다를 향하여 흘러 들어가
질풍처럼 급하게 나는 새매는
날아가는 듯 곧 내려와 앉아
슬퍼하노라 나의 형제들은 물론
이 나라의 백성들과 모든 벗들
난리를 염려하고 원하지 않아라
누구인들 부모 없는 사람 있을까

넘실넘실 흘러가는 저 강물
호호탕탕(浩浩蕩蕩)하여라

질풍처럼 빠르게 나는 새매
높이 날며 또 높이 솟아올라
도를 따르지 않는 저사람 생각
그저 일어나 그저 걷기도 하여
하지만 마음의 근심은 그지없어라
근심 거둘 수도 잊을 수도 없어라

질풍처럼 급하게 나는 새매
저 언덕을 따라서 날아올라
백성의 헛소문 뜬소문들을
어찌 경계하고 막지 못하나
내 친구야 삼가 경계하라
그러면 헛된 소문인들 일어나랴

10. 학 울음[鶴鳴]

학이 굽이진 못가에서 우니
그 소릴랑 벌판에 울려 퍼져
깊은 못에 물고기 잠겨 놀고
또는 잔잔한 물가를 유영해
즐거워라 저 그윽한 동산에
심은 박달나무가 이미 자라
나무 아래는 낙엽이 가득 지고
타산지석(他山之石)이라지만
옥을 가는 돌로 쓸 수 있으리라

학이 굽이진 못가에서 우니
울음소리 하늘에 울려 퍼져
고기는 얕은 물가에서 노니나
어떤 것은 물속 깊이 잠겨 있어
즐거워라 저 그윽한 정원에는
심은 박달나무가 크게 자라
그 아래에는 닥나무도 푸르러
타산지석(他山之石)이라지만
옥을 갈고 닦을 수 있느니라

우리말 시경
제11권

기보지습(祈父之什)

1. 기보(祈父)

사마님!
나는 임금님의 무사이거늘
어찌 나를 근심으로 전전하게 하며
평안히 머물러 살 수 없게 하는가

사마님!
나는 왕의 근위무사이거늘
어찌 나를 걱정으로 전전하게 하며
안정적으로 머무를 곳이 없게 하는가

사마여!
정말로 귀가 밝지 못하시오니
나로 하여금 근심으로 전전하게 하며
부모님 밥상을 차려 봉양을 못하게 하나

2. 흰 망아지[白駒]

희고 흰 망아지
내 밭의 새싹을 먹임으로
하여 붙들어 매고 발을 묶어
아침이 다 가도록 시간을 길게 끌어

저분을 저분을
이곳에서 노닐게 하리라

희고 흰 망아지
우리 밭 콩잎을 먹게 하여
하여 붙잡아 매어 발을 묶어서
이 저녁이 다가도록 시간을 길게 끌어
저분을 저분을
아름다운 손님으로 머물게 하리라

희고 흰 망아지
바람처럼 질주하여 오나니
너로 하여 공(公)과 후(侯)를 삼아
안락하게 살 것을 기한 없이 하리라
너의 오랜 외유를 진실로 삼가하고
너의 돌아오지 않을 생각하지 말라

희고 흰 망아지
저 빈 산골짜기에 있어
싱싱한 꼴이 한 다발이로다
그 사람은 옥과 같이 순결무구하여라
네 소식을 금과 옥처럼 아끼지 말고
마음을 멀리하여 소원하게 하지 말라

3. 꾀꼬리[黃鳥]

꾀꼬리야! 꾀꼬리야!
닥나무에 내려앉지 말라
내 조(粟)를 쪼아 먹지 말라
정말로 이 나라의 사람들이
나를 선대하여 주지 않으니
되돌아 서둘러 돌아가리라
내 나라 친족에게 돌아가리라

꾀꼬리야! 꾀꼬리야!
뽕나무에 내려앉지 마라
나의 수수를 쪼아 먹지 마라
정말로 이 나라의 사람들이
믿어 맺고 지내지 못한다면
되돌아 서둘러 돌아가리라
여러 형들에게로 돌아가리라

꾀꼬리야! 꾀꼬리야!
도토리나무에 내려앉지 말라
나의 기장일랑은 쪼아 먹지 말라
정말로 이 나라의 사람들이
함께 지내지 못할 것이라고 하면
되돌아 서둘러 돌아가리라
여러 어른들에게 다시 돌아가리라

4. 내 광야를 걸어[我行其野]

　　내 그 광야를 걸어간다
　　가죽나무 무성하여 그늘 드리워라
　　혼인을 맺은 연고로 하여
　　당신의 사는 곳을 찾아가니
　　나를 그렇게 푸대접할진댄
　　돌아가리라 내 고향으로 되돌아가리라

　　내 그 광야를 걸어간다
　　악한 소루쟁이 나물을 뜯노라
　　혼인을 맺은 연고로 하여
　　당신에게로 가서 잠을 자거니
　　나를 그렇게 선대하지 아니할진댄
　　돌아가리라 내 고향으로 되돌아가리라

　　내 그 광야를 걸어간다
　　악한 들무를 캐노라
　　지난 결혼을 생각하지 않고
　　내 새로이 신랑을 찾고 있는 것은
　　정말이지 재산이 많아서가 아니라
　　마침내는 내 마음이 변하였기 때문이어라

5. 산 개울[斯干]

　　산 개울물이 맑고 맑은데

남산은 그윽하고 그윽하여
푸른 대나무가 **빽빽한** 것 같고
푸른 소나무가 무성한 것 같아
형은 형대로 아우는 아우로서
서로 사랑하고 좋아함으로써
속이거나 모략하는 일이 없을 지니라

선조의 가업을 계승하여
많은 집과 긴 담장을 쌓아
문을 서쪽과 남쪽으로 내고
예서 거하며 예서 살며
예서 웃고 예서 화목하게 지내리라

담틀을 꽁꽁 묶고 동여매고
진흙을 탁탁 다져서 쌓으니
비와 바람을 막을 수 있고
새와 쥐들을 내쫓을 수 있으니
군자께서는 이곳에 바로살 수 있으리라

새로운 집이 높이 솟아난 것
네 모서리는 살촉처럼 반듯하고
추녀는 새의 날개를 펼친 것 같고
금계(金鷄)가 나는 듯 찬란하니
군자께서는 이곳에 바로 오르실지니라

넓고 넓은 뜰이며

곧고 높은 기둥이며
탁 트인 정청이며
아늑한 내실이어니
군자께서는 평안히 거하리라

밑에는 돗자리 위에는 대 자리
그러므로 잠은 평안하리라
그러므로 잠자고 깨어 일어나
그러므로 내 꿈의 점을 치노라
어떤 꿈이 길한 꿈이었는가
작은 수컷 곰과 큰 수컷 곰
살모사와 뱀의 꿈이라

태인(大人)이 점을 쳐 보니
작은 수컷 곰과 큰 수컷 곰은
아들을 낳을 길조(吉兆)이고
살모사(殺母蛇)와 뱀(蛇)일랑
딸을 낳을 상서로운 복조리

그러므로 아들을 낳으면
침상에 뉘어 잠을 재우며
바지저고리를 지어 입히며
옥홀(笏)을 가지고 놀게 하리라
울음소리가 앙앙 우렁차고
붉은 폐슬이 찬란히 빛나
가업을 이루어 군왕이 되리라

그러므로 딸을 낳으면
방바닥에 뉘어 재우며
강보(襁褓)를 싸 입히며
실패를 갖고 놀게 하리니
그릇됨과 무례함이 없이
오직 술 밥 짓는 일만 상의해
부모에게 걱정 끼칠 일 없으리라

6. 양이 없다니[無羊]

누가 네 양이 없다고 하랴
삼백 마리가 떼 지어 있는데
누가 네 소가 없다고 하랴
아흔 마리의 황소가 있는데
네 양이 우리로 내려오나니
뿔이 뾰족뾰족 엉기고 엉겨
네 소가 외양간으로 드나니
귀가 쫑긋쫑긋이 윤택해하네

혹 높은 언덕에서 내려오며
혹 못가에서 물을 마시며
혹 누웠거나 혹 어슬렁거린다
너의 양치기[牧] 오고 있거니
도롱이를 입고 삿갓을 썼어라
등에는 마른 양식까지 졌거니

서른 가지의 물색(物色)이로되
제사에 쓸 제물일랑 다 갖추어

저기 양치기가 오거니
장작하며 나뭇가지 하며
암놈 하며 수놈을 잡아
저기 양들이 내려오거니
이리로 몰리고 저리로 쏠리며
떨어지거나 흩어지지 아니해
팔을 휘저어서 오라고 부르니
모두 몰려오며 우리로 들어가네

양치기가 꿈을 꾸었는데
물고기가 떼 지어 흘러 다니고
현무깃발 송골매 깃발이 펄럭여
점쟁이가 점을 치니 점사(占辭)에
물속에 흘러다니는 물고기 떼는
내년의 풍년이 들 길한 징조이며
현무깃발 송골매의 펄럭이는 깃발은
가손이 번성하고 창성할 징조라네

7. 높은 남산[節南山]

높고 험한 저 남산이여
바위가 중첩하여 높고 높아

빛나는 태사(太師) 윤(尹)이시여
백성들 모두 당신만을 바라보아
마음속의 근심은 불타는 듯하나
감히 마음 놓고 말[戲談]을 못해
국운(國運)이 이미 끊어졌거니와
어찌 거울삼아 경계하지 아니하나

높고 험한 저 남산이여
그 언덕이 광대하여라
혁혁한 태사 윤(尹)이여
공평하지 못하니 일러 무엇하랴
하늘이 바야흐로 재난을 거듭하고
환난이 특히 크기도 하고 많아지니
백성의 말이 좋을 것이 없는데도
어떻게 하여 경계하지 아니하는가

윤씨(尹氏)인 태사(太師)는
주(周)나라의 기둥이니라
나라의 권력을 잡았을진댄
천하와의 관계를 잘 맺으며
천자를 보좌하여 백성들이
길을 잃어버리지 않도록 해야
넓고 넓은 하늘이라 야속도 해라
백성들 곤궁케 함 마땅하지 않아

몸소 안하며 친히 하지 않으면

일반 백성들은 믿지 아니하는데
정사를 자문도 보살피지도 않아
그러니 군자를 기만하지 말라
공평하게 함으로 불합리한 것 제지하고
일반 서민들을 위태롭게 하지 말 것이라
보잘것없는 외척들까지도 불러들여
높은 벼슬자리 후한 녹(祿)을 주지 말라

넓은 하늘이 공평하지 않아
이렇게 흉한 재난을 내렸으며
넓은 하늘이 은혜를 베풀지 않아
이렇게 크나큰 죄악을 내리시어
군자가 만일 정사를 올곧게 한다면
백성들의 마음일랑 가라앉게 할 것이며
군자가 만일 정사를 공평하게 한다면
증오와 분노를 아주 멀리할 수 있으리라

넓은 하늘이 불쌍히 여기지 않아
환란이 오랫동안 평정되지 않으며
다달이 이렇게 새로이 발생하므로
백성들은 평안할 날이 하루도 없어
마음의 근심이 마치 술에 취한 것 같아
누가 나라의 정사를 맡고 있단 말인가
스스로 정사를 바로잡고 하지 아니하여
끝내는 백성들을 괴롭게 하고 있단 말인가

저 네 필의 수말을 몰아 달리니
네 필 수말의 목이 힘이 있다만
내 사방을 이리저리 둘러보아도
움츠러들어 어디 달릴 곳이 없어

바야흐로 죄악을 많이 만들면
너의 긴 창을 대적할 것이더니
정사를 공평히 하여 즐겁게 되면
서로 권하여 술잔을 주고받듯 하리

넓은 하늘이 공평하지 않아
우리 임금이 평안치 못하시거늘
그 마음일랑 고치지 아니하고는
도리어 바로 하는 이를 원망하리

가보(家父)가 시가를 지어
왕의 재난을 알아보니
윤 씨의 마음 바뀌지 않으면
세상을 다스릴 수 없으리라

8. 정월(正月)

11월의 서리가 많이 내려
마음속으로 근심 걱정해
백성들의 떠도는 소문이
이렇게 끊임없이 파다한데

생각하거니와 나만이 홀로
걱정일랑 그지없이 하여 와
애달프다 나의 소심함이여
근심함으로 병이 들었어라

부모님이 나를 낳으시어
어찌하여 고통의 병들게 하나
내 낳기 전에는 재앙이 없었고
내 죽은 뒤에는 재난이 없으리
좋은 말도 사람의 입에서 나오고
나쁜 말도 사람의 입에서 나오니
시름은 유유히 깊어져 견디기 어렵고
그리하여 능멸을 받게 될 수 있어

마음의 근심이 그지없는데
나의 녹(祿)이 없음을 염려해
백성들은 아무런 죄도 없이
모두 잡혀가 노복(奴僕)이 되어
애달프고 애달퍼라 우리 백성들
어디를 따라가야 녹을 얻을 수 있을까
하늘을 나는 까마귀의 머물 곳을 보라
누구네 집 지붕 위에 내려앉으려나

저 숲속을 바라보니
굵은 나무 가는 나무뿐
바야흐로 백성들 위태로워

하늘을 보건대 아득하여라
만일 하늘이 난을 안정시킨다면
이겨내지 못할 사람이 없으리니
광명하고 위대하신 상제(上帝)여
결국 누구를 증오(憎惡)하리까

산이 낮다고 말하나
산등성이 높고 구릉이 깊네
백성들의 뜬소문이 파다한데
어찌하여 징계하지 아니하는가
저 원로(元老)들을 초치하고
점쟁이에게 점을 쳐 물어보니
점사 이르되 성(聖)하다 하나
누가 까마귀의 암수를 알겠는가

하늘을 이르되 높다고 하나
감히 몸을 굽히지 않을 수 없어
땅을 이르되 두텁다고 하나
감히 가볍게 걷지 않을 수 없어라
이렇게 호소하는 이 말 말들이
법도가 있고 이치가 있거니와
애달프다 지금의 이 사람들은
어찌 독사나 도마뱀처럼 되었나

저 산언덕의 푸석한 밭을 보건대
유달리 무성한 곡식의 싹이 있어

푸른 하늘이 나를 흔들려고 하나
그러나 날 흔들지 못할 것 같아라
저들 내 허물을 벌주려고 할 때는
허물을 찾지 못할 것 같이 하더니
날 잡는 것을 원수와 같이 하는데
날 힘으로 제압하지 못할 것 같아

마음속의 근심함으로
응어리가 맺힌 듯해
오늘날의 이 정치는 정말
왜 이렇게 사납단 말인가
요원의 들불이 타오르는 것을
어찌하여야 끌 수 있을 것인가
빛나고 빛나는 주나라 서울
포사(褒姒)가 멸망하게 하여

그렇게 길이 근심을 품는 바에는
흐리고 궂은비로 고통스러우리라
그 수레에 이미 짐을 가득히 싣고
당신의 차상의 덧 판을 떼어버리니
당신의 가득히 실은 짐이 떨어졌는데
그제야 어른을 청해 도와 달라고 해

당신 수레의 덧판을 버리지 말고
당신 수레의 바퀴살을 더해 늘리고
자주자주 차축(車軸)을 보살펴 보고

당신 가득 실은 짐 떨어뜨리지 않으면
끝내는 험한 길을 넘어갈 수 있을 것을
일찍이 꿈엔들 생각하지도 못하여

물고기 못에 살고 있으나
또한 즐거워할 수가 없어라
물속에 잠기어 엎드려 있어도
매우 뚜렷하게 들어나 보여
마음의 근심을 참담하게 하며
나라의 포악함을 염려하게 돼

저들에게 달고 맛있는 술이 있고
또 아름다운 안주(嘉殽)가 있어
이웃과 어울려 친근하게 지내며
인척들과도 아주 잘 어울리거늘
조용히 생각해보니 나만이 홀로
마음의 근심걱정하므로 괴로울 뿐

화려한 저들의 가옥이 있고
재빠르게도 관록을 갖거니와
백성은 당장에 살길조차 없거늘
하늘은 재앙[天夭]까지 내리어서
즐거워하는 사람은 부자들이거니와
애달프다 의지할 곳 없는 고독한 이들

9. 시월 초하루에[十月之交]

시월의 해와 달이 바뀌는
초하루인 신묘(辛卯)일에
일식(日蝕)이 일어나거니
매우 나쁘고 흉한 징조로다
지난 월식으로 밤이 희미하고
지금의 일식으로 낮이 어두워
오늘날의 이 백성들이야말로
또한 그지없이 애달프고 슬퍼

해와 달이 흉조를 알리어
본래 궤도를 운행하지 않아라
천하의 올바른 정사를 하지 않고
현량한 사람을 등용하지 않음이라
저 월식은 항상 있는 일이거니와
이 태양의 먹히어 어두워지는 일은
무엇이 잘못되어 일어난 것인가

번쩍번쩍하는 천둥 번개는
평안하지 않은 불길한 징조
모든 강물이 비등(沸騰)하며
산정(山頂)이 무너져 붕괴해
높은 언덕이 골짜기가 되고
깊은 골짜기가 언덕이 되거니와
애달프고 애달프다 요즘의 사람들

어찌하여 이렇게 깨닫지 못하는가

황보(皇父)는 경사가 되었고
번(番)은 사도가 되었고
가백(家伯)은 재부가 되었고
중윤(仲允)은 선부가 되었고
추자(棸子)는 내사가 되었고
궤(蹶)은 추마가 되었고
우(楀)는 사 씨가 되었거니와
요염한 왕의 마누라 선동을 하여
바야흐로 정사를 잡고 득세를 해

아! 황보(皇夫)여!
어찌 때를 어기지 않는다 하랴
어찌 나를 노역(勞役)케 하며
나에게 와서 상의하지 아니할까
나의 담장 가옥이 무너지게 되고
밭은 물에 잠기고 잡초는 무성해
내가 너를 해치려는 것이 아니라
예법(禮法)이 곧 그러하다고 해

황보가 매우 총명하다고
고을을 향(向)에 건설하고
삼경(三卿)을 가려 뽑았는데
정말로 재물이 많은 부자들
한 유능한 신하를 남겨 두어

왕을 수호하는 것 원하지 않고
수레와 말이 있는 사람을 선택
향(向) 땅으로 옮겨 안거하도다

힘을 써서 일을 따라 하며
감히 노고를 말하지 못해
죄도 없고 허물도 없거늘
모함하는 소리로 들끓어
낮은 백성들의 죄의 내림은
하늘에서 내려오는 것 아니라
앞에서 칭찬 뒤에서 미워하는
오로지 다투는 이 사람으로 말미암아

강물처럼 유유한 내 근심으로
매우 마음 아프고 고통스러워
세상이 여유롭고 즐겁거니와
나만이 홀로 근심에 쌓여 있어
백성이 편안하지 않을 것 없거늘
나만이 홀로 쉬지를 못하노라
하늘의 운행이 고르지 못함이니
감히 내 벗의 안일을 본받지 못해

10. 끝없는 비[雨無正]

넓고 넓은 푸른 하늘이

은덕을 널리 베풀지 않아
기근을 내려 주려 죽으며
세상 사람을 베이어 죽이시니
하늘의 무정한 위력이 있으나
우리 재난을 염려하지 않아라
저 죄 있는 사람들을 석방하여
그 허물일랑 덮어두고 있거니와
이렇듯이 죄 없는 좋은 사람들을
하나하나 모든 재난에 빠뜨리어

주의 호경이 멸망하여
안정하여 살 수 없으며
높은 대부들은 살 곳 옮겨가
우리 괴로움을 알지 못하며
삼경(三卿)과 대부(大夫)들
아침저녁 즐겨 일하지 않아
나라의 임금과 제후들은
조석으로 나와 일하지 않아
뭇 사람들 착하기를 바랐거늘
도리어 더욱이 악한 짓을 해

어찌된 것이오 하늘이여
법도의 말을 믿지 아니하니
이리저리 떠돌아다니는 것은
어디에 갈 곳이 없는 것 같아
무릇 모든 조정의 귀족 신료는

각기 각자 처신을 조심하리라
어찌하여 서로 두려워하지 않나
하늘도 두려워하지 않는 것일까

병란이 일어나 물러나지 않고
기근이 들어 끝나지 아니하여
일찍이 우리 근신(近臣)들은
근심 걱정 날로 깊어졌거니와
무릇 조정의 모든 귀족 신하들은
충언(忠言)을 원하지 않았어라
임금의 말일랑 옳다고 대답하며
참언(讒言)이면 피하여 물러서네

슬프다 교언(巧言)을 못하는 사람
혀가 이를 내뱉지 못할 뿐만 아니라
몸은 그리하여 깊은 병이 들었노라
즐거워라 말을 잘한다고 하는 사람은
말을 물이 흐르듯이 교묘하게 함으로
몸으로 하여금 평안하게 지내도록 해

나아가 벼슬을 할 것이라고 하나
매우 어렵고 또한 매우 위태로워
말을 따라 하지 못한다고 말하면
이것은 천자에게 죄를 얻게 되고
또한 말을 따라 그대로 한다 하면
벗들로부터 원망을 사게 되리라

동도(東都)로 옮겨가라고 하나
"나는 아직 살 집이 없다"고 해
근심과 걱정으로 피눈물 흘리고
시름에 분통하지 않는 말 없어라
옛날의 당신이 나가서 살 때에는
누가 따라가 집을 지어 주었는가

우리말 시경
제12권

소민지습(小旻之什)

1. 먼 하늘[小旻]

저 아득한 하늘의 시기하심
이 땅에 펼 처져 이 땅에
임금의 계획 삐뚤어지고 사악한데
그런 것들 어느 날에나 멎으려나
선한 계획일랑은 따르지 아니하고
불선한 계획 도리어 채용하잔 건가
현재계획 내 생각하고 생각해보니
더욱더 병폐가 엄중하고도 심하다

칭찬하며 헐뜯다니
정말로 슬퍼할 일
좋은 정책일랑은
그릇되다 어기고
못된 정책일랑은
모두들 따르나니
내 정책을 보건데
나라가 걱정스러워

나의 신령한 복점 거북이 이미 지쳐
나에게 길흉을 알려주지 아니하고
모사(謀士)들이란 너무나도 많아서
정책은 중구난방 의견 일치를 못 봐

말하는 사람들 조정에 가득하거니와
누가 감히 그 잘못을 책임 질 수 있나
저 행인에게 노정을 묻는 것 같아서
그렇다면 올바른 길을 갈 수가 없어라

슬프다! 이런 정책을 내어놓다니
옛 성현의 올바른 것 본받지 않고
원대한 올바른 길을 가지 아니하고
오직 가볍고 천한 말을 듣고 따르며
오직 가볍고 천한 말을 두고 다투니
집 짓는 일을 행인에게 묻는 것 같아
그렇다면 반드시 성공 못 할 것이라

나라가 비록 크지 않다고 하더라도
총명한 사람과 또 어리석은 사람 있어
백성이 비록 그렇게 많지 않다고 하나
현명하고 지모(智謀) 있는 사람이 있으며
엄숙하고 이치대로 일을 잘하는 사람 있어
그러니 저 소용돌이치고 흐르는 샘물처럼
돌아올 수 없는 패망으로 빠져 들지 말길

맨손으로 호랑이를 잡을 수 없고
걸어서는 황하를 건너지 못한다는
사람들의 이런 하나 이치만을 알고
이외 또 하나 두려운 사실 알지 못해
전전긍긍(戰戰兢兢)두려워 하자스라

마치 깊은 못가에 서있는 것 같으며
살얼음(薄氷)을 밟고 가는 것과 같아

2. 작은 비둘기[小宛]

작은 저 구구하고 우는 비둘기
날아 하늘 높이 솟아올랐거니
나의 마음은 근심으로 겨워서
옛 선조들을 생각하고 생각해
날이 밝아오도록 잠을 못 자고
두 아버지 어머니를 그리워 해

명철하고 성덕이 있는 사람은
술을 마시되 온유돈후하거니와
저 어둡고 지혜 없는 사람이란
날로 취생몽사(醉生夢死)하잔다
각각 그네들 행동을 삼가라
천명(天命)이 돕지 아니하리라

들판 가운데에 콩이 있으니
백성(庶民)들이 채취하고 있다
뽕나무 벌래 새끼를 두었는데
나나니벌이 업어서 키우노라
자식 가르치고 깨우치게 하여
선조들처럼 좋은 일하도록 해야

저 할미새를 보아라
날며 울고 울며 날지
난 날마다 일로 떠나고
넌 달마다 일로 멀리가
일직이 일어나고 일직이 자라
널 낳고 기른 부모 욕되게 말라

쟈오쟈오 하고 우는 콩새(桑扈)는
마당가를 따라 조를 쪼아 먹는다
애달프다 내 병들고 가난한 홀아비
설마한들 감옥에야 갇히게 되려나
조를 싸들고 나아가 점을 쳐 보리라
어디로부터 좋아질까 알아보려 한다

온유하고 공손한 사람이라
새가 나무위에 앉아 있는 듯
두려워하고 또 조심하기를
깊은 골짜기에 서있듯이 하며
그냥 전전긍긍(戰戰兢兢)하자스라
살얼음을 밟고 가는 듯이 하다

3. 즐거운 갈까마귀[小弁]

즐겨나는 저 갈까마귀들이여
무리지어 날며 둥지로 돌아가

사람들 모두모두 유쾌하거늘
나 홀로 재앙(罹)을 만나다니
하늘에 무슨 죄를 지었을까나
내 하늘에 지은 죄가 무엇인가
마음속의 이 근심 걱정들일랑
어이하면 어이하면은 좋을까나

평탄하고 넓은 길(周道)이여
무성한 풀로 덮이게 되리라
내 마음속의 근심걱정으로
방망이 조바심하듯이 하고
옷 입은 채로 누워 길이 탄식
시름에 겨워 늙어 가노라니
마음의 시름 더욱더 깊어지고
번민으로 두통을 앓듯 아파라

오히려 뽕나무 가래나무를 보면
반드시 공경의 마음이 생기거니
아버지 공경하지 않는 이 없으며
어머니 사랑하지 않는 이 없으나
지금 나는 아버지 곁에 있지 않고
지금 나는 어머니 떠나 있지 않나
하늘의 뜻있어 나를 낳게 하셨을
내 좋은 날은 어디에 있을 것인가

울창한 저 버드나무에서는

매미는 매암 매암하고 울며
깊이조차 알 수 없는 연못의
갈대는 무성하기 그지없어라
비유하거니 저 흘러가는 배
닿을 곳일랑 알 수가 없듯이
마음의 시름이야말로 깊으니
옷을 입고 잠잘 틈도 없어라

사슴의 차고 달리는 다리는
나는 듯하여 껑충 뛰어 껑충
장끼가 아침 꿩꿩 하고 울어
오히려 암컷을 구하거니와
비유하건데 저 병든 나무가
병을 앓아 가지 없는 것 같다
마음속으로 시름에 겨워함을
어찌하여 알지를 못 하는가

그물에 걸린 토끼를 보면
우선으로 토끼를 풀어주며
길에서 죽은 사람을 만나면
또한 그 시신을 묻어주는데
유독 임금의 그 마음가짐은
오히려 너무나 잔인하거니
마음의 시름은 깊어만 가고
눈물만이 줄줄이 흘러내려

임금은 모함하는 말을 잘 믿어
올리는 술잔 받아 비우듯이 하고
임금이 정말로 지혜롭지가 않아
두루 두루 살피고 찾아보지 않아라
벌목을 하려면 나무를 끌어야하고
장작을 쪼개려면 나뭇결을 따라야
하거늘 죄 있는 자를 버려두고는
죄 없는 나에게 죄를 덮어 씌워라

이만큼 높지 않으면 산이 아니며
이만큼 깊지 않으면 샘이 아니잖나
임금의 말은 쉬이 하지 말아야 함은
귀는 담장에도 붙어 있어 듣고 있으니
나의 물고기 보(洑)에는 가지 말라
내 통발(筍)도 건들이지 말라니까
나 자신을 용납하여 돌보아주지 않고
무슨 여유로 나의 뒷일까지 걱정할까

4. 간사한 말[巧言]

아득하니 넓고 넓은 하늘이
가로되 나의 부모라 하거니
죄 없으며 허물도 없거니와
재난이 이렇듯 크단 말인가
하늘이 아무리 진노하여도

내 확실한 것은 죄가 없으며
하늘이 아무리 크다고 하나
내 확실한 것은 허물이 없어

재난이 처음으로 생겨나는 것은
모함을 받아들임으로 비롯하고
재난이 또 이어서 생겨나는 것은
임금이 참언을 믿기 때문이니라
임금이 만일에 믿지 않고 노하면
재난은 대부분이 빨리 저지 되며
임금이 만일 바른 말을 기뻐하면
재난은 대부분이 빨리 끝나리라

임금(君子)이 자주 제후들과 맹약으로
이로 말미암아 재난이 자주자주 생기며
임금이 난신적자(亂臣賊子)를 믿는지라
이로 말미암아 재난이 더욱 난폭해지며
난신적자의 말이 아주 달콤(甘)한지라
이로 말미암아 재난이 더욱 심하여진다
그 난신적자들 진정 공손하지 않은지라
오직 왕(王)에게 근심 걱정을 더할 뿐

높고 웅장한 종묘를
임금이 건설하였으며
밝은 나라의 큰 정책
성인이 계획하였어라

다른 사람의 못된 마음
내 헤아려 보자니 마치
달아나는 교활한 토끼가
개를 만나 잡히는 것 같아

유약한 아름다운 나무를
우리의 임금께서 심으며
오가는 돌아다니는 말을
마음속으로 헤아려본다
과장되고 허황된 큰 말들
입으로부터 흘러나오지만
생황소리 같은 간사한 말의
그의 얼굴은 더욱이 두꺼워

저 사람은 어떤 사람인가
황하(黃河)가에서 살았어라
아무 힘도 없고 용기도 없으나
오로지 재난의 근원을 조성해
다리의 종기 나고 또 부었으니
너의 용기를 무엇에 쓰려는가
모략이 심하고 또 많기도 하나
얼마나 오래 그 자리에 머물까

5. 어떤 사람인가[何人斯]

저 사람은 어떤 사람인가

그의 속마음 참으로 어려워
어찌 나의 어살에는 가면서
나의 문으론 들어오지 않나
그 누구를 따라가려고 하나
오직 포공(暴公)을 따라간다

두 사람이 서로 쫓아다니더니
누가 이런 재화를 만들었는가
어찌 내 개울 보에 갔으면서도
내게 들려 위로해 주지 않는가
처음에는 지금 같지 않았는데
이제는 나를 좋다고 하지 않아

저 사람은 어떤 사람이기에
어찌 내 뜰의 길을 지나가나
내 그 지나는 소리 들었으나
그 모습을 보지는 못 했어라
사람에겐 부끄럽지 않다 하나
설마 하늘 두려워하지 않으랴

저 사람은 어떤 사람인가
회오리바람과도 같은 사람
북쪽에서 불어오지 않더니
남쪽에선 왜 불어오지 않나
내 어살에는 어찌하여 가나
내 마음만을 혼란스럽게 해

당신이 한가하게 다닐 때에도
틈을 내어 집에 와 쉬지 않거니
당신이 바쁘게 돌아다닐 때엔
수레인들 기름칠할 겨를 있으랴
오직 한 번만이라도 오신다면은
기쁨은 휘둥그렇게 눈을 뜨게 하리

당신 돌아오는 길에 들리면
내 마음이 기쁠 것이거니와
돌아와서도 들리지 않다니
그 마음을 알기 어렵지 않아
한 번만이라도 들려준다면
나로선 행복하고 즐거우리라

큰 형은 도기 훈(壎)을 불고 있고
중형은 대나무피리(篪)를 불어
총각 때 함께 엮고 엮여 지냈는데
당신 진실로 내 마음을 몰라주니
닭 개 돼지 이 세 가지를 내어서
빌고 빌어 당신을 저주하리라

귀신이 되고 요괴가 된다면
당신 모습 볼 수 없으려니와
뻔뻔한 면목을 갖고 있으니
사람들 보기에 망극하니라
이에 좋은 뜻의 노래를 지어

반복하는 사악함 바로 잡으리

6. 내시[巷伯]

알록달록 알록달록한
조개무늬의 비단을 짜
저 사람을 모함하는 자
너무나 심하고 크노라

입을 크게 벌려 입을 크게 벌려
키 모양 입 벌린 남기성(南箕星)
저 사람들을 모함하는[讒人] 자여
누구를 만나 또 어떤 모의를 하려나

속살거리며 오고 가
참언(讒言)을 모의하고자 해
너의 말을 삼갈지어라
너를 미덥지 않게 여기리라

약삭빠르고 날렵하게
모함의 말을 만들어내어
어찌 네 말이 안 받아 들여 지랴만
이윽고 그 화는 네게 옮겨 오리라

교만한 사람들 호호(好好)하거늘
걱정 많고 괴로운 사람들 번민이 커

푸른 하늘이시여 푸른 하늘이시여
저 교만한 사람들을 살펴보시어서
이 괴로운 사람들 긍휼히 여기소서

저 사람을 모함하는 자여
누굴 만나서 모의하려 하나
저 사람을 모함하는 인간일랑
승냥이 호랑이에게 던져주라
승냥이 호랑이가 먹지 않으면
추운 북쪽 땅에 던져버려라
북쪽 땅에서도 받지 아니하면
먼 먼 하늘(昊)에 던져버려라

양원(楊園)으로 가는 길
무구(畝丘)를 따라 간다
나 환관인 맹자(孟子)는
위와 같은 시를 지었거니
무릇 모든 군자(君子)들은
삼가 진실하게 들을지어라

7. 곡풍(谷風)

쏴아 쏴 하는 골자기의 바람
바람이 불며 비가 내리노라
무서워하고 두려워할 때엔

나와 더불어 너 함께이더니
평안하고 또 안락할 적에는
너는 도리어 나를 버리느냐

쏴아 쏴 하는 골자기의 바람
바람이 불어 회오리쳐 오다
무서워하며 두려워할 때엔
나를 품속에 꼭 안아 주더니
평안하며 즐거워할 때일랑
날 버리길 쓰레기 버리듯 해

쏴아 쏴 골자기 바람이 불고
다만 산이 높고도 또 높음에
오직 죽지 않은 풀이 없으며
말라 죽지 않은 나무 없는데
나의 큰 덕일랑은 망각하고
나의 작은 원한을 생각하나

8. 높이 자란다북쑥[蓼莪]

높이 큰 다북쑥이라더니
다북쑥이 아닌 개사철쑥
슬프고 슬프다 내 부모여
날 생육하랴 고생하시어

높이 큰 다북쑥이라고 하더니

다북쑥 아니라 제비쑥이라고
슬프고 슬프다 아버지 어머니
날 생육하랴 수고로 병드시어

술병이 비었다니
술독이 부끄러워
외로운 사람의 삶
죽음만 같지 못해
부모 돌아갔으니
누굴 믿고 의지해
나가면 부모 걱정
들면 이를 곳 없어

아버지 나를 나으시고
어머니 나를 기르시어
나를 어르고 기르시며
날 키우고 보육하시고
날 돌보시고 돌보시며
날 들고 날며 안아주어
그 은혜 갚으려고 하나
호천망극 돌아가시다니
남산이 높이 솟았거니
회오리바람이 소용돌이쳐
사람들은 모두 잘 살아 가는데
나만 홀로 이렇게 불행을 당해

남산이 높이 솟았거니
회오리바람이 사납게 불어
사람들 모두 잘들 살아가는데
나만 홀로 부모를 여의어

9. 대동(大東)

그릇에는 가득하게 담긴 밥
길고 굽은 대추나무 밥주걱
주(周)의 길이 숫돌처럼 평평해
화살처럼 곧고 훤하게 뻗어가
귀족들 수레를 달려 다니는 길
일반서민들 멀리 바라만 볼뿐
머리를 돌려 수레를 바라보며
주룩주룩 끊임없이 눈물 흘려

작은 동쪽나라 큰 동쪽나라들
베틀의 북과 도투마리도 비어
칡으로 얼기설기 삼은 미투리
이로써 서리 길을 갈 수 있나
갈팡질팡 분망한 귀족의 공자
저 주(周)나라의 길을 달려와
서둘러 세 거두어 빨리 돌아가

차디차게 곁으로 흐르는 샘물에

거두어들인 나무를 젖게 하지 말라
시름에 겨워서 잠을 깨어 한탄한다
슬프다 우리의 노고로 병든 사람들
이 나무는 우리가 거둔 나무일진데
오히려 수레로 실어 가버릴 것이다
슬프게 하는 것은 우리 병든 사람들
마땅히 쉴 수 있게 해야 할 것이라

동쪽 나라 사람들의 자제는
노역을 할 뿐 위안을 못 받고
서쪽 나라 사람들의 자제는
아름답고 고운 옷을 차려입어
주나라 사람들의 자제들은
곰 가죽으로 가죽옷 지어입고
가신(家臣)의 자제들은
백관들의 노예일 뿐이네

혹자는 그 술로써 취하더라도
혹자는 그 박주는 아니 마시며
혹자는 아름다운 옥을 패용해도
혹자는 그 옥 길게 패용하지 않아
하늘에는 은하(銀河)가 있어서
거울처럼 빛이 반짝반짝 빛나며
직녀 두 다리로 베틀 줄 놓고 당기며
종일 일곱 차례 자리 바꿔 베를 짜다

비록 일곱 차례나 베틀을 옮겨 앉았으나
빈 북만 왔다갔다 반복할 뿐 비단은 못 짜며
빛이 밝고 밝은 견우(牽牛)라고 하더라도
은하건너 직녀를 바라볼 뿐 수레를 못 몰고 가
동쪽에는 새벽의 샛별(金星)이 반짝반짝 빛나고
서쪽에는 황혼이 질 때 장경(長庚)이 반짝이나
다만 여덟 개의 그물모양의 천필(天畢)만이
이내 하늘 길(軌道) 위에 이어 펼쳐져 있을 뿐

남쪽에 키 모양의 기성(箕星)이 있으나
그것 가져다가 겨를 까불 수가 없으며
북쪽에는 국자 모양의 북두칠성 있으나
그것 가져다가 술을 저어 뜰 수 없으리다
남쪽의 밤하늘에는 기성이 떠 있거니와
곧 혀를 오므리고 입 벌려 무엇을 삼킬 듯
북쪽의 밤하늘에는 북두칠성 떠 있거니와
다만 서향한 자루를 치켜들어 무엇을 떠갈 듯

10. 사월(四月)

사월이라 여름이 되었거든
유월 혹서는 매우 심하여라
내 조상은 어질지 아니한가
나를 차마 버려두고 있는가

가을날이 차디찬지라
온갖 초목이 다 시들고
난리에 가족 흩어졌거니
어느 곳으로 돌아갈까나

겨울의 추위가 맵고 또 매운데
회오리바람 휘이익 소용돌이 쳐
사람들은 무사하게 잘 살거니와
내 홀로 어찌하여 화를 만나는가

산에는 아름다운 나무 있거니
밤나무와 매화나무가 아닌가
높은 분들 변해 잔적이 되다니
알지 못해라 그 뉘 허물이련가

저 흐르는 샘물을 보면
맑았다 또 흐렸다 한다
난 날마다 화를 만나니
어쩌면 잘 살 수 있을까

도도히 흐르는 양자강과 한수
남국(南國) 하천의 주류여라
몸이 부서져라 일 다하였으나
어찌하여 나를 돌보지 않나

독수리도 솔개도 아닌 것이

높이 날아서 하늘에 오르려 하나
전어도 다랑어도 아닌 것이
잠수하여 심연으로 사라지려 하나

산에는 고사리와 고비가 있거니와
낮고 습한 곳엔 구기와 가시목 있어
이에 군자가 노래를 지어 불러
오직 그렇게 함으로 비애를 호소해

우리말 시경

제13권

북산지습(北山之什)

1. 북산(北山)

저 북산(北山)에 올라가
그 구기자를 채취하노라
건장하고 젊은 하급관리
아침저녁 없이 일만 하네
나라의 일이란 끝이 없어
내 부모 근심 걱정하게 해

넓고 넓은 온 천하의 땅
왕의 땅 아닌 것 없으며
사해(四海) 안의 백성들
모두 왕의 신하이거니와
대부들이 공평하지 못해
내게 주워진 일 홀로 많아

네 필의 말 팡팡 분주하고
왕의 일은 방방 많고 많아
내 늙지 않은 것 좋다 하고
내 강장함을 아름답다 하며
체력이 힘이 있고 굳세거니
온 나라를 경영하리라고 해

혹자는 평안히 쉬고 있거니와

혹자는 진심갈력 나라를 섬기며
혹자는 평상에 누워 휴식하거니와
혹자는 분주히 돌아다니기 끝없어

혹자는 호출도 하지 않거니와
혹자는 처참하게 노동을 하며
혹자는 집에 놀며 누워 쉬거니와
혹자는 나라의 일로 분망하다

혹자는 향락에 젖어 술을 마시거니와
혹자는 불안에 떨어 허물 생길까 하여
혹자는 드나들며 허풍 큰소리만 치나
혹자는 안하는 일이 없이 다 한다니까

2. 큰 수레를 몰지 말라[無將大車]

큰 수레를 몰고 다니지 마라
다만 먼지만을 뒤집어쓸 뿐
모든 근심걱정은 하지 마라
다만 스스로 병들 뿐이니라

큰 수레를 몰고 다니지 마라
오직 먼지만 자욱하게 일 뿐
모든 근심을 생각하지 마라
번민에서 벗어나지 못하리

큰 수레를 몰고 다니지 마라
먼지가 앞을 자욱이 가릴 뿐
모든 근심을 생각하지 마라
다만 더욱 마음만 무거우리니

3. 밝은 하늘[小明]

밝고 밝으신 위의 하늘
아래의 땅을 비추시니라
내 행역으로 서쪽으로 가
황량한 변경에 이르나니
십이월의 상순이었어라
겨울이 가고 여름도 가고
마음속의 깊은 시름이란
독처럼 너무나 괴로워라
저 온유한 아내 생각하니
흐르는 눈물이 비 오듯 해
어찌 돌아갈 생각 없으랴
다만 죄의 그물이 두려워

종전 내가 집을 떠나 올 때에는
바야흐로 해와 달이 바뀌었거니
어느 때에나 돌아갈 수 있을까
이 해도 어느덧 저물어 가는데
생각하니 내 홀로 일뿐만 아니라

나의 해야 할 일이 참으로 많아
마음속의 걱정과 시름에 겨워라
그 고통일랑은 끝날 틈이 없어라
저 온유한 아내를 이냥 그리워해
연연(戀戀)타 못 잊어 돌이켜봐
어찌 돌아갈 것 생각하지 않으랴
분노하여 꾸짖을 것을 두려워 해

종전 내가 집을 떠나 갈 때는
바야흐로 날씨 따듯하였는데
어느 때야 돌아갈 수 있을 까
나라의 정사 더욱더 촉급하고
이 해는 드디어 저물어 간다
다북쑥 채취하고 콩을 수확해
마음속의 걱정함과 시름함으로
스스로 근심거리를 만들어내다
저 온유한 아내를 잊지 못하여
일어나 밤을 지새우며 떠돌아
어찌 돌아갈 것 생각하지 않으랴
이 화(禍) 반복할 것을 두려워 해

슬프다! 당신네들 군자는
항상 평안히 거처하지 말라
당신 맡은 일에 마음을 다하며
정직하게 더불어 같이 하면은
신령(神靈)이 모두를 듣고서

복록을 당신에게 줄 것 이니라

슬프다 ! 당신 군자는
항상 편히 쉬지를 말라
당신 직무에 전심하여
이에 정직을 다한다면
신령은 이 모두를 듣고
당신에게 큰 복을 주리

4. 종을 쳐[鼓鐘]

종소리가 뎅그렁 뎅그렁 하고
회수(淮水)는 넘실넘실 흘러
시름에 겨우니 상심이 깊어라
맑고 선량하신 군자이시어니
그립고녀 진실로 잊을 수 없다

종소리가 뎅그렁 뎅그렁 울고
회수(淮水)는 출렁거리며 흘러
시름에 겨우니 슬픔이 깊어라
맑고 선량하신 군자이시어니
그 덕이 사악하지 아니하여라

종을 치며 북을 치고 있거니
회하(淮河)는 세 개 주를 흘러
마음의 근심으로 비애는 깊다

맑고 선량하신 군자이시어니
그 덕행이 끊임없이 드날려라

종소리 웅 웅 웅 울려 퍼지고
비파를 뜯고 거문고를 뜯어라
생(笙)과 경(磬)이 화음 하며
아(雅)와 남(南)과 약(籥)이
어지럽지 아니하고 잘 어우러져

5. 무성한 납가새[楚茨]

무성한 납가새[蒺藜]의
그 가시를 제거하는 것은
예부터 왜 그리 하였는가
우리 기장 경작하게 하여
우리 기장 무성히 자라며
우리 기장 무성히 어울려
우리 창고 이미 가득차고
우리 노적가리도 가득해
술을 빚고 음식을 만들어
받들어 올리어 제사하며
신위를 모시고 술을 올려
큰 복 내리도록 빌고 빌어

가지런히 갖추어 입고 공손히 하여

신령께 올릴 소와 양을 깨끗이 씻어
가지고 나가서 제사를 준비하려니
껍질을 벗기기도 하고 삶기도 하여
진설하기도 하여 받들어 올리어라
사제가 묘당에서 축을 읽어 고하니
제사의 섬김의 일이 매우 분명하다
조상(祖上)들이 곧 돌아오시어서
신령(神保)께서 흠향(歆饗)하시고
효성스러운 자손들은 큰 복이 있어
보답으로 크게 복을 내려 받으리니
아! 만수무강(萬壽無疆) 하리로다

찬(爨)방의 일을 날렵하게 척척 해내다
예기(俎)의 차려놓은 소와 양 참으로 크다
때론 굽기도 하고 때론 적(炙)으로 만들고
부인들은 조신하여 부지런하게 서두르니
제기(豆)의 차려놓은 제물이 풍부하여라
그들은 서로 손(賓)이 되고 객(客)이 되어
술잔을 주거니 받거니 받거니 주거니 하며
예절(禮節)의 의식은 법도에 맞도록 하다
나누고 웃고 이야기함은 모두 예의에 맞아
조상들의 신령이 이곳으로 강림하시거니
보답하되 자손들에게 큰 복을 내려 주시어
만수무강하도록 함으로 써 보답을 하다

우리는 참으로 엄숙하게 준비하여

예의에 어긋나지 아니하도록 하다
축관(祝官)이 조상의 뜻을 이르되
"효성스런 자손에게 복 주리라고
향을 피우고 효사(孝祀)를 올리니
조상의 신령이 음식을 즐겨 드시고
네게 많은 복(百福)을 내려 주리라
네 원하는 대로 법도대로 할 것이라
제사 가지런하며 그리고 근엄하며
제사 정대하며 그리고 엄숙함으로
네게 이르러서 복을 내려 주시리라
온갖 복에 온갖 복을 더해 주리"라고

제사의 예 의식을 이미 다하였으며
종과 북은 제사의 끝남을 연주하다
효손이 제사 끝내고 제자리로 오다
축관(工祝)이 이에 이르러 아뢰길
"신령들이 이미 모두 취하였다"고
이에 시동(尸童)이 곧바로 일어나
종과 북을 쳐서 시동을 배웅하도다
그럼으로 조상신령들 모두 돌아가고
여러 제관(祭官) 가신(家臣) 부인들은
제례제품들 거두기를 지체하지 않다
그리고 동성의 부로(父老)와 형제들
모여 사사로이 잔치하며 정을 나누다

악대들 모두 들어와 연주하고

제사 끝의 행복을 향유 하누나
아름다운 안주는 이미 들어오고
원망 없이 모두 즐기고 기뻐하다
취하였을 뿐만 아니라 배부르니
노소 모두 머리 조아려 헤어지며
"조상신령 음식을 즐겨 드시고
그네 자손들 장수하도록 하며
매우 순조롭고 매우 완미하게
제례의 의식을 극진이 함으로
자자손손 이어 끊이지 않고
계속하여 이끌어 갈 것이라"고

6. 뻗어 내린 종남산[信南山]

길게 뻗어 내린 저 종남산(終南山)을
우(禹)임금이 치산하고 치수하시어
그 평지로 만든 광활한 고원과 습지를
증손(曾孫)이 이어서 밭 갈고 씨 뿌려
우리 강역을 확정하며 우리가 정리하니
이랑이 남쪽과 동쪽으로 가지런히 뻗다

하늘이 구름으로 가득 덮여
눈이 펄펄 내리고 있거니와
더하여 가랑비가 내리거니
물이 흡족하여 땅이 촉촉해

풍요할 뿐더러 또한 족하여
모든 곡식이 싹 나고 자라나

밭두렁의 경계가 가지런하고
메기장 찰기장이 무성하거니
증손(曾孫)이 수확을 하리라
술을 빚고 밥을 짓고 그리하여
우리의 시동과 손님에게 올리니
만년을 장수하며 누리고 살리라

밭 가운데에 초막이 있고
밭두렁엔 오이 주렁주렁
오이 껍질을 벗기고 절여
조상에게 받들어 올리거늘
증손(曾孫)이 장수(壽考)
하늘의 큰 복(祜)을 받다

제사를 지냄에 맑은 술을 올리고
따라서 붉은 색의 수소를 잡아서
조상에게 받들어 향유하게 하려니
자루에 방울달린 칼을 잡음으로써
그 붉은 수소의 붉은 털을 벗기고
그 붉은 수소의 피와 기름 갖고 와

겨울 제사에 제물을 받들어 올리니
향기가 그윽하고 분분히 피어올라

　제사의 섬김이 매우 밝고 가지런해
　선조의 신령이 강림하시어 흠향하고
　보답함으로써 큰 복을 내려주시니
　우리 만수무강(萬壽無疆)하리로다

7. 넓은 밭[甫田]

　넓고 넓은 저 큰 밭에서는
　해마다 만석을 거두어들여
　내 그 묵은 곡식을 가져와서
　우리의 농부들을 먹게 하다
　예로부터 해마다 풍년 들어
　지금 남쪽 밭에 나가서보니
　김을 매기도 땅을 북주기도
　찰기장 메기장 무성하거니
　크게 자란 것과 잘 여문 것을
　나의 농관(農官)에게 올려

　기장밥을 지어 제기에 가득 담고
　나의 순백(純白)의 양을 잡아서
　토지신과 사방 신에게 제사를 올려
　나의 밭은 이미 농사가 잘 되었거니
　참으로 농부의 경사요 큰 복이로다
　거문고 비파를 뜯으며 북을 두드리어
　신농씨(神農) 씨를 영접하여 제사하여

어서 단비를 내려 달라고 기원을 하며
나의 곡식이 잘 자라도록 돕고 돕나니
내 아들딸 잘 먹이고 잘 양육하리라고

증손(曾孫)이 밭으로 나오니
그 곳의 부녀(婦子)들로 하여금
남쪽 밭에 점심 내어 가게 하다
전관(田官)이 이르러 기뻐하며
좌우에 이것저것을 덜어 주어
그 맛이 어떤가하여 맛보게 해
무성한 벼 긴 이랑에 넘실대고
참으로 잘되고 또 풍성한지라
증손 유쾌하니 노할 일이 없다
농부들 더욱더 날렵히 움직이다

증손(曾孫)의 수확한 곡식이
지붕처럼 둥근 다리처럼 쌓여
증손의 노천 노적(露積)가리
언덕과 같고 또 산과 같은지라
일천 개가 넘는 창고를 지으며
일만 개가 넘는 짐수레 마련해
찰기장과 메기장과 벼와 고량
농부들의 큰 경사요 큰 복이라
보답하여 큰 복을 내려주시니
만수무강(萬壽無疆)을 하리라

8. 큰 밭[大田]

큰 밭에는 심을 곡식이 많으니
종자를 가리고 농기구 갖추어
농기구 수리를 마치고 일하니
나의 예리한 쟁기 보습으로써
남쪽 밭에서 갈기를 시작하여
여러 가지의 곡식을 파종하니
이미 싹 나고 곧고 크게 자라나
증손은 이에 기뻐 흡족해 하다

이삭이 패었더니 곧 열매를 맺고
낟알들 견실하게 여물고 좋아서
죽정이가 없으며 강아지풀 없어
그놈의 마디충과 황충(蝗蟲)과
뿌리충과 해로운 벌래들 잡아야
우리 밭 어린 싹 해치지 아니하리
전조(田祖)의 신 신령함이 있어
해충을 잡아 불길 속에 던지어다

비구름이 하늘을 가득 덮어
조용하게 비를 불러 오더니
우리 공전(公田)에 내리고
우리 사전(私田)에도 내리다
저기 수확 못 한 덜 익은 곡식
거두지 못한 곡식이 있으며

저기 남아 있는 볏단이 있고
떨어진 이삭일랑은 과부의 몫

증손(曾孫)이 내방하시어서
그 농부의 부녀자들로 하여
남쪽 밭에 음식을 날라가니
전관(田官)이 이르러 기뻐해
증손은 곧 상제께 제사를 거행
그 붉은 소와 검은 돼지를 잡고
메와 찰기장으로 제사 밥 지어
받들어 올리어 제사를 지내고
큰 복을 내려줄 것을 빌고 빌어

9. 저 낙수를 바라보며[瞻彼洛矣]

저 낙수를 바라보니
물이 호호탕탕 흘러
주왕이 이르시다니
복이 지붕처럼 쌓여
가죽 폐슬 붉고 밝아
육사(六師)를 검열해

저 낙수를 바라보니
물이 호호탕탕 흘러
주왕이 이르시다니

칼집의 구슬이 빛나
주왕(周王) 만년토록
그 가실을 보전하리

저 낙수를 바라보니
물이 호호탕탕 흘러
주왕이 이르시다니
복록이 이미 모이어
주왕(周王) 만년토록
그 국가를 보전하리

10. 화려한 꽃[裳裳者華]

흐드러지게 핀 화려한 꽃
푸른 잎이 매우 무성하다
내 그 사람을 만나 보거니
내 마음이 시원하고 후련해
내 마음 시원하고 후련하니
상쾌하며 평안하기 그지없어

흐드러지게 핀 화려한 꽃이여
그 무성한 잎이 황금빛이어라
내 그 사람을 만나보았거니와
예의와 문아(文雅)함이 있어
예의(禮儀)와 문아함 있으니

그러니 큰 복과 경사 있으리라

흐드러지게 핀 화려한 꽃이여
노란색도 있고 또 흰색도 있어
내 그 사람을 만나보았거니와
네 필의 흰말이 끄는 수레를 타
네 필의 흰말이 끄는 수레 타니
그 여섯 고삐 광택이 빛나리라

좌향(左向)하고 또 좌향하는데
군자(君子)는 적의 수레를 몰며
우향(右向)하고 또 우향하는데
군자는 근본적으로 기법이 있다
그와 같은 근본기법이 있는지라
이러함으로 마음속으로 기뻐하다

우리말 시경
제14권

상호지습(桑扈之什)

1. 청작새[桑扈]

지저귀는 청작(靑雀)
깃이 알록달록해라
군자가 즐거워하니
하늘 복을 받으리라

지저귀는 청작(靑雀)
목이 알록달록해라
군자가 즐거워하니
만방의 울타리 되리

울타리 되시며 기둥 되시니
모든 제후들이 모범을 삼아
거두지 않고 미워하지 않아
받는 복 어떻게 많지 않으랴

입 굽으러진 물소 뿔잔의
아름다운 술이 부드러워라
사람 사귐 거만하지 않으니
만복이 이어서 모여들어 오네

2. 원앙(鴛鴦)

원앙이 하늘을 나르니
크고 작은 그물 쳐 포획해
군자는 만년(萬年)토록
마땅히 그 복록을 누려야

원앙 어살에 앉아 있어
왼쪽 나래를 접고 있다
군자는 만년(萬年)토록
그 복록 누림은 마땅해

말이 말 마구 간에 있어
여물 먹고 꼴 먹고 있네
군자 (君子)는 만년토록
복록 영원히 기리리라

말이 말 마구간에 있어
꼴 먹고 여물 먹고 있네
군자는 만년(萬年)토록
복록 평안히 누리리라

3. 가죽 고깔[頎弁]

높고 뾰족한 가죽 고깔
정말 뭐하려고 썼는가

네 술 아름다울 뿐더러
네 안주 또 아름다워라
어찌 남남이라고 하랴
우린 남이 아닌 형제라
담쟁이와 더불어 댕댕이
송백(松柏)을 감고 올라
군자를 만나지 못하여서
걱정이 매우 깊고 깊어라
이미 군자 만나 보았거니
그냥 기뻐하고 기뻐하리라

높고 뾰족한 가죽 고깔
정말 뭐하려고 썼는가
네 술 아름다울 뿐더러
네 안주 또한 좋거니와
어찌 남남이라고 하랴
형제들 모두 모여 왔다
담쟁이와 댕댕이넝쿨
소나무 위 감아 올랐고
군자를 만나지 못하여
맘 걱정 깊고 깊었거늘
이미 군자를 만나보니
아마 좋음이 있으리라

높고 뾰족한 가죽고깔
정말 머리에 쓰고 있네

네 술 아름다울 뿐더러
네 맛있는 안주도 많네
어찌 우리를 남이랄까
형 동생 아재비 조카들
저 눈이 내리는 것 같이
먼저 싸락눈이 쏟아져
죽을 날 얼마 남지 않아
만날 기회가 얼마 없네
할진대 오늘밤 술 즐겨
군자 잔치를 하리라네

4. 수레바퀴 걸쇠[車舝]

찌걱찌걱하는 수레바퀴 걸쇠여
그리워라 예쁜 소녀 맞이하려
그저 배고프고 목마른 듯하여
덕음(德音)이 높아라 짝하고자
비록 좋은 친구가 없다고 하여도
잔치를 벌려 또 즐겨 기뻐하리라

울창한 저 평지의 숲에
긴꼬리꿩이 모여 앉아
아리따운 몸 저 큰 아씨
아름다운 덕 교육받아
즐겨하고 또 기뻐하며

당신 영원히 사랑하리라

비록 아름다운 술 없으나
마시거니 뭇 얼마이며
비록 맛있는 안주 없으나
먹자거니 뭇 얼마이며
비록 당신 짝할 덕 없으나
노래하고 춤 출지어라

저 높은 산등성이에 올라가
떡갈나무 장작을 쪼개어라
떡갈나무 장작을 쪼개어라
떡갈나무 잎 참 무성하구나
내 당신 만남 행운으로 여기니
내 마음 기쁘고 평온하여라

높은 산 우러러 보며
큰 길을 걸어나가다
네 필의 말 계속해 달리고
여섯 고삐 거문고 줄 뜯듯
당신을 만나 결혼을 하므로
내 마음은 즐겁고 편안해

5. 파리[靑蠅]

윙윙 나는 파리가

울타리에 앉았네
온화한 즐거운 군자
참언을 믿지 말리라

윙윙 나는 파리가
가시나무에 앉아
모함인 망극하여
사방을 교란하네

윙윙 나는 파리가
개암나무에 앉아
모함인 망극하여
우리들 이간시켜

6. 손님 곧 연석에 들어[賓之初筵]

손님들 잔치자리에 들어와
좌우 질서 있게 앉았거니와
음식 그릇 가지런히 놓였고
어육과 과일 풍성히 차렸네
술은 잘 익어 부드럽고 달아
술 마시자커니 매우 즐거워
종과 북을 이미 설치를 하고
손님 오가며 예의 술잔 드니
큰 폭 과녁 이미 내 걸리어라

화살을 이에 활에 재이거니
사수들 이미 함께 모였어라
활을 쏠 공력(功力) 다 바치어
쏘되 저 과녁을 적중시킨다면
술잔을 높이 들어 축하하리라

피리 품에 품고 춤추며 생황 북치고
여러 악기 어울려 음악을 협주한다
열조에게 받치어 즐겁게 해 드리니
그럼으로 합예(合禮)하여 진행하며
이미 모든 의례가 잘 갖추어졌거니
장엄하기도 하고 성대하기도 하구나
선조의 신령이 큰 복을 내려 주시거니
자손들은 즐거이 안녕을 향수하리라
그렇게 기뻐하고 또 즐거워하려니와
각자 각자가 그 능력을 발휘하여라
손님들 상대의 궁수(弓手)를 선발하고
주인도 들어와 또다시 경기에 참가하다
그리고 큰 잔에 술을 넘치도록 따라 부어
그 승자에게 축하하여 받들어 올리노라

손님들 막 들어와 자리함에
모두 온화하고 또 공손하다
그들 취하지 아니하여서는
위엄의 거동이 신중하더니
이미 술에 많이 취하여서는

위엄의 거동이 경망스러워
그들 자리를 버리고 옮기며
빙빙 돌아 춤을 빙빙 돌아라
그들 취하지 아니하여서는
위엄의 거동이 절도 있더니
이미 술에 많이 취하여서는
위엄의 거동이 방자 하구나
이를 이르되 "이미 취했다"고
하여 "예의를 모른다"라고 해

손님들 이미 술 취하여라
왁자지껄 떠들며 소리치다
그릇은 흩어져 어지러운데
그저 비틀거리며 춤추어라
말하길 "이미 취하였다"고
하여 "제 과실을 모른다고"
고깔은 비슷이 이지러지고
빙빙 돌아 춤을 빙빙 돌아라
술 취하여 서둘러 자리 뜨면
아울러 복 받을 것이려니와
술 취하여 자리 뜨지 안하면
이른바 "덕 잃어버림"이라고
술을 마시되 정말로 좋기로는
행동거지 삼가 예의를 지켜야

모든 사람들 한 자리에 술을 마셔

그러나 혹은 취하고 혹은 안취하고
때에 감독하는 주관(酒官) 세우고
또 그를 도와 사관이 기록하게 해
저 취한 사람들 잘못 일 저지르면
안 취한 사람 도리어 부끄럽게 여겨
그러니 그들을 따라서 술 취하여서
그리하여 크게 잘못이 없도록 하리
말하지 않을 것은 말하지 말 것이며
합당하지 않은 말은 말하지 말리라
술에 취한 사람 술 취하여 하는 말로
하여 어린 숫양의 뿔 사오라고 하랴
세 잔 술에 정신을 잃고 깨지 못하니
어찌 감히 술을 더 마시라고 권하랴

7. 물고기와 마름[魚藻]

물고기 있어 마름에 있다
물고기머리가 크기도 하다
주왕 계시어 호경에 계시어
즐거워하며 술을 마시다

물고기 있어 마름에 있다
물고기 꼬리가 길기도 하다
주왕 계시어 호경에 계시어
술을 마심으로 즐거워하다

고기 있어 마름에 있으니
부들사이를 노닐고 있다
주왕 계시어 호경에 계시니
거처하는 궁실이 장엄하다

8. 콩을 따세[采菽]

콩을 따세 콩을 따세 콩을 따서
네모 광주리 둥근 광주리에 담네
제후 주왕을 알현하고자 오거니
무엇을 그에게 하사(下賜)할까
비록 줄 것이 없다고 하더라도
제후 수레와 네 필의 말을 주다
또다시 무엇을 그에게 하사할까
흑 용포와 도끼 수놓은 예복이네

용솟음쳐 오르는 샘물가에
그 싱싱한 미나리를 캐어라
제후 주왕 알현하고자 오거니
그들의 용기(龍旗)가 보이네
그들의 깃발 수없이 펄럭이며
말방울 소리 딸랑딸랑거린다
세 필 말 네 필 말의 수레 타고
제후들은 이미 모두 이르렀네

붉은 가죽슬갑을 다리에 하고
행전(行纏)을 종아리에 둘러
저 둘려 느슨하지 않게 매니
주 천자께서 내려 주신 것이네
즐거워라 제후들이여 즐거워라
주 천자께서 명하여 책봉하여라
즐거워라 제후들이여 즐거워라
복록을 거듭하여서 내리시네

떡갈나무 가지여!
그 잎이 무성하다
즐거워라 제후여!
천자 나라 안정시켜
즐거워하는 제후여!
만복이 함께 모여라
훌륭한 좌우의 신하
이에 거느리고 따라

두둥실 떠있는 버드나무 배
큰 밧줄로 붙들어 매었어라
즐거워라 제후들 즐거워라
천자 제후의 치적을 헤아려
즐거워라 제후들 즐거워라
복록으로 더욱 두터워지리라
여유롭고 유유하고 자적하여
이에 제후들 모두 이르렀네

9. 각궁(角弓)

잘 조절한 긴장(緊張)의 각궁
현을 놓자 반동으로 바뀌어
형제들과 인척들 사이는
서로 멀리하지 말지어다

위의 당신들이 멀리하면
백성들이 서로 그러하며
위의 당신들이 가르치면
백성들이 서로 본받는다

우애 있는 형제는
여유작작하거니와
우애 없는 형제는
서로 원망 질시를 한다

백성이 선량하지 않으면
일방으로 서로 원망을 해
벼슬일랑 사양치 않으니
자신을 망하게 할 따름이라

늙은 말이 어린 망아지로 생각
그 뒤를 돌아보지 아니하는구나
배불리 먹으려고 할 뿐만 아니라
마음껏 술을 마시려고 하네라

원숭이를 나무에 오르게 하지 마라
진흙위에 진흙을 바르는 것 같아라
군자가 훌륭한 인덕을 갖고 있으면
소인들이 더불어 따라서 할 것이라

눈이 펑펑 내리고 있으나
햇빛을 보면 녹아버린다
몸 낮추어 따르지 안하고
윗자리에서 교만하네라

눈이 펄펄 내리고 있으나
햇빛을 보면 녹아 흘러내려
오랑캐 인가 오랑캐 아닌가
내 이에 깊고 깊이 근심하네라

10. 울창한 버들[菀柳]

울창한 버드나무 그늘아래
무릇 쉬고자 아니하려는가
하늘 심히 희비무쌍하시니
스스로 욕된 일을 하지 마라
나로 일을 다스리도록 해도
뒤에 내게 지극한 징벌하리

울창한 버드나무 그늘 아래
무릇 쉬고자 아니하려는가

하늘 심히 희비가 무쌍하니
스스로 화 불러들이지 말라
나로 일을 다스리도록 해도
뒤에 결국 나를 쫓아내리라

새가 높게 날아오르는 것은
역시 하늘 끝에 닿고자 하여
저 사람의 욕되고 병든 마음은
어떻게 그 지경에 이르렀는가
어찌하면 내 다스릴 수 있겠나
한갓 험한 곤경에 처하리라

우리말 시경
제15권

도인사지습(都人士之什)

1. 서울 양반[都人士]

저 서울(鎬京) 양반이여
여우 갖옷 빛나고 빛나
그 모습이 변함이 없으며
말의 법도와 조리 있으니
주나라에 돌아가게 되면
만민이 우러러 보리라

저 서울 양반이여
띠 삿갓 검정 두관 써
저 군자의 딸이여
검은 머리 삼단 같아
내 그 볼 수 없으니
마음 기쁘지 않아라

저 서울 양반이여
옥돌 귀막이를 해
저 군자의 딸이여
윤, 길이라고 하며
내 볼 수가 없으니
내 마음 우울하여라

저 서울 양반이여

띠 늘어뜨려 몇 갈래로다
저 군자의 딸이여
말아 올린 머리 전갈 같아
내 그녀 볼 수 없으니
원하거니 쫓아 함께 가리

허리띠 드리우려 한 것 아니라
허리띠가 길어서 여유 있음이라
머리를 말려고 한 것이 아니라
절로 들어 올려졌기 때문이어라
내 보려고 해도 볼 수가 없거니
어떻게 내 슬퍼하지 아니하랴

2. 방동사니 거두어[采綠]

아침 내내 방동사니 거두거니
한 아름에도 차지 못하여라
나의 머리가 쑥대머리 되어서
잠시 돌아가 머리를 감으리라

아침내 쪽을 거두거니
앞치마도 채우지 못하여
닷새를 기약하였으나
엿새가 되어도 못 돌아와라
그 사람 사냥을 나갈 때엔

그 활을 그 활집에 넣으며
그 사람 낚시질 나갈 때엔
그 낚시 줄을 손질하리라

그 낚은 것이 무엇인가
방어와 그리고 연어로다
방어와 그리고 연어여
어서 가서 구경을 하리라

3. 기장 싹[黍苗]

매우 무성한 기장의 싹
촉촉한 단비로 기름져
멀고 멀리 남행하자니
소백(召伯)이 위로 해

우리 짐을 메고 우리 수레 끌고
우리 수레 끌고 우리 소를 끌고
우리행차 이미 임무 완성했거니
언제이련가 돌아갈 수 있는 날은

우리 걸어가며 우리 수레 타며
우리 사단이며 우리 여단이라
우리 행차 이미 임무완성했거니
언제이련가 돌아가 편히 쉴 때는

가지런한 사읍의 공정을
소백(召伯)이 다스리며
위무 당당히 행군하는 '사(師)'
소백이 지휘 편성하였다

고원습지 평평히 정리하니
샘물 하류는 이미 맑아져라
소백 이렇게 공 이루었으니
주왕의 마음 평안 하시리라

4. 습지의 뽕나무[隰桑]

낮은 습지의 뽕나무 아름다워
그 잎이 무성하고 윤택하여라
이미 마음속의 군자를 만났거니
그 즐거움이야말로 어떠했으랴

낮은 습지의 뽕나무 부드러워
그 잎이 유연하고 윤택하여라
이미 마음속의 군자를 만났거니
그 어떻게 즐겁지 아니할리야

낮은 습지의 뽕나무 무성하니
그 잎이 윤택하고 검푸르도다
이미 군자(君子)를 만났으니
사랑의 언약 견고하고 견고하여

마음으로 사랑하였거니
어찌 사랑을 고백 안으랴
마음속 깊이 품고 있거니
하루인들 잊을 수 있으랴

5. 흰 꽃[白華]

골초 흰 꽃을 피워
흰 띠로 묶었거니
그 사람 멀리 떠나
나를 외롭게 하나

뭉게뭉게 이는 흰 구름
골초 띠에 이슬로 내려
시운이 이렇게 어려워도
돌아올 길을 찾지 아니해

표지(滮池)가 북쪽으로 흘러
저 논으로 흘러 흘러들어 와
소리쳐 노래하며 마음 태우며
영민한 이 그리워 또 그리워 해

저 뽕나무 장작을 쪼개어
나의 화덕에 불을 때어라
저기 저 영민한 사람이여
정말로 나의 마음 괴롭혀

종을 궁중에서 치니
소리가 밖에서 들려
그 사람 생각 초조한데
나 보길 그리 미워하나

물수리가 어살에 있고
학은 숲속에 내리어라
저 영민한 사람이시어
정말 나의 마음 괴롭혀

원앙이 어살에 앉아 있어
그 왼쪽 날개를 접고 있네
그 사람 인품이 좋지 않아
마음 이랬다 저랬다 하여

평평한 이 밟음 돌은
밟고 오르려 해도 낮아
그 사람 멀리 떠나가니
나로 하여 큰 병들게 해

6. 작고 작은 '黃鳥'[緜蠻]

작고 작은 황조가
언덕 위 앉아 있네
길이 멀다고 하니
내 피로 어떠할까

마시고 먹을 것 주고
가르쳐 깨우쳐 주며
뒤따르는 수레에 명해
태우고 가라고 말할까

작고 작은 황조(黃鳥)가
산언덕 모퉁이에 앉았네
어찌 감히 갈 것을 꺼릴까
빨리 가지 못할까 두려워
그에 마실 것 먹을 것 주고
그에 가르치고 깨우쳐 주며
저 뒤따르는 수레에 명하여
그를 태우고 가라고 이를까

작고 작은 황조(黃鳥)가
저 산언덕 가에 앉아 있네
어찌 감히 갈 것을 꺼릴까
도달을 못할까 두려워해라
그에 마실 것 먹을 것 주고
그에 가르치고 깨우쳐주며
저 뒤 따르는 수레에 명하여
그를 태우고 가라고 이를까

7. 박 잎[瓠葉]

펄럭펄럭하는 박 잎을
따다가 삶아 안주로 해
군자는 술 준비하였거니
술을 따라서 맛을 보다

사냥한 산토끼 한 마리를
진흙에 싸 굽고 불에 구워
군자는 술 준비하였거니
술을 따라서 권해 올리네

사냥한 산토끼 한 마리를
불에 굽고 꼬지 꼬여 구워
군자 술을 준비하였거니
술 따라 권하네 주인에게

사냥한 산토끼 한 마리를
불에 굽고 진흙에 싸 구워
군자 술을 준비하였거니
술을 따라 권하네 손님에게

8. 우뚝 솟은 바위[漸漸之石]

우뚝이 솟은 바위여
그 바위는 높기도 해

산천이 아득히 멀어
정말 노고가 많아라
장병들 동쪽 정벌엔
아침에도 겨를이 없네
우뚝 솟은 바위여
그 바위 가파르다
산천이 멀고 멀어라
언제나 끝날 것인가
장병들 동쪽정벌엔
빠져 나올 겨를 없어

돼지 발굽이 하야거니
모두가 물을 건너가다
달이 필성별을 만나니
매우 큰 비 쏟아지리라
장병들 동쪽 정벌엔
다른 일 돌볼 겨를 없어

9. 능소 꽃[苕之華]

능소(凌宵) 꽃이여
노랗게 피어 흐드러져
마음의 근심걱정 깊어
또한 아리고도 슬프다

능소(凌宵) 꽃이여
그 잎 푸르고 푸르러
내 이 같을 줄 알았으면
차라리 태어나지 않을 것을

어미양의 머리가 크고
삼성이 통발을 비추다
사람 먹고 살 수 있어도
배불리 먹기란 드물다

10. 어떤 풀이 시들지 않나[何草不黃]

어느 풀인들 누렇게 시들지 않을까
어느 날에야 분주히 다니지 않을까
어느 사람이 다시는 분주하지 않을까
모두 사방에 일하려 나다니며 바쁘다

어느 풀인들 검게 말라 죽지 않으랴
어느 사람인들 홀 애비 되지 않을까
슬프다! 우리 이와 같은 정부(征夫)들
설마 그들인들 백성 아니지는 않겠지

외뿔소도 아니고 호랑이도 아니거늘
저 광야를 따라 뛰어다니게 하는가
슬프다! 우리의 이와 같은 정부들은
아침에도 저녁에도 쉴 겨를이 없어라

털북숭이 여우가
풀 속을 돌아다닌다
덜덜거리는 수레가
주나라 길을 달린다

우리말 시경

제16권

대아(大雅)

　대아는 모두 31편이다. 궁정의 악가로서 융숭한 연회, 전례 때에 사용하였다. 국풍의 반 이상이 서정시인 반면에, 대아는 거의가 서사시이다. 주나라의 개국을 칭송하는 역사시가와, 주 선왕을 영송하는 시가이다. 개국을 칭송하는 역사시가로는, '생민(生民)', '공유(公劉)', '면(緜)', '황의(皇矣)', '대명(大明)' 등을 들 수 있고, 주 선왕을 칭송하는 시가는 '상무(常武)'등을 들 수 있다. '생민'은 후직(后稷)의 사적을, '공유'는 공유를 칭송하는 시가이다. 공유는 주의 원조(遠祖)로서, 그 부족을 인솔하고 빈(豳)으로 천거한, 개벽황토(開闢荒土)의 과정을 묘사한 것이다. 그리고 '면'은 문왕의 조부인 고공단보(古公亶父)가 빈으로부터 기산(歧山)으로 옮겨와 농사를 지으면서 사직을 지킨 업적을 칭송한 것이다. '황의'는 태왕(太王)으로부터 문왕(文王)의 이르기까지의 사실을 칭송한 것이다. '대명'은 문왕의 출생과 무왕에 이르러 주(紂)를 토벌한 사실을 노래하고 있다. '상무'는 바로 주 선왕이 친히 군사를 거느리고 서융을 정벌한 내용이다.

문왕지습(文王之什)

1. 문왕(文王)

문왕이 위에 계시어니
그의 신령이 하늘에서 밝다
주(周)는 비록 옛 나라라고 해도

새롭게 천명(天命)을 받았어라
주나라 어디 빛나지 않음이 있었으며
천명이 어디 제때에 내리지 않았으랴
문왕의 신령이 하늘을 오르내리며
하느님의 오른쪽 왼쪽에 있으시다

근면하고 성실하신 문왕
아름다운 명성 끊이지 않으시어
끊일 새라 주나라에 복 내리시어
바로 문왕의 자손들이 누리어라
문왕의 자손들은 본손(本孫)과
지손을 백세에 이어지리라
모든 주나라의 신하들이야말로
또한 대를 이어서 드날리리라

세대를 이어가며 드날리니
문왕계획 심원하기 때문이어라
참으로 많은 우수한 신하들이
주(周)나라 왕국에서 출생하고
왕국 많은 현명한 인재 양성하니
그들은 주나라의 기둥이 되도다
많은 현명한 인재들이 있으리니
문왕의 신령 평안을 얻으시리라

덕망이 높고 높은 문왕
아! 밝게 빛나며 삼가 하늘을 공경해

위대하여라 하늘의 명령(天命)이여
은상(殷商)의 자손들에게 내리어라
면면히 이어져오는 은상의 자손들은
그 숫자 억으로도 헤아릴 수가 없어
하느님께서 이미 명을 내리시었으니
은상 사람들은 주나라에 복종하리라

은상 사람들 주나라에 복종
하늘의 명령은 변함없는 것 아니어라
은상의 사신(士臣)들 날렵하게 일하며
그들은 도성에서 강신제를 올리고
그들이 강신제를 올릴 때 돕는 이 있어
일상의 예복과 예관(禮冠)을 쓰고 있다
주왕에게 충성을 다하는 사신들일랑은
다시 당신들의 선조를 생각 말지어다

당신네 선조를 생각하지 아니하고
마땅히 문왕 덕 본받아 수양할지어라
하여 영원히 하늘의 명을 어기지 않고
스스로 많은 복을 구하여 얻을지어다
은상이 민중민심을 잃지 않았을 때에는
바로 그들은 하늘의 뜻을 어기지 않아
마땅히 은상의 교훈을 거울로 삼아서
하늘의 명령을 다시 바꾸지 말지어라

하늘의 명령을 다시 바꾸지 말 것이며

당신들 스스로가 끊이지 않도록 하리라
아름다운 명성 밝고 빛나게 드날리도록
또 은상의 흥망은 천명으로 생각하고
하느님의 하시는 일을 알아야 하리라
소리 들을 수 없고 냄새 맡을 수 없다
문왕을 본받아서 하고자 하는 일을 하면
온 나라들이 깊이 믿고 따르게 되리라

2. 대명(大明)

광명한 덕행이 땅위에 밝게 빛나라
빛나라 문왕의 신령이 높이 하늘 위에
하늘의 명을 예측 따르기는 어려운 것이어서
왕업(王業)을 유지하기란 쉬운 일이 아니어라
천자의 자리에 은상의 주왕(紂王)이 있었으나
하여금 사방(四方)의 나라들을 다스리지 못하여라

지(摯)나라 임 씨 네의
둘째 딸 태임(太任)이
은에서 주로 시집을 와
서울의 며느리가 되어
남편 왕계(王季)를 따라
도와서 덕행을 하자스라
태임이 아이를 임신하여
이 문왕을 낳으셨어라

이 주 문왕께서는
조심하고 삼가시어
밝히 하느님을 섬기어라
그럼으로 많은 복 불러와
그의 덕 도에 어긋나지 않아
사방 제후의 추대를 받아라

하늘은 세상을 살피시어
천명을 이미 내리시어라
문왕이 즉위하신 지 첫해
하늘은 배필을 지어주어
그녀는 흡(洽)수의 북안
위(渭)수가에 살고 있어
문왕의 가례(嘉禮) 치르려니
큰 나라의 아름다운 짝 있어

큰 나라의 따님이 있으니
천녀(天女)와 같이 아름다워
길일을 가려 혼사를 정하고
친히 위수 가에서 신부를 맞아
배를 이어서 배다리를 놓으니
혼례의 영광이 크게 드날리어라

이에 하늘로부터 명을 받아라
그리고 문왕에게 명을 내리어
주의 경사(京師)에서 하라시네

이어 아름다운 신(莘)나라의 딸
맏아들에게 시집을 오시어서
바로무왕(武王)을 낳으셨어라
하늘이 무왕 보우하라 명하여
은상(殷商)을 격멸하라 하여라

은상의 군려(軍旅) 진을 치니
깃발 숲의 나무처럼 펄럭이어
무왕은 목야에서 전선을 정비
"내 일어났노라,
하느님이 우리에게 임하시어,
우리 마음 변치 말자"고 맹서

목야의 전장은 넓고도 넓어라
박달나무 전차는 매우 휘황하고
희고 붉은 네 필의 말은 강건해라
태사(太師) 태공망(太公望, 呂尙)이
마치 용맹스런 매가 날듯 떨치어
저 주나라의 무왕을 도우시어라
그리고 은상을 신속히 공격하니
그날의 아침은 맑고 밝았어라

3. 길게 뻗어[綿]

길게 뻗은 크고 작은 외넝쿨이여

주나라 백성들 나라 창업의 당초에
두수(杜水)로부터 칠수(漆水)로 옮겨와
영명하신 선조인 고공단보(古公亶父)는
이곳에 이르러 동굴을 파고 기거하며
아직 집과 궁전을 짓고 살지 못했어라

영명하신 고공단보게서는
이른 아침에 말을 달리시어
칠수(漆水)의 서안을 따라서
기산(歧山) 아래에 이르시니
이에 아내 태강(太姜)과 함께
집짓고 살 땅을 살피시어라

주나라 들은 넓고 비옥하니
제비쑥 씀바귀도 조청과 같아
이에 비로소 계획을 세우시고
이에 내 것의 거북점을 쳐 보사
복사(卜辭)왈 안거에 마땅하다고
하여 이곳에 거실을 지으라 하시어라

이에 안심하고 이에 거주하며
이에 오른쪽 왼쪽으로 집을 짓고
이에 경계를 정하고 전지를 정하며
이에 밭길 내고 이에 밭두렁을 내니
서쪽으로부터 동쪽에 이르기까지
주나라 사람들 모두 바삐 일하니라

이에 건축설계사 사공(司空)을 부르고
이에 기술자 관장하는 사도(司徒)를 불러
그들로 하여 궁실과 가옥을 짓게 하니
그 먹줄을 당기어서 일직선으로 그어라
담장 틀을 세워서 위아래로 꼭꼭 이어
종조묘당을 지으니 바르고 엄정하여라

흙을 파내어 싣는 소리로 옹옹하며
흙을 쳐서 바르는 소리로 훙훙하며
흙을 쌓고 다지는 소리로 등등하며
흙을 깎고 다듬는 소리로 빙빙하여
모든 담장 벽을 모두 일으켜 세우니
큰 북소리 둥둥 끊임없이 울리어라

이에 왕성의 외곽문을 세우니
외곽문은 높이 솟아 우뚝하며
이에 궁정의 정문을 세우니
궁정의 정문이 높고 엄정하며
이에 지신(地神) 사당을 세우니
사람들이 무리지어 제사하여라

아직 오랑캐의 분노 끊임없으나
그들의 원조를 폐하지 않으시니
갈참나무와 두릅나무를 뽑아내라
다니는 길을 막힘없이 통하게 하니
오랑캐들 놀래어 이리저리 뛰며

헐떡이며 어찌할 줄 몰라 하여라

우(虞) 예(芮)의 분쟁 화해하게 하니
그리하여 문왕의 명성이 크게 일어라
내 말하길 화친을 잘하는 신하 있으며
내 말하길 앞뒤 보좌 잘하는 신하 있으며
내 말하길 분주히 덕을 아뢰는 신하 있으며
내 말하길 모욕을 막는 신하가 있다 하여라

4. 두릅나무 떨기[棫樸]

더부룩한 두릅나무 떨기여
제사의 땔감으로 베이노라
의태가 단정한 주왕이시여
좌우의 대신들이 달려오노라

의태가 단정한 주왕이시여
좌우의 대신들 홀(笏)을 받들어
홀을 받들어 엄숙하거니
준걸한 사람에게 잘 어울려라

두둥실 떠가는 경수의 배를
여러 사람들이 노를 졌노라
주왕이 출병 정벌에 나서니
육사(六師)가 왕을 따르노라

저 밝은 은하(銀河)여
하늘에 문채를 만드노라
주왕이 만수무강하시니
어찌 준재를 양성 않으랴

잘 다듬고 간 것 같은 문채요
금옥과 같은 고귀한 바탕이다
근면하고 성실한 우리 임금이여
사방 나라들의 벼리이시다

5. 한산기슭[旱麓]

저 한산의 기슭을 바라보건데
개암나무 붉은 가시나무 우거졌다
화락하고 온화한 군자이시여
록(祿)을 구하심에 의젓하시도다

곱고 맑은 옥 술잔에
향기로운 황주(黃酒)를 떠라
화락하고 온화한 군자이시여
복록(福祿)이 강림 하시리로다

솔개가 하늘을 날거니와
물고기는 연못에서 뛰 놀아라
화락하고 온화한 군자이시여
어찌 인재를 양육하지 않으리오

맑은 제주 이미 술병에 따라 놓으며
제물로 붉은 수소(騂牡) 이미 준비해
제물로 받들어 올려 제사를 지내어
큰 복을 구하여 빌고 또 비나니라

무성한 떡갈나무와 두릅
백성들의 베어 때는 화목이로다
화락하고 온화한 군자이시여
선조의 신령께서 보우 하시리라

무성한 칡넝쿨이여
나무줄기와 가지로 뻗었어라
화락하고 온화한 군자이시여
복을 구하심에 잘못이 없으시다

6. 공경하여[思齊]

단정하신 태임(太任)이
문왕(文王)의 어머니이시니
시어미 태강(太姜)께 효도하니
주 왕실의 며느리 이시더니라
태사(太姒) 아름다운 명성 높고
곧 많은 자손들을 낳으시었다

문왕께서는 선왕들을 잘 따르시니
선조의 신령들은 원망이 없으며

선조의 신령들의 원통함이 없어
처자에게 모범(儀法)을 보이시사
형제들에게도 영향을 끼치었거니
이런 방법으로 나라를 다스리어라

궁실에서는 우애 있고 즐거우시며
묘당에서는 엄숙하고 공경하시며
밝은 덕행으로 나라에 임하시며
자애로이 백성들을 보살피시니라

이에 큰 난리가 끝나지 않나
악한 재난 끝나지 않나
좋은 말은 따라서하시고
간언은 받아들이시어라

이에 어른들은 덕이 있으며
소자는 덕성을 이루어가니
문왕이 싫어하지 않으시는지라
선비들 걸출하게 하시었다

7. 위대하시다[皇矣]

위대하신 상제님께서
이 땅에 밝히 임하시사
사방을 두루 살펴보시어
백성들의 고난을 알아보시니

오직 이 두 하나라 은나라가
폭정으로 인심을 얻지 못할새
저 사방의 제후국(諸侯國)들의
평안을 생각하고 헤아리시니
상제께서 이루시고자 하는 것은
기주(歧周) 규모 증가하고자 함이라
이에 기주 사방을 두루 둘러 보시사
기산(歧山)이 편히 살 곳이라 하시니라

나무를 잘라내고 풀뿌리를 제거하니
서 있어 말라죽고 넘어진 썩은 나무며
자르고 정리하고 또 평평하게 다지니
잘라내어라 그 관목(灌木)과 떨기나무
산림을 개간하여 정리하고 길을 틔우니
그것들 갯버들과 그것들 거(椐)나무들이며
여러 가지 잡목과 잡된 것을 내어 버리니
그 산뽕나무와 누런 뽕나무로다
상제(上帝)의 밝은 덕을 이에 옮기시어라
오랑캐들 도망가고 주의 길 가득 메워라
하느님께서는 그의 짝을 세우시거니와
받으신 천명은 이미 공고히 이으샀다

상제께서 그 기산(歧山)을 살펴보시니
갈참나무 두릅나무들 이미 뽑아버리며
소나무 잣나무들 곧고 무성하게 자라거늘
상제께서 나라 세우시고 임금을 세우시니

바로 태백(大伯) 왕계(王季)로 비롯하샸다
곧 이분 위대하신 밝으신 왕계께서는
친절하고 사랑하는 마음이 있으시어서
형님을 매우 좋아하고 우애를 다하시어
그러한즉 그 큰 복록을 두터이 하시어서
상제께서는 영광의 왕위를 내려주시니
받으신 복록을 영원히 잃지 않으시어
마침내는 온 사방(四方)을 통치하셨다

이 왕계(王季) 님을
상제께서는 그의 마음을 헤아리시고
그 아름다운 명성(德音)을 널리 알리시니
그 아름다운 덕행이 두루 빛나셨다
덕행이 빛나시고 친화를 잘하시며
어른 노릇 잘하시고 임금 노릇 잘하시며
임금이 되어 이 큰 나라를 일으키시어
백성들로 하여금 친화하여 따르게 하시니
문왕에 이르러서도 계속하여 이어지어서
그 덕의 선정을 후회 없이 펼쳐내시니
이미 상제(上帝)의 복록을 받으시어라
베푸시니 자자손손 대대로 이어지셨다

상제께서 문왕에 대하여 말씀하시길
"그렇게 인심의 배반함이 없도록 하고
그렇게 이익의 탐욕이 없도록 하여
먼저 그 언덕에 오르라 하시다"라고

밀(密)나라 사람들이 불 공손 한지라
감히 우리 큰 나라(大國)에 대항하여
완(阮)나라 공(共)나라를 침략하거늘
문왕께서는 대노하시고 진노하시어서
이에 그 토벌할 군사들을 정돈하시어
밀 나라의 침략의 무리를 방어하시어
주나라의 복록을 더욱 두터이 하시어
그럼으로 천하의 민심을 안정하시어라

막강한 군사들 호경에 주재하거늘
침략한 완의 변강으로부터 돌아와
우리의 높은 산등성이로 올라가자
우리의 구릉다시 침범하지 말지라
우리의 구릉이며 우리의 언덕이어라
우리의 샘물을 마시지 말지니라
우리의 샘물 우리의 못물이거늘
선원(鮮原)을 계획하시어서
기산의 남쪽 언덕에 거처하시어니
그 곳은 위수(渭水)의 물가이어라
주나라는 만방(萬邦)의 모범이며
주왕은 천하 백성의 임금님이시다

상제께서 문왕에게 이르시기를
"나는 밝은 덕을 생각함에
분노의 빛을 크게 나타내지 않으며
채찍질을 항상 하지 않고

알거라 몰라라 내세우지 아니하여
상제의 법칙을 따르라" 하시나이다
상제께서 문왕께 이르시되
"그대는 이웃나라들과 꾀하여
그대의 형제와 함께하여
그대의 운제(雲梯)와 갈 구리와
그대의 임거(臨車)와 충거(衝車)로써
숭(崇)나라의 성곽을 공격하라"고

임거와 충거 천천히 앞으로 진격하니
숭나라의 성곽이 높고 높도다
줄줄이 포로들을 잡아오며
적의 왼 귀를 베어내어라
이에 천제(類)와 마제(禡祭)올려
항복한 숭(崇) 사람들 안무하시니
사방 사람들 업신여김이 없도다
임거와 충거가 이처럼 강성하며
숭나라의 성곽이 높게 높게 솟았다
이에 성곽을 공벌하고 습격하며
숭을 전멸시키시고 뿌리 뽑으시니
온 세상에 항거하는 일이 없도다

8. 영대(靈臺)

문왕이 영대를 짓기 시작하여

땅을 측량하고 계획을 세우시니
백성들이 나서서 일을 하느니라
며칠이 되지 않아 완성되었도다
시작을 서두르지 말라 하셨으나
백성들은 아버지 돕듯 일하였도다

문왕께서 원림(囿)에 납시거니
암 수 사슴 풀밭에 누워 있도다
암 수 사슴 모두가 살져 윤택하고
백조의 깃털은 희고 함치르르하도다
문왕께서 영대의 못가를 거니시니
아! 못 속엔 물고기 뛰어노닐어라

종가(鐘架)와 경가(磬架)를 가설하여
큰 북을 걸고 큰 종을 매어달도다
아! 그 북과 종을 차례로 치느니라
아! 왕께서 이궁(離宮)을 즐겨 노닐도다

아! 큰 북과 큰 종이 질서정연하여
아! 왕께서 이궁의 즐거움 무상하도다
악어[鼉] 가죽의 북소리 둥둥 울리며
맹인의 악사가 송가를 연주하도다

9. 계승하다[下武]

아래로 이어가는 주나라에

대대로 밝은 임금 있으셨다
세 분의 임금은 하늘에 계시거늘
무왕(武王)은 호경에서 하늘에 합하시어

무왕은 호경(鎬京)에서 배합하시어서
세대의 쌓은 덕을 구해 이으셨다
영원히 천명에 배합하도록 하시어
왕의 위엄과 믿음을 이루시었다

왕의 위엄과 믿음을 이루시어서
아래 땅의 사람들 모범이 되어
효도를 길이길이 하시어라
효도는 본받음이 되시니라

한 분 임금님을 모두 사랑하여라
오직 선왕의 덕을 순응하는지라
영원히 효도를 다해 선왕을 따르시어
밝히어 선왕의 위업을 이루시었도다

밝히어라 뒤 세대에 밝히어라
그 선왕들의 위업을 이어가시면
아! 모든 사람 만년(萬年)토록
대를 이어 하늘의 복을 받으시리라

하늘의 복을 이어받으시니
사방에서 축하하여 오도다
아! 모든 사람 만년토록

어찌 보좌할 사람 없을 리야

10. 문왕의 명성[文王有聲]

문왕의 명성이 있으시니
정말로 그 명성이 크시다
세상의 안녕을 추구하시어
그 이룬 것 보도록 하시니
문왕이시여 정말 위대하시도다

문왕께서 천명을 받으시사
이와 같은 무공을 세우시었다
이미 우(邘) 숭(崇)을 치시고
풍(豊)땅에 도성을 지으시니
문왕이시여 정말 위대하시도다

성곽을 수축 해자를 파시고
풍성에 어울리도록 지으시니
욕망대로 서두르지 아니하여라
효도를 다해 선왕의 뜻 따르시니
문왕이시여 정말 위대하시도다

문왕의 혁혁한 공을 세우심은
풍성의 높이 솟은 성곽과 같아라
사방의 제후들 모두 귀의하니
문왕은 온 천하의 동량이 되니

문왕이시여 정말 위대하시도다

풍수가 동쪽으로 유유히 흐르니
우(禹)임금의 높은 치적이로다
사방의 제후들 모두 귀의하여
무왕은 천하의 모범이 되시니
무왕이시여 정말 위대하시도다

호경으로 천도 이궁을 지으심에
서쪽으로부터 동쪽으로부터
남쪽으로부터 북쪽으로부터
복종하지 않는 사람이 없었으니
무왕이시여 정말 위대하시도다

무왕이 점을 쳐 점괘를 물으니
길하여 호경으로 옮겨 오셨다
구갑(龜甲)이 바르게 알렸거늘
무왕께서 온전히 이루시었으니
무왕이시여 정말 위대하시도다

풍수가에 흰 차조가 자라거니
무왕께서 어찌 일하지 않으시리오
그 자손에게 남겨줄 계략 주시어라
하여 자손들을 평안하게 하셨으니
무왕이시여 정말 위대하시도다

우리말 시경

제17권

생민지습(生民之什)

1. 백성을 낳아[生民]

당초 주나라 백성을 낳으심이
바로 이분 강원(姜嫄)이시어니
그녀 백성을 어떻게 낳으셨을까
정성으로 하늘에 제사를 올리시어
자식 없으리란 재앙 없게 하시고
그녀 상제의 족적(足跡) 밟으시어
감응이 있어 그 자리에서 쉬시어
곧 아기를 잉태 곧 몸 삼가시어
곧 아들을 낳아 곧 양육을 하시니
이 분이 바로 후직(后稷)이시니라

아기 낳을 그 열 달이 가득차서
첫 아기를 알을 낳듯 순산하시니
깨지지도 않고 터지지도 않으시고
재앙도 없으시고 고통도 없으시니라
상제는 신령함을 나타내시니
설마한들 무엇 편안하지 아니할까
강원의 제사 흠향하지 아니할까
마침내 평안히 아들을 낳으시어라

아기[후직]를 좁은 골목에 버렸는데
소와 양들이 보호하고 젖을 먹이기도 하여

강원은 아기를 넓은 들판 숲속에 버리어라
마침 넓은 들판의 모든 나무를 베어내어라
강원은 아기를 얼어붙은 강위에 버렸거니
새들이 날아와 나래를 펴서 품도다
강원(姜嫄)이 이르자 새들이 날아가거늘
아기 후직((后稷)이 으앙으앙 하고 우시니
실로 멀고 멀리 실로 크고 크게 퍼져나가
그 우렁찬 울음소리가 도로에 울렸느니라

후직이 기어 다니게 되시어
스스로 일어나 걸으시니
음식을 자시고 드시어라
먹거리를 위하여 콩을 심으시니
콩은 무성하여 너울너울 자라며
심은 벼 곡식 이삭이 탐스러우며
심은 마 보리가 무성히 땅을 덮으며
심은 외의 오이가 주렁주렁 열리어라

후직이 여러 가지 농사를 지으심이
농사짓는 도리를 깨달아 하셨도다
그렇게 무성한 잡초를 제거하고
좋은 곡식의 씨앗을 가려 뿌리니
곡식씨앗 싹터 자라며
곡식의 싹은 점점 자라나며
이삭이 패어 여물어
곡식의 낱알들이 익어가며

이삭이 무거운 듯이 고개 숙이니
태(邰) 땅에 풍성한 가업이루시니라

하늘이 좋은 곡식의 씨를 내리니
한 알 두 알 맺는 검은 기장이며
적색의 차조와 흰색의 차조이로다
두루두루 흑색의 기장을 뿌리어라
이에 거두어들여 밭에 쌓아놓으며
적색 차조 흰색 차조를 두루 심으니
이에 어깨에 메고 이에 등으로 져서
집으로 돌아와 하늘에 제사지내시니라

내 제사를 어떻게 지내야 하는가
방아를 찧고 방아 빻기를 하며
키질하여 겨를 날리고 비비고 부수며
쓱싹 쓱싹하고 쌀을 일어서 씻으며
푸욱 푸욱 김을 내어 쌀을 쪄 내며
큰 제사의 일을 생각 의논하며
향쑥과 우양의 기름을 태우며
수놈 양을 바쳐 노신(路神)에 제사하며
양을 불에 굽고 양고기 꼬지 구워
그리하여 내년의 풍년을 기원하도다

내 제물(祭物)을 제기에 담노라니
나무제기(豆) 질그릇 제기(登)에 담도다
제사의 향기가 피어오르기 시작하니

상제께서는 즐겨하여 흠향하시나이다
어찌하여 향기는 아름답고 짙은 것인가
후직께서 신령께 제사를 올림으로
무릇 후예들 아무런 죄도 허물도 없이
흥성하고 평안히 오늘에까지 이르셨다

2. 길가의 갈대[行葦]

떨기 진 저 길가의 갈대를
소와 양이 밟지 않으면
곧 싹을 틔워 크게 자라서
잎 새는 윤택하게 피리라
우애 있어 친밀한 형제들
멀리하지 말고 가까이하면
자리를 펴고 잔치를 베풀며
안궤(案几) 마련해 드리리라

연석(筵席)을 겹으로 까니
안궤 마련해 모시도다
주인은 술잔 올리고 객은 술잔 되돌려
잔 씻어 술을 따라 안궤에 올려놓으며
육즙(肉汁)과 장조림[肉醬]을 올리어라
또 구운 고기와 또 산적을 차려놓으며
가효(嘉肴) 배 바지 우설(牛舌)을 올리며
혹자는 흥겨 노래하고 혹자는 북을 치도다

무늬를 새긴 활은 견고하고 강인하며
네 개의 화살은 모두 무게가 같아
화살을 쏘아 날리니 모두 적중을 하니
우승한 차례로 손님을 윗자리에 모시어
무늬를 새긴 활의 시위를 당기어
벌써 네 개의 화살을 손깍지에 끼워
네 개의 화살은 과녁을 겨냥 적중하니
진자의 욕됨 없이 승자를 윗자리 모시도다

증손(曾孫)이 제주(祭主)가 되니
술(酒)과 단술(醴)의 맛이 짙도다
북두칠성 같은 큰 국자로 술을 떠
장수하여 만수무강하기 기원하도다
늙기도 하고 허리가 굽은 노인들
그들 부축하고 그들 길을 이끌어서
장수하도록 하되 바로 복되게 하며
하여 큰 복이 내리기를 기원하도다

3. 이미 취하여[旣醉]

술로 이미 취하고
덕으로 이미 배부르니
축원하니 천자께서 만년토록
큰 복 누리시기 기원하다

술로 이미 취하고
전하의 안주 이미 올리니
축원하니 천자께서 만년토록
광명이 있으시기 기원하다

광명이 휘황하니
매우 명랑하여 마침이 좋으리라
마침이 좋아 새로이 시작하니
선조의 시동(尸童)의 고축 아름답다

그 시동의 고축하는 것 무엇인가
제기와 제물이 아름답고 좋거늘
친구들 예를 차려 제사를 도와라
제사를 돕나니 위엄과 예의를 다하다

위엄과 예의가 매우 좋거늘
천자께서 효자 두시도다
효자의 효성을 다함이 없으니
신령은 영원히 복을 내리시리로다

그 내리시는 복은 무엇인가
왕실의 창성하고 흥성하여서
축원하니 천자께서 만년토록
영원히 자손과 복록 받으시리로다

그 자손은 어떤가
하늘이 그들에게 복록 더하여

축원하니 천자께서 만년토록
천명의 많은 복 따르게 하시리로다

그 따르는 복은 어떤가
아들딸을 주시도다
아들딸을 내려주시어서
자손은 이어 복록을 누리시로다

4. 물오리와 갈매기[鳧鷖]

물오리와 갈매기 경수(涇水)에 노닐고
선조의 시동(尸童)이 잔치 즐겨하도다
술은 참으로 맑으며
안주는 참으로 향기롭거늘
시동이 즐겨하여 마시니
복록을 이루시리로다

물오리와 갈매기 모래밭에 노닐고
선조의 시동이 잔치 즐겨하도다
술은 참으로 많으며
안주는 참으로 아름답거늘
시동이 즐겨하여 마시니
복록이 오게 되리로다

물오리와 갈매기 모래톱에 노닐거늘
선조의 시동이 잔치 즐겨 머물도다

술이 참으로 물처럼 맑으며
안주는 육포(肉脯)이거늘
시동이 즐겨하여 마시니
복록이 내려오리로다

물오리와 갈매기 강안에 내려앉거늘
선조의 시동이 잔치를 즐겨하도다
종묘에서 잔치를 하니
복록이 내려오거늘
시동이 즐겨하여 마시니
복록이 내려 쌓이리로다

물오리와 갈매기 물가에 날거늘
선조의 시동이 흥겨워하도다
아름다운 술 향기 날리며
고기 굽는 향기 피어오르거늘
시동이 즐겨하여 마시니
이후로는 어려움이 없으리로다

5. 아름답고 즐거워[假樂]

아름다워라 즐거워라 천자여
밝고도 밝은 미덕(美德)이로다
민심을 받아들이니라
하늘의 복록을 받으시었거니와

하느님이 보우하시고 명하시고
하늘로부터 계속 복록을 내리셨다

많은 복록을 받으신지라
자손이 천억(千億)이로다
화목하고 빛이 휘황하여
천하의 군왕이 마땅하니라
잘못 없이 가르침 잊지 않아
선왕의 옛 법도를 따르도다

위엄이 있고 풍도가 당당하며
덕스런 말씀이 질서가 있고
원망함도 없고 미워함도 없어
여러 신하들의 의견을 따르니
받는 복록이 한이 없느니라
온 세상(四方)의 벼리(綱)이로다

벼리가 있고 법도가 있어
신하들에 이르기까지 즐거우면
여러 제후들과 여러 경사(卿士)들
천자를 애호하고 추대하여
직책을 다하여 게을리하지 않아
만백성들이 평안하게 되리라

6. 공류(公劉)

돈독하신 공류
안거하지 않으시고
토지를 정리하시고
창고에 양식 쌓으시거늘
마른 양식을 갈무리하여
크고 작은 자루에 넣어
국위의 발양을 생각하시어라
활과 화살을 준비하여 재시며
방패와 창과 도끼를 잡고
이에 바야흐로 멀리 떠나시니라

돈독하신 공류
그 평원을 둘러보시니
이미 백성들이 번성하며
안심하고 두루 거하니
길이 걱정할 일이 없도다
곧 작은 산위로 올라가시며
다시 평원으로 내려오시니
허리에 무엇을 띄고 있으신가요
아름다운 옥과 패요(佩瑤)와
자루에 보석을 밖은 칼이로다

돈독하신 공류
저 백천(百泉)으로 나가시어

저 부원(溥原)을 살펴보시고
이에 남쪽의 산마루에 오르시어
서울(京)의 땅을 살펴보시니
서울의 좋은 땅이며 들(野)이로세
이에 백성들 거처를 곳곳에 정하며
이에 백성들 거주하여 머물러 살며
이에 백성들 환성으로 떠들썩하며
이에 백성들 의논하고 의견을 나누니라

돈독하신 공류
서울에 궁실을 짓고 안거하시니
모든 신하들 단정하고 의졌하거늘
연석(筵席)과 안궤(案几)를 차리니
주객이 입석 안궤에 의지해 앉아
이에 가축의 그 우리로 가서
그 우리에서 돼지를 잡으며
호로 표주박으로 술을 떠서
그것을 먹고 그것을 마시며
신하들 공류를 종주(宗主)로 삼다

돈독한 공류
정비한 서울 땅 넓고 길거늘
언덕에 올라 그림자 측량하여
그 음(陰)과 양(陽)을 살펴보시며
그 흐르는 샘물을 관찰하시어라
정·좌·우의 전지개간하고

그 습지와 평원을 측량하여
밭을 개간하여 양곡을 생산하며
그 산의 서쪽의 땅을 측량하니
빈(豳)땅은 정말로 광활하도다

돈독한 공류
빈 땅에 가옥을 지으시며
위수(渭水)를 가로질러서
마석(磨石) 경석(硬石) 채취하여
터를 조성하고 다스리니
이에 많은 사람들 이에 모여
그 황간(皇澗)을 끼고 거주하며
그 과간(過澗)을 따라 거주하며
거주하는 사람들로 조밀하여라
예(芮)의 굽이에 거주하도다

7. 먼 곳에 흐르는 물[泂酌]

저 먼 곳에 흐르는 도랑물
이곳으로 끌어 부어라
쌀 기장 찌고 술밥을 지으리라
온유하고 단정하신 임금이시여
백성의 어버이로다

저 먼 곳에 흐르는 도랑물

이곳으로 끌어 따라 부어라
주기(酒器)를 씻을 수 있으리로다
온유하고 단정하신 임금이시여
백성이 따르리로다

저 먼 곳에 흐르는 도랑물
이곳으로 끌어 채워라
술통을 씻을 수 있으리로다
온유하고 단정하신 임금이시여
백성이 좋아 하리로다

8. 굽이진 큰 언덕[卷阿]

굽이치는 큰 언덕에
회오리바람 남쪽에서 불어오다
온유하고 단정하신 임금님
오시어 유람하고 노래하시어
노래 소리 들려주시도다

유유자적 노닐며
소요하며 쉬시도다
온유하고 단정하신 임금님
천년(天年)을 다 하시어
선조의 대업 이어 받으리로다

임금님의 강토이니
참으로 요원하고 광활하도다
온유하고 단정하신 임금님
천년(天年)을 다하시어
온 신령의 제주(祭主) 되시리로다

임금님 천명을 받으신 지 오래이니
복록이 형통(亨通)하리로다
온유하고 단정하신 임금님
천년(天年)을 다하시어
영원히 대복을 향유하시리로다

의지할 이 있고 도와줄 이 있으며
효도하는 이 있고 덕 있는 이 있어
이들이 인도하고 이들이 도우면
온유하고 단정하신 임금님을
온 사방에서 본을 받으리라

태도가 온화하고 의기가 양양하며
규(圭)같고 장(璋)같이 순결하며
명성과 명망이 있으시니라
온유하고 단정하신 임금님을
온 사방에서 벼리를 삼으리라

봉(鳳)과 황(凰)이 비상하니
쉬쉬하며 나래 짓하노라

또한 내려 앉아 이에 쉬도다
많은 임금님의 어진이 있으시니
임금님은 그들을 등용할지니
천자를 추대하고 받들도다

봉(鳳)과 황(凰)이 나르니
쉬쉬하며 나래 짓하노라
또한 하늘로 날아오르도다
많은 임금님의 인재 있으시니
임금님 명령 쫓아 분망하여라
천자를 추대하고 찬양하도다

봉(鳳)과 황(凰)이 울음 우니
저 높은 산등성이에서 울어라
오동나무는 산등성에 생장하니
저쪽 아침해 밝은 동쪽 산기슭에
오동나무 가지와 잎이 무성하니
까까 봉황의 울음 어우러지노라

임금님의 수레
참으로 많고 또 많으며
임금님의 말(馬)
숙련되고 또 잘 달리어라
불린 시가 많지 않은지라
새로이 시를 지어 노래 불러라

9. 민초의 노고[民勞]

백성들 또한 수고로워라
좀 더 평안하게 하리니
우리의 서울을 사랑하여
하여 사방이 편안할지어다
궤변을 따르고 방종하지 말라
삼가하여 불량한 자 없도록 하며
약탈하고 포악한 짓 제지하며
밝음을 두려워하지 않는 자 막아야
먼 곳 가까운 곳 사람들 위로하여
그리하여 우리나라를 안정하게 하리라

백성들 또한 수고로워라
좀 더 평안하게 쉬게 하리니
우리의 서울을 사랑하여
백성들을 모여 살게 할지어다
궤변을 따르고 방종하지 말라
삼가 시끄럽게 다투는 자를 막으며
약탈하고 포악한 짓 제지하며
백성들로 하여 근심 없도록 하리라
그동안의 노고를 포기하지 말고
그리하여 아름다운 치적 이룰지어라

백성들 또한 수고로워라
좀 더 평안하게 휴식케 하리니

우리의 서울을 사랑하여
모든 나라를 안정토록 할지어다
궤변을 따르고 방종하지 말라
하여 삼가 망극한 자들을 삼가며
약탈하고 포악한 짓 제지하여
나쁜 짓 짓지 못하도록 하라
행동거지를 삼가고 근신하여
도덕이 높은 사람을 가까이 하리라

백성들 또한 수고로워라
좀 더 평안하게 쉬도록 하리니
우리나라를 사랑하여
백성들 걱정을 씻어낼지어다
궤변을 따르고 방종하지 말라
삼가 사납고 추악한 자를 막으며
약탈하고 포악한 짓 제지하여
낭패하도록 하지 말지어라
비록 나이가 어리다고 하더라도
그 영향은 대단히 넓고도 크니라

백성들 또한 수고로워라
좀 더 평안하게 할 것이니
우리나라를 사랑하시어
나라 잔혹한 일 없도록 할지어다
궤변을 따르고 방종하지 말라
삼가 사욕을 갖지 못하도록 하며

　　약탈하고 포악한 짓 막아내어
　　정의에 반항하지 않도록 하라
　　임금께서 옥이듯 어여삐 여길새
　　이에 크게 간언(諫言)을 드리노라

10. 하늘이 도를 벗어나[板]

　　하늘(上帝)이 도를 벗어남이라
　　땅의 백성들 모두 고통을 겪거늘
　　하는 말들은 불합리 부자연하며
　　국책(國策)이 원대하지 못하여
　　성도를 잃고 그저 마음대로하며
　　실제의 일은 아무런 신용이 없나니
　　그 국책은 오래가지 못할 것이라
　　이럼으로 크고 크게 간(諫)하노라

　　하늘이 바로 재난을 내리시니
　　그렇게 기뻐하지만 말지어다
　　하늘이 지금 바로 대노하시니
　　그렇게 허풍 떨지 말지어다
　　다만 책령(辭)이 온건하면은
　　백성들이 융합할 것이며
　　그 책령이 기뻐할 것이면
　　백성들은 안심 안정하리라

나와 너 비록 일이 다르나
너와는 같은 동료이로라
나는 곧 너에게 계획 말하니
나의 말을 들으려 하지 않는다
나의 말은 오로지 나라 일이니
그냥 비웃어 넘기지 말아라
옛 사람들이 말하고 있건대
나무꾼에게도 물어보라고 하여라

하늘이 바로 재앙을 내리시니
그렇게 희롱 비웃지 말지어다
이 늙은이는 성심성의로 하거늘
저 젊은 사람들은 교만하도다
나의 말은 망령된 것 아니거늘
넌 근심걱정을 웃음거리로 여겨
말이 지나치면 불타듯 한 열병으로
결코 약으로 치료할 수 없으리라

하늘이 바로 노여워하시니
굽실거리고 아첨하지 말며
위엄의 예의 모두 혼미하며
착한 사람들 죽은 사람 같다
백성들 지금 신음하고 있거늘
우리 감히 헤아릴 수 없으리라
혼란함으로 곤궁하게 되었거니
우리 조금의 위로함이 없도다

하늘이 백성들을 이끄니
훈(壎)과 지(篪) 화음하듯
장(璋, 홀)과 규(圭, 홀) 같으며
취(取)하고 이끌음[携] 같거니
이끌매 조금의 막음이 없으리라
백성들 이끌어냄 매우 쉬우니라
백성들의 사악한 법령 많으니
다시 사악한 법령 만들지 말지어다

무사(武士)들은 나라의 울타리며
백성[大師]들은 니라의 성이며
제후(大邦)들은 나라의 막이며
친족(大宗)들은 나라의 들보이며
덕 있는 이들은 나라 편하게 하며
태자(宗子)는 성곽이 될 것이니
하여금 성곽 무너지지 않게 하여라
홀로 고립하여 두려움 없도록 하라

하늘의 노여움을 경외(敬畏)하여
감히 희유(戱遊)하지 말며
하늘의 재앙의 내리심을 경외하여
감히 멋대로 하지 말지어다
넓은 하늘은 가로되 밝으시어
너와 나 함께 나다니시며
넓은 하늘은 가로되 밝으시어
너와 나 함께 유람하시나니라

우리말 시경
제18권

탕지습(蕩之什)

1. 지고한 상제[蕩]

지고지상의 상제(周王)는
이 땅 백성들의 임금이시니
지금의 포악무도한 상제는
그 명령이 편벽함이 많도다
하늘이 뭇 백성들을 내시니
그 명령을 믿을 수 없는 것은
모든 일의 처음에는 좋았으나
유종의 미 거두기 드물었어라

문왕이 가로되 "아!"
"아! 슬프다! 은상(殷商)이여!
일찍이 이처럼 전횡을!
일찍이 이처럼 흉포를!
일찍이 이처럼 자리를!
일찍이 이처럼 직권을!
하늘이 잔인의 덕을 주었나
넌 악덕을 힘썼을 뿐"이라고

문왕이 가로되 "아!"
"아! 슬프다! 은상(殷商)이여!
선한 사람 등용해야 하거늘
포악하여 많은 원한을 초래

유언비어로 대응을 하나니
안에서 도둑들이 싸움질
기만하고 저주하니
저지르는 죄악이 끝없다" 하다

문왕이 가로되 "아!"
"아! 슬프다! 은상(殷商)이여!
나라 안에서 발광하여
쌓인 원한을 미덕으로 여겨
밝지 못한 너의 덕인지라
뒤에도 곁에도 신하 없으며
너의 덕이 밝지 못한지라
보좌할 신하가 없다" 하다

문왕이 가로되 "아!"
"아! 슬프다! 은상(殷商)이여!
하늘이 너 술에 탐닉 말라
했거늘 의보다 악을 쫓다
이미 너 행동의 허물 많아
낮과 밤을 가리지 않으며
취하여 광란의 소리를 쳐
낮을 밤으로 삼았다" 하다

문왕이 가로되 "아!"
"아! 슬프다! 은상(殷商)이여!
매미 매암매암 하듯 어지럽고

물이 펄펄 국이 펄펄 끓는 것 같아
작고 큰일 거의 망했거늘
너 아직 잘못 고치지 않아
나라 안의 분노를 일으켜
분노 귀방(鬼方)까지 미쳐"라고

문왕이 가로되 "아!"
"아! 슬프다! 은상(殷商)이여!
상제의 본심 안 좋을 뿐더러
은나라 옛 법도 따르지 않아라
비록 원로신하 없다고 하나
또한 선대의 헌장이 있거늘
일찍이 이것을 듣지 않는지라
나라의 운명이 기울어지다" 하다

문왕이 가로되 "아!"
"아! 슬프다! 은상(殷商)이여!
사람들이 또한 말하되
큰 나무 뿌리 뽑혀 넘어졌어라
가지와 잎은 해 없는지라
뿌리가 실제로 먼저 썩어져라
은나라 본보기 멀리 있지 않아
하걸(夏桀)의 시대에 있느니라"고

2. 단정하여[抑]

단아하여라 위엄의 거동은
오직 내재의 덕과 어울려라
사람들은 또한 말을 하되
총명한 사람도 어리석기도
하나니 백성의 어리석음은
본래 결점으로 여기거니와
총명한 사람의 어리석음은
반하여 정상을 뒤집게 하도다

나라를 막강한 사람이 다스리면
사방에서 그를 따라 순종하며
덕이 있어 올바르게 행하면
온 천하(四國)가 따를 것이니
국사를 계획 국명을 안정하며
원대한 책략을 제때에 알리며
위엄의 행동거지를 삼가야
백성들의 본보기가 되리라

그런데 오늘날에 있어서야
정사를 혼미 어지럽게 하여
그 도덕이 무너져 전복되고
술에 빠지고 색에 혼미하도다
너는 비록 향락만을 쫓으나
선왕의 대업을 생각하지 않아

선왕의 치도(治道) 구하지 않고
밝은 법도 받들어 행하지 않는다

그럼으로 하늘이 싫어하시니
저 샘물의 흐름과 같으니라
계속하여 망하지 않도록
일찍 일어나고 밤늦게 자며
뜰 안을 물 뿌리고 청소하여
오직 백성들의 모범이 되며
너의 마구와 수레 수리하고
활 화살 병기를 정비하여
전란이 일어날 것 경계하여
오랑캐 멀리 쫓아 버릴지어다

너의 인민을 안정하게 하며
삼가 너의 제후의 법도 지키며
뜻밖의 사고를 경계 대비하고
삼가 너의 말을 신중하게 하며
너의 위엄의 거동을 정중히 하여
온유와 아름답지 못함 없을지어다
맑고 흰 옥(圭)의 티가 있는 것은
또한 그 티를 갈아낼 수 있거니와
이미 내 뱉은 말의 티는
어떻게 할 수가 없느니라

경솔하게 말하지 말아라

함부로 떠들지 말지어다
사람이 내 혀 비틀지 못할 바에
한 말은 따라잡을 수 없느니라
어떤 말이든 반응이 없지 않으며
어떤 덕행이든 보응이 없지 않으니
친구를 사랑하고 은혜를 베풀어라
뭇 백성들과 그들의 자손을 사랑하면
자손들이 번성하고 끊임없이 이어져
만민이 받들지 않음이 없으리라

너의 군자의 교우를 보더라도
너의 얼굴 온유돈후케 하니
어떤 허물도 있지 않을까 한다
너의 방 안에 있는 때를 생각해
집밖에서도 부끄럽지 않도록
집안이 밝지 않다 말하지 말라
아무도 나를 볼 수 없을 것이라 말라
신령이 아무 때고 내려온다야
누구도 예측할 수가 없는 것을
어떻게 게을리 신령을 공경할까

임금이여! 덕을 수양해
선하고 아름다운 일을 다 하리니
너의 행동거지를 삼가 깨끗이하여
거동을 잘못이 없도록 할지어다
잘못함이 없고 남을 해하지 않으면

본받지 않는 사람 많지 않을 것이니
나에게 신선한 수밀도를 보내어 주니
너에게 신선한 오얏으로 보답하리니
저 어린 양 나지 않은 뿔났다 함이라
실로 소자(小子)를 혼란스럽게 함이라

유연하고 질긴 나무에
사현(絲弦)을 매어 악기 만들어
참으로 온화하고 공손한 사람은
오직 덕의 기초이니라
그 현철하고 총명한 사람은
어진 말을 이야기해
덕행을 따르게 하는 것이거든
오직 어리석은 사람은
도리어 나를 일컬어 간사하다 하니
백성들 각각 마음이 다르도다

오호라! 소자(小子)들아!
옳고 옳지 못함 알지 못하야
손을 이끌어 줄 뿐만 아니라
사례를 들어 잘 설명해 주며
대면하여 인도할 뿐만 아니라
귀를 잡아끌어 제언을 하니라
설령 아는 것 없다고 하나
또한 이미 아들을 안아 길렀어라
사람들 완만 완전하지 못하면

뉘 아침에 깨달아 저녁에 성공할까

넓은 하늘 매우 밝으시니
나의 생활은 즐겁지 못하다
너를 보아하니 꿈속 헤매듯하고
나의 마음은 참담하고 초조해라
너를 타일러 간절하고 간절하니
나의 말을 건성 건성으로 들어
교훈을 부당히 여길 뿐만 아니라
도리어 웃음거리로 비웃는다
비록 아직은 깨닫지 못한다고 말하나
그러나 너 이미 나이 들어 늙었어라

오호라! 소자(小子)들아!
너에게 옛 법도를 알려주노라
나의 주장을 듣고 따른다면
무릇 큰 뉘우침 없으리라
하늘이 재난을 내리시니라
가로되 나라 잃을 것이로소니
나의 비유는 멀지 않으니라
넓은 하늘은 어김이 없거니와
너의 덕행이 편벽하고 부정하여
백성들로 하여 수난을 겪게 되어라

3. 부드러운 뽕나무[桑柔]

빽빽한 저 부드러운 뽕나무여
그 아래 짙은 그늘 드렸거니
가지 뽕잎을 마구 채취하여
이 땅의 백성들 병나게 하여라
마음의 걱정이 끊임이 없어
창황(愴怳)함이 오래되었으니
저 비할 데 없는 넓은 하늘은
어찌 나를 긍휼히 여기지 않나

네 필 수말이 끌밋끌밋
매와 거북의 깃발 펄럭이도다
난리가 일어나 평화롭지 않아
나라 혼란하지 않을 리 없으며
백성들 죽어가니 얼마 없어라
모든 것이 조난으로 타버리다
오호라! 그저 슬퍼할 뿐이니
나라의 운명 이리 위급하도다

나라가 아무것 없는 지경이라
하늘이 우리를 돕지 않으시어
어디 몸 둘 곳이 없기로소니
어느 곳으로 가야할지 몰라라
군자는 실로 어떻게 생각하나
마음을 잡아 다툼이 없이 하리니

누가 이와 같은 화근을 만들어
지금의 재앙을 겪게 되었는가

마음의 시름으로 하념이 없어
한마음 우리 국토를 생각하노라
내 삶 실로 때를 잘못 만남이라
하늘의 큰 노여움을 만났노라
서쪽으로부터 동쪽에 이르기까지
어디 안정할 처소가 없음이더니
내 참으로 고난을 많이 만났으며
참으로 우리나라 변경 위급하도다

국책을 마련하여 신중히 실시하면
혼란한 상황은 이에 줄어들지어다
너 나라걱정 백성 구할 것을 알리며
너 어진사람 가려 벼슬 주라고 하라
누가 뜨거운 물건 잡을 수 있을까나
아이 뜨거워 물에 손 담그지 않으랴
그것을 어떻게 잘할 수 있을까
잇고 이어서 물에 빠져 죽으리로다

저 바람 앉고 가는 것 같으니라
참으로 숨이 막힐 것 같도다
백성들은 나아갈 마음이 있으나
하여금 그렇게 하지 못하리라
좋아하는 것은 농사짓는 것이어서

사람들 힘써 식록(食祿)을 관록 삼아
곡식이란 오직 귀한 보배와 같거니
식록으로 대신하는 것을 좋다고 하도다

하늘이 재난을 내리시느라
우리가 세운 임금 멸하려 하여
이렇게 많은 해충을 내리어라
모든 곡식 병들고 갉아 먹도다
애통하여라 우리의 나라가
모두 재앙으로 황폐해 졌으니
아무런 일할 힘이 있지 않아
하여 푸른 하늘만을 생각하도다

이 정리(情理)를 따르는 임금
백성들은 그를 우러러 보아라
마음가짐이 밝고 또 지략이 있어
삼가 보좌할 신하 생각하여라
저 정리를 따르지 않는 임금은
자기 홀로니라 향락을 일삼으며
자기만의 독선을 갖고 있어
백성들로 하여금 모두 미치게 한다

저 숲속을 바라보건데
무리지어 노는 사슴들이거늘
친구 사이에 거짓 기만하여
정성으로 대하지 못하도다

사람들이 일찍이 말하여 오되
진퇴유곡(進退維谷)이라 하다

오직 이 성인은
멀리 백리를 바라볼 수 있거늘
오직 저 어리석은 사람은
눈앞의 일에 미칠 듯 좋아한다
말을 할 수 없는 것도 아니거니
어찌하여 이렇게 꺼리는 것인가

오직 이 훌륭한 사람을
구하지 않고 들이어 쓰지 않고
오직 저 잔인한 마음의 사람들
돌보고 다시 돌보니
백성들 혼란하게 함이니
차라리 쓴 고통을 바라는 것인가

큰 바람이 휩쓸어가니
산의 큰 골짜기에 불어라
오직 이 어진 사람은
하는 일들이 성실하거니와
오직 저 순응하지 않는 사람은
더러운 구덕으로 들어감 같도다

큰 바람이 휩쓸어가니
탐욕의 사람 선한 사람 패망하게 해

귀 거슬리지 않는 말은 대응하나
간하는 말은 술 취한 척 듣나니
그 어진 사람을 쓰지 못하여라
도리어 우리로 하여 배반하게 하다

아! 너의 친구여!
내 어찌 하는 짓을 모를 것인가
마치 어지럽게 나는 새와 같거늘
때로는 화살에 맞아 잡힐 것이리라
이미 너희들의 내막을 알고 있으니
도리어 나를 두려워할 것이어라

백성들의 망극(罔極)함은
일 하리로되 쉽게 배반하여라
백성들에게 불리한 짓을 하되
이룰 수 없을 듯하여라
백성들의 간사하고 편벽된 짓은
일 하리로되 폭력을 행사하니라

백성들의 선량하지 않은 짓은
일 하리로되 도둑질이니라
말하거니 옳지 않다 하나
도리어 등 뒤에서는 욕하느니
비록 가로되 내가 아니라고 하나
내 이미 너의 노래를 지어 불러라

4. 은하수[雲漢]

밝은 저 은하수여
밝게 하늘에 둘렸어라
임금께서 가로되 오호라
지금의 사람들 무슨 죄인가
하늘이 재앙을 내리시어니
흉년이 거듭 거듭하여 들어
신령께 어찌 제사하지 안 하랴
희생의 제물을 아끼지 아니하여
옥 제기를 모두 사용하였거니와
어찌하여 내 말 들어주지 않는가

가뭄이 이미 너무나 심하여
가혹한 더위가 덮쳐 찌는 듯한데
정결히 제사를 끊임없이 지내어라
하늘 제사(郊)로부터 선조의 제사 드리어
위(하늘) 아래(땅)에 제물 드리며
모든 신령을 받들지 않음 없으려니
후직(后稷)께서 가뭄 극복 못 하시며
상제께서도 강림하지 않으시어라
말려서 없애려 하나 하늘아래의 땅
어찌 이 재앙을 내가 받아야 하나

가뭄이 이미 너무나 심한지라
그 가뭄을 해소할 수 없도다

불안하고[兢兢] 두려워[業業]라
번개 치고 벼락 치는 것 같아라
주나라의 남아있는 일반 백성들
얼마 남아 있지 않을 것이거늘
높고 넓은 하늘의 상제(上帝)는
나를 남겨두지 않으시려하시다
어떻게 서로 두려워하지 않으랴
선조를 받드는 제사 끊어질 진저

가뭄이 이미 너무나 심한지라
그 가뭄을 막을 수가 없도다
더위 치열하여 불타는 듯하여
내 어디에 거처할 곳이 없도다
인류의 운명도 끝날 날 가까워라
거들떠보지 않고 돌아보지 않아
앞날의 왕후 공경의 신령들은
나를 하나도 도와주지 않거니와
아버지 어머니와 선조들께서는
어찌하여 나를 참아 이렇게 하나

가뭄이 이미 너무나 심한지라
산천에 나무와 물이 말라붙어
가뭄귀신 한발(旱魃)이 포악해
마치 화염이 치솟는 듯하도다
나는 마음으로 혹서를 두려워해
시름이 마치 불로 타는 듯한데

앞날의 왕후 공경의 신령들은
내 말을 하나도 들어주지 않고
높고 넓은 하늘의 상제(上帝)는
어찌하여 날 거기 빠져들게 하나

가뭄이 이미 너무나 심한지라
떠나려 해도 어디 갈 곳 없어라
어찌 나를 가뭄으로 괴롭히는 가
나는 그 까닭을 알지 못하도다
참 일찍 제사 올려 풍년 빌었으며
사방신 토지신 제사도 늦지 않아라
높고 넓은 하늘의 상제(上帝)님은
나를 하나 도와주지 않으려 하시다
줄곧 하늘과 땅의 신 공경하였음엔
마땅히 원한과 분노가 없어야 하니라

가뭄이 이미 너무나 심한지라
어지러워지고 기강이 없어졌다
곤경에 빠져있는 공경대부며
초조하고 불안해 하는 재상이며
말 기르는 관리와 교육의 관리와
주방사부와 좌우의 신하들 있음에
사람들 두루 구제하지 못하여라
이 가뭄을 끝나게 할 수도 없도다
높고 넓은 하늘 우러러 바라보니
마음의 시름 걱정을 어떻게 하랴

높고 넓은 하늘 우러러 바라보건데
별들만 반짝거리니 하늘 가득하여
비 내릴 것 같지 않으니 공경대부
성심과 성의로 제사를 지내리로다
나라의 운명도 끝날 날 가까우나
너 노력한 성과를 포기하지 말라
어찌 나만을 위하여 비를 빌겠는가
공경대부들의 안정을 생각함이니라
높고 넓은 하늘을 우러러 바라보니
언제나 그 안녕을 내려주시려는가

5. 숭고(崧高)

높고 높은 산악이
하늘높이 치달려라
악신(嶽神)이 내려와
보(甫) 신(申)을 낳아
보씨와 신씨는
주나라 기둥이라
제후국의 울타리
사방 제후국의 성곽이 되어

부지런한 신백(申伯)을
왕업 이어 받게 하시어
사(謝)에 도읍을 정하여

남쪽나라의 모범이 되다
왕(宣王) 소백에게 명해
신백의 집을 마련하시어
남쪽 제후나라를 세우시니
대대로 그 공록 이어가리

왕이 신백에게 명하시어
모범이 되어 남쪽 나라의
사(謝)의 사람들로 하여
너의 성곽을 수축하게 해
왕이 소백(召伯)에 명해
신백의 토지 정리하시어
왕이 가신에게 명하사
신백의 가신들 옮겨가도록

신백의 그 큰 공업(功業)을
소백에게 맡아 다스리도록
그 사읍의 성곽을 수축하니
종묘를 이미 모두 완성하여
이미 완성한 종묘 웅장하니
왕이 신백에게 명하시니라
네 필의 수말 참 건장하며
말 가슴 걸고리가 빛나도다

왕이 신백을 사읍에 보내니
큰 수레 네 필 말을 내리시다

짐이 너의 주거를 계획하거니
남쪽 땅만 다 같지 못하리다
너에게 큰 옥기를 내리어서
그리하여 너의 보물로 하느니
가리라! 외삼촌이여! 가리라!
남쪽의 국토를 보존할지어다

신백이 진실로 사읍으로 가니
왕이 미(郿)에서 전송 하시어라
신백이 남쪽으로 돌아가거니와
성심을 다하여 사읍으로 가다
왕이 소백(召伯)에게 명하시어
신백의 강토를 정리하도록 하여
그리하여 그 양식을 마련하도록
서둘러 가도록 하다

신백의 위무(威武)가 당당하거니
이미 사읍(謝邑)에 진입하여라
따르는 사람 수레로 물결 이루니
주나라 모두 기쁨으로 양양하여
훌륭한 인재라고 칭찬하도다
고귀하고 덕망 있는 신백이여
신백은 왕의 큰 외삼촌 이로니
문무(文武)백관의 모범이 되어라

신백의 품행과 덕행이

온유돈후하고 또한 정직하도다
천하의 여러 나라 어루만지시어
사방의 나라들에 명성을 떨치다
길보(吉甫)가 노래를 지어 불러
그 시가는 참으로 길고 길어라
그 시가의 곡조가 참 우아하니
이 시가 신백(申伯)에 드리어라

6. 백성들[烝民]

하느님이 백성을 내시어니
사물이 있어 원칙이 있어라
백성들은 자연의 본성 있어
좋아하느니 아름다운 덕이라
하느님 주나라를 살펴보시어
밝히 이 세상에 내려오시거니
이에 천자를 보우(保佑)하시어
중산보(仲山甫)를 내시어라

그 중산보의 아름다운 덕성
온유돈후(溫柔敦厚)의 법도 있어
우아한 거동에 우아한 모습이며
신중하고 겸허히 하며
옛 교훈을 본받아 따라서 하며
위엄 있으랴 행동거지를 지키며

천자(天子)를 중산보가 따르며
밝은 명을 하여금 반포하여라

왕(宣王)은 중산보에게 명하시어
모든 제후들 모범이 되도록 하며
조상의 기업을 이어가도록 하여
왕의 옥체를 보전하도록 하시다
왕의 명을 받고 왕의 명을 펴내
왕의 입이요 혀니 왕의 대변자라
대외적으로는 정사를 펼치느니라
사방의 제후들이 호응하고 따르다

엄하고 엄하여라 그 왕의 명령을
중산보가 모두 받들어 실행하며
국가의 정치가 잘되고 잘못됨을
중산보가 모두 밝히어 내리로다
중산보는 총명하고 지혜가 있어
그럼으로 스스로 그 몸 보전하며
아침부터 밤까지 게을리 안 하여
써 천자 한 사람만을 섬기도다

사람들이 또한 말하여 오되
부드러운 것은 먹어 버리고
딱딱하고 질긴 것은 뱉는다 하니
오직 중산보는 그렇지 않아
부드러운 것 또 먹지 아니하며

딱딱하고 질긴 것 또 뱉지 않아
홀아비나 과부를 모욕하지 않고
강하고 포악한 자 두려워 않아라

사람들이 또한 말하여 오되
덕이란 가볍기가 터럭과 같으니
백성들 들어 올리는 사람 드물어
내가 이 말을 헤아려 보거니와
오직 중산보가 그것 들어 올리니
사랑해도 그를 도와줄 수가 없고
임금님의 일이 결함과 잘못 있거든
오직 중산보가 그것을 보완하도다

중산보 길 떠나기 전 제사지내니
네 필의 수말 건장하고 건장하며
따르는 사람들 민첩하고 민첩하며
늘 이르지 못할까 생각을 하도다
네 필의 수말 팡팡 매우 건장하며
여덟 개의 말방울 딸랑딸랑 하니
왕은 중산보에게 명령을 내리시어
저 동쪽에 성을 수축도록 하시었다

네 필의 수말 건장하고 건장하며
네 개의 말방울 딸랑딸랑 거리며
중산보가 제(齊)나라로 가느니라
바라기는 그가 빨리 돌아오기를

길보(吉甫)가 노래를 지어 부르니
화음함이 마치 맑은 바람 같다
중산보가 길이 그리워하는지라
그리하여 그의 마음을 위로하노라

7. 한나라 제후[韓奕]

높고 높은 양산(梁山)을
오직 우(禹)가 다스리셨다
넓고 큰 그 길을 달려라
한후(韓侯)가 명을 받으셨다
임금께서 친히 명을 하시되
"선조의 기업을 이어받나니
짐의 명을 폐지하지 말고
아침저녁으로 게을리 말아야
정성으로 네 직위를 다하라
짐의 명 바뀌지 않을 것이라
내조(來朝) 않는 나라 다스려
써 네 임금을 보좌도록 하라"

네 필 수말 건장하고 건장하니
참 키가 크고 또 체격이 크도다
한후 임금 알현하고자 입궐하니
써 그 큰 홀(笏)을 받들어 들어
들어와 임금님을 알현하나이다

임금께서 한후에 상을 하사하니
용 깃발을 소꼬리 깃대 끝에 달고
대 수레 가리개와 무늬 가로 대
검정 색의 용포와 붉은 신(赤舃)
말 가슴 띠고리 말 머리 정동장식
가죽의 수레 턱과 호랑이 가죽덮개
걸고리 고삐 청동의 인(人)자 등에이다

한후 돌아가려 길 떠나며 제 올리니
날이 저물어 도(屠)에서 유숙을 하다
현보(顯父)가 찾아와 그를 전송하니
올려 들인 맑은 술이 일백 단지로다
그 전송연의 안주는 무엇이 있었나
맑게 찐 자라와 신선한 물고기로다
그러면 채소 안주는 무엇이 있었나
연한 대나무의 순과 부들(蒲)이로다
그에게 드린 선물은 무엇이 있었나
네 필 수말이 끄는 큰 수레(路車)다
많은 음식그릇과 접시 차려 놓으니
한후(韓侯)는 매우 즐겁고 기뻐하다

한후께서 내조하여 장가를 들거니
신부는 분왕(汾王)의 생질이 되고
경사(卿士) 궤보(蹶父)의 따님이다
한후께서 영친(迎親) 아내를 맞으니
궤보가 살고 있는 궤읍으로 가도다

일백 냥의 수레가 방방거리고 달리며
여덟 개 말방울 소리 딸랑딸랑하니
그 휘황한 빛이 번쩍 거리지 않으랴
모든 시집 돕는 여자들 신부 따르니
사람들 많고 많아라 구름같이 모여
한후가 돌아서서 그들을 돌아보거니
찬란하여 신부의 문안에 가득하도다

궤보는 참으로 용감무쌍하여라
어디 가보지 않은 나라가 없어
한길(韓姞)을 위한 살 곳을 선택하거니
한(韓)나라 만큼 좋은 곳이 없다
참으로 즐거운 한나라 땅 이어니
강하와 소택(沼澤)이 넘쳐흐르며
방어와 연어가 떼를 지어 다니며
암사슴과 수사슴 떼 지어 다니며
곰(熊)이 있고 큰곰(羆)이 있으며
산 고양이(猫) 있고 호랑이 있도다
마침내는 큰 행복의 살 곳 안정되니
한길은 참으로 즐거워하리로다

넓고 크도다 저 한나라의 도성이여
연(燕)나라의 백성들이 완성하였도다
써 선조로부터 책명(冊命)을 받아라
곧 많은 북방족으로 하여 나라 세워
임금께서 한후에게 상을 하사하시니

추(追)나라와 맥(貊) 다스리도록 하다
북방의 모든 나라들을 거느리어라
그럼으로 그 나라의 방백이 되거니
성곽을 수축하고 해자를 파 두르며
이에 전지를 개간하고 경작을 하고
그 사나운 비(貔)의 가죽을 헌상하고
붉은 표범 누런 곰의 가죽을 바치다

8. 강수와 한수[江漢]

장강과 한수가 넘실넘실 거리니
병사들의 무위의 기상이 도도하다
즐기는 것 아니고 노는 것 아니라
회이(淮夷)를 토벌하고자 가니라
이미 우리의 전차가 출전을 하며
이미 우리의 매 문양 군기 세우니
즐기는 것 아니며 쉬는 것 아니라
회 땅 오랑캐를 징벌하고자 하니라

장강과 한수 호호탕탕 흘러가니
병사들의 무위의 투지 넘치도다
사방의 모든 나라를 다스리거니
성공소식을 임금님께 아뢰도다
사방의 모든 나라를 이미 평정해
임금님의 나라 무릇 안정되어라

그리하여 전쟁은 있지 않을 지니
임금님의 마음 곧 평안 하시리라

장강(長江)과 한수(漢水) 가에서
임금님이 소호(召虎)에 명하시어
"온 사방의 나라들을 평정하여
우리의 강토를 정돈하라고 하신데
해하거나 조급히 말지라
왕국의 국책을 따라서 하라 하시니
강역을 계획하고 국토를 다스리어
남쪽 바다까지 이르도록 하리라"고

임금님이 소호에게 명하시어
"순회 왕명을 반포하라 하시어라
문왕(召虎父) 무왕이 명받으실 때
소공(문왕,奭)은 나라의 동량 이러니
말하지 말라 나는 아직 어릴 지니라
소공의 위업을 이어서 할 것이니라
신속하고 민첩하게 소공의 업 이어
써 네게 복록 내리시도록 하리라"고

너에게 옥병(玉柄)의 술잔(金勺)과
내리니 검은 기장 술 한 항아리
선조에게 제를 올리어 고하거니
산천과 토지와 전답일랑 내리시다
주 호경에서 책명(冊命)을 받으시어

선조 소공의 소명(召命) 빛내리라"고
소호는 엎드려 절하고 머리를 조아려
"천자님이여 만수무강 하옵소서"라고

소호는 엎드려 절하고 머리를 조아려
대답하되 천자의 아름다운 덕 찬양해
청동 동궤(銅簋)를 만들어 추모하오니
천자님이시여 만수(萬壽)를 누리옵소서
우리들의 밝고 밝으신 천자님이시어라
천자님의 아름다운 명성은 영원하시며
그 문치(文治)의 덕정(德政)을 펴시어서
이 사방의 나라를 화목하도록 하옵소서

9. 상무(常武)

빛나고 빛나며 또 밝고 밝으시니
임금님은 경사(卿士)를 임명하시어
남중(南仲)이 사당 제사를 드리도록
또 황보(皇父)를 태사로 명하시어
"육사(六師, 全軍)를 재정비하여라
그리하여 우리의 군기를 수리하여
삼가하여 경계하고 또 경비하여
남쪽나라들에 은혜를 베풀어라"고

임금님은 윤씨 길보(吉甫)에 명하여

정(程)의 제후 휴보(休父)를 명하여
왼쪽 오른쪽으로 군사들 대열을 지어
우리의 '사師'와 '여旅'를 훈계하길
"저 회수의 가를 따라서 행군하여
서(徐)나라 땅 순시하라고 하시니
어디 머물지 않고 지체하지 않으며
삼경(南仲, 皇父, 休父) 잘 준비하라"고

빛나고 빛나며 늠름하고 늠름하니
위엄이 있으시어라 천자(天子)시어
왕의 군사 천천히 안전히 행군해
더디 가는 것도 노는 것도 아닌데
서(徐)나라에서는 소동이 일어나다
경천동지하여라 서 나라의 위아래
마치 벼락 치고 마치 천둥치듯 해
서 나라 사람들 놀라고 두려워해라

임금님께서 분기하여 무용 떨치시니
천둥 치는 것 같고 노후(怒吼)함 같아
진격하라고 무용의 장수에게 명하시니
마치 성난 호랑이 포효하는 것 같다
공격을 하거니와 회수 가를 추격하며
유인하여 추악한 포로들을 잡아내니
저 회수의 하안(河岸)을 평정하여라
왕의군사의 주둔할 장소가 되었도다

왕의 군사(旅)가 참으로 많고 강하니
새가 나는 듯 높이 나는 듯하며
장강과 한수처럼 기세는 용솟음치며
둘려 자리 잡고 있는 산처럼 안정하며
흘러내려가는 강물처럼 자연스러우며
면면이 이어져 가지런하고 가지런하며
헤아릴 수도 없고 이겨 낼 수도 없어
대규모로 서(徐) 나라 정벌을 하도다

임금님의 모든 책략은 진실로 확실하시니
서(徐) 나라는 이미 조공을 해 오도다
서 나라는 이미 내조 알현하여 오거니
이것은 천자님의 친정의 큰 공로이시다
사방의 여러 제후국을 이미 평정을 하니
서 나라도 곧 조정으로 내조하여 오도다
서 나라가 다시 배반하지 않게 되거니와
임금께서는 가로되 회군하라고 하시어라

10. 우러러 보아[瞻卬]

넓고 높은 하늘을 바라보니
우리를 사랑 않으시는 지라
참으로 오랫동안 편치 않아
이처럼 큰 재앙을 내리시다
나라가 안정되지 아니하여

인민들이 그렇게 고통 겪어
뿌리해충이 곡식을 갉아
그 심한 재해 끊임이 없으며
죄의 그물을 거두지 않아라
그 고통으로 평안 하지 않다

다른 사람들의 땅과 전지를
너는 도리어 그 땅 점유하며
다른 사람들의 노비(民人)를
너는 도리어 그들을 빼앗아
이 죄 없는 사람을
너는 도리어 가두고
저 죄 있는 사람은
너는 도리어 풀어주어

명철한 남자는 나라를 세우거든
명철한 여자(褒姒)는 나라 망쳐라
아름다운 그 명철한 여자이어니
올빼미 부엉이가 하는 것 같도다
여자는 아름다운 말의 수다쟁이며
오직 재앙 만들어내는 바탕이 되다
재난 하늘로부터 내려온 것 아니라
여자 즉 포사로부터 생겨난 것이니
교사(敎唆)하거나 꾀인 것이 아니며
오직 아름다운 포사와 내시 때문이라

아첨하는 사람의 기교가 무쌍하여라
참언으로 비롯하여 결국 배반하거든
어찌 죄악을 지어 지극하지 않다 하랴
그것이 어찌 죄악이 되느냐고 하느니
상인이 세 배 이익 얻는 것과 같은 것
군자는 이를 알고 정사를 바로 할지라
여자 즉 포사는 공적인 일이 없거니와
그 누에 기르고 길쌈하는 일도 하지 않아

하늘은 어찌 우리를 징벌하시며
어찌하여 신령은 복 안 내리나
너는 원대한 일을 저버리려나
오직 날 미워하고 날 시기하다
자비하지 않고 상서롭지 안하며
행동거지는 모든 예의를 잃어라
어진사람들은 분분히 도망가니
국가는 병들어 장차 멸망하리라

하늘의 죄의 그물을 내리심이여
오죽하여 그렇게 크고 많은가
어진사람들 분분히 도망함이여
마음의 시름하고 걱정을 하노라
하늘의 죄의 그물을 내리심이여
오직 재앙이 곧 닥쳐올 것이다
어진사람들 분분히 도망함이여
마음으로 슬퍼하고 슬퍼하노라

솟아올라 넘쳐흐르는 샘물이여
샘이 그렇게 깊고 그렇게 맑아라
마음의 시름하고 걱정을 하노라
어찌 이제로부터라고 하리요
나의 앞에서 시작한 것이 아니며
나의 뒤에서 시작한 것도 아니다
아득하고 높고 넓은 하늘이거니
공고하게 하지 않는 것 없으시니
선조(皇祖)를 욕되게 하지 않으면
너의 후손들은 구원을 받으리라

11. 소공 하늘[召旻]

하늘이 질시하여 포악한지라
하늘은 무거운 재앙 내리시어
우리를 기근으로 고통스럽게 해
백성들 모두 유리하여 떠나거니
우리의 사는 나라 모두 황량하다

하늘이 죄의 그물을 내리시어라
뿌리해충(害蟲)이 갉듯 내홍 일며
혼몽하고 비방으로 직책을 다 못해
어지러워라 참 그릇되어라 미친 듯
실제로 그들이 우리나라를 다스리다

비방하며 훼방하거니
일찍이 그 잘못을 깨닫지 못하고
전전긍긍하며 두렵고 두려워하며
매우 오랫동안 안녕하지 못하여서
우리의 직위 몹시 폄훼를 당하여라

마치 그 해의 큰 가뭄이 든 것 같아
모든 풀이 무성하게 자라지 못하며
마치 그 뻣뻣이 말라빠진 풀과 같아
우리나라의 이런 나라꼴을 보건데
아무래도 붕궤하지 않을 수 없도다

옛날의 부귀함도 지금 같지 않았으며
근래의 고통도 이렇지 않았도다
그 거친 쌀이 이 고운 쌀이 되었거늘
어찌하여 스스로 물러나지 않고 있나
이와 같은 정황 계속해 이끌어 가려하나

못의 물이 고갈이 되거늘
못 물가로부터 줄어든다고 안하며
샘의 물이 고갈이 되거늘
샘 가운데로부터 줄어든다고 안하다
널리 이 재해가 퍼져라
이와 같은 정황 계속 넓혀 가려니
내 자신에게 재앙이 닥치는 것 아닐까

옛날 문왕 무왕께서 천명을 받으심에
소공(召公)과 같은 어진 신하가 있어
날로 국토를 백리씩을 넓혀갔어라
오늘엔 날로 국토가 백리씩 줄어들어
오호라! 슬프구나! 오호라! 슬프구나!
오늘의 사람(집정의 높은 관리들)들은
옛 소공과 같은 숭상할 사람이 없어

우리말 시경

제19권

송(頌)

  '송(頌)'은 대부분 천자, 제후의 제사의 악가이다. 그런데 무용을 수반하고 있는 악가라는 것이 권위 있는 해석이다. '풍', '아'는 사이에 현악기의 연주를 하고 있으나 춤은 수반하지 않는다. 그러나 '송'은 춤을 수반하는 특징이 있고, 제사를 올리며 성덕을 찬미하고 업적을 받들어 신명께 고한다. 〈시서〉에 "송이라고 하는 것은 성덕의 형용을 찬미함으로 써 그 성공을 신명께 고함이다(頌者, 美盛德之形容,以其成功告于神明者也)"라고 한 것과 같다.

  '송'은 '주송(周頌)' 31편, '노송(魯頌)' 4편, '상송(商頌)' 5편으로 모두 40편이다.

주송(周頌)

청묘지습(淸廟之什)

1. 청결한 사당(淸廟)

  아! 엄숙하고 청결한 사당에
  제사 돕는 자들 숙연하여라
  제제(濟濟)한 많은 선비들이
  문왕(文王)의 덕을 받들어서
  하늘의 선조께 송양을 하고
  종묘의 묘당에서 분주하여라

문왕 덕 밝고 아름답지 않는가
사람들의 미움을 받지 않으시다

2. 하늘의 명[維天之命]

하늘의 명이
아름답기 그지없으시니
오호라! 밝지 아니한가
문왕의 덕의 순수함이여

가령 우리에게 주시면
우리 그것을 모두 받아라
우리 문왕 크게 베푸시니
자손들 돈독히 할지어다

3. 맑아라[維淸]

맑아라 이어서 밝아라
문왕의 전장(典章)이시니
비로소 하늘의 제사함으로
마침내 위업을 이루었으니
주나라의 상서로움이로다

4. 공덕[烈文]

무와 문을 겸비한 선공(先公)
이렇게 많은 복 내려주시거니
우리에게 끝없이 베푸시어라
자손들 유업 잘 보존하리로다
네 나라 큰 죄 받지 않으려면
오로지 임금님을 숭상하며
선인의 큰 공을 생각할지니라
위업을 이어 홍양(弘揚)하리라
이를 데 없어라 강한 어진사람
사방의 제후들 복종해 따르며
오로지 그의 덕행이 밝지 않나
모든 제후들 그 법으로 삼나니
오호라! 옛 임금 잊지 말지니라

5. 하늘이 만들어[天作]

하늘이 높은 산(歧山) 만드셨거늘
대왕(古公亶父)께서 개척하시었다
고공단보께서 시작을 하시었거늘
문왕께서 이어 편안하게 하시어라
저 험하고도 궁벽한 기산에
평탄하고 넓은 길이 있으니
자손들은 잘 보존할지어다

6. 하늘의 정명[昊天有成命]

넓은 하늘 정명(定命) 있으시거늘
두 문왕과 무왕께서 받으시니라
성왕(成王)께서 감히 편히 못 쉬어
조석으로 기업의 명 정밀히 다스려
오호라! 얼마나 밝으신가
명을 진심으로 다하시니
고로 나라 안정케 하니라

7. 봉헌[我將]

내 봉헌하노라 내 제사
제물은 양과 소이니라
하늘이 그것을 도우시사
의식을 문왕의 법 본받아
매일 사방을 잘 다스리면
그렇게 위대하신 문왕이
또한 제사 흠향하시리라
내 일찍부터 밤늦게까지
하늘의 위엄 두려워하여
고로 강역을 보존하리라

8. 순수(巡狩)하다[時邁]

그 제후 나라 순수(巡狩)하니
하늘이 그의 아들로 여기시어
실로 주 보우하니 질서 있어
주나라 위력이 천하에 떨치니
두려워하지 않는 이가 없으며
여러 신들 제사하여 위무하여
황하의 신 큰 산의 신에 이르니
미쁘시어라 우리 임금님이시어라
밝고 밝아라 주(周)나라의 전도
차례에 따라서 제후들을 봉하고
곧 방패(干)와 창(戈)을 거두며
활(弓)과 화살(矢)은 혁랑에 넣고
우리는 아름다운 덕을 추구하여
온 중국(夏)에 실시하여 펼치니
실로 우리 임금 나라 보존하시다

9. 자강불식[執競]

자강불식의 무왕이시어
다투어 비길 데 없이 강하시다
밝지 않는 가 성왕과 강왕이여
하느님은 그들을 찬양하시어라
성왕과 강왕으로부터 지금까지

주나라 사방의 나라 옹유하여
살피고 살피니 청명(淸明)하다
종과 북을 둥둥 울리며
경과 피리를 연주하여라
복을 내리시니 많고 많아
복을 내리시니 크고 크다
거동은 신중하고 신중하며
신령은 이미 취하고 배불러
복록을 반복하여 내리시도다

10. 후직을 생각함[思文]

문덕이 높으신 후직(后稷)이여
상제와 함께 배향할 수 있으리
우리의 많은 백성들의 정착함이
후직의 큰 덕 아님이 없느니라
우리에게 보리와 밀을 내리시니
하느님은 백성의 양육을 명하라
이곳 저곳 강계를 나누지 않고
온 중국에 농사짓는 법 펼치시다

신공지습(臣工之什)

1. 관리들(臣工)

슬프다! 슬프다! 관료들아
네 일을 진실히 행할지어다
임금은 네 성공 보상하시니
자문을 하고 위로할지어다
슬프다! 슬프다! 보개(田官)
이미 늦은 봄이 되었거니와
또한 또 무엇을 챙겨야 하나
어떻게 하랴 새로 개간한 밭
오호라! 아름다운 밀과 보리
곧 많은 수확 거둘 것이어라
밝으시고 환하신 하느님께서
풍성하고 평안한 해를 주시어
우리 모든 백성들에게 명하니
낫과 호미 등 농기구 준비하라고
모두 낫으로 수확하는 것 보리라

2. 희(噫)라! [噫嘻]

희라! 주나라 성왕이
이미 전관(田官) 소집하시니

이들의 농부들을 거느리고서
여러 가지 곡식들을 파종하되
서둘러 너의 사전을 개발하여
마침내 삼십 리 땅을 정지하며
너의 삼십 리의 땅을 경작하되
만인(萬人)이 함께 경작하리라

3. 백로[振鷺]

무리지어 백로가 비상하더니
저 서쪽 교외 물가 내려 앉아
나의 손님이 이에 오시었으니
또한 그 모습은 백로와 같아라
그 나라도 미워하는 이 없으며
이 나라도 싫어하는 이 없으니
무릇 얼마인가 낮밤 없는 노력
하여 영원토록 명성 전해지리다

4. 풍년(豐年)

풍년이니 기장과 벼 쌓이어라
또한 높다란 양곡 창고 있으니
만억(십만이 억)이며 십억이거늘
맑은 술을 빚고 단 술을 걸러서

선조들에게 먼저 받들어 올리어
하여 백례(百禮)에 맞도록 하니
내리시는 복이 매우 아름답도다

5. 장님 악사[有瞽]

장님 악사여! 장님악사여!
주의 종묘 뜰에서 연주한다
종 걸이와 북 걸이를 세우니
걸고리(牙)에 깃털을 꽂았도다
작은 북과 큰 북을 달아매어라
요고(鞀), 경(磬), 축(祝), 어(敔)
이미 모두 준비하여 연주하거니
퉁소와 피리도 함께 연주하도다
둥둥 울리는 그 연주하는 소리
장엄하거니와 화음 이루어지니
선조들께서 이 연주를 들으시며
우리의 손님들도 모두 오시어서
끝날 때까지 연주를 관상하시다

6. 잠(潛)

아! 칠수(漆水)와 저수(沮水)에
물 섶엔 물고기가 많이 있으니

전어(鱣魚) 있고 유어(鮪魚) 있으며
피라미 날치 메기 잉어도 있으니
이것을 제물로 향사(享祀)를 올려
그리하여 큰 복을 기원을 하여라

7. 화목[雝]

오시어니 온화하고 온화하며
이르러라 엄숙하고 엄숙하다
제사 돕나니 제후 왕공이거늘
천자는 용체 단정 정성스러워
아! 큰 수소를 제물로 올리어
날 도와 제물을 진설 제사해
위대하여라 나의 빛나는 부왕
안위하여 주옵소서 이 효자를
예지의 명철하여 인재를 쓰며
문무를 겸비한 임금 이시어니
하늘에 미치어 안녕을 얻어라
후손들로 하여금 창성하게 하리
나에게 장수하도록 하여 주며
더욱 많은 복록 내려 주시어라
이미 선부에게 흠향을 권하고
또한 부모께 흠향을 권하시다

8. 처음 알현하다[載見]

처음으로 성왕(成王) 알현하여
새로운 그 전장법도를 구하니
용의 깃발 양양(揚揚) 휘날리며
방울은 앙앙(央央) 어울리며
말고삐의 청동 고리 밝게 빛나
참으로 아름다워라 광채 휘황해
모두 인솔해 무왕 묘 배알하여
효도의 제물 올리어 제사지내어
그리하여 만수무강하기를 빌다
영원히 보우하사 안강도록 하여
크고 또 많은 복을 누리게 되리
무공의 문덕의 제후와 왕공들이
많고 큰 복 누리도록 내리시어
하여금 이어서 큰 복 받으시리

9. 손님[有客]

손님 오시어라 손님 오시어라
또한 눈처럼 하얀 말을 타도다
공경해 따르는 신하들 많거니
모두가 가려서 뽑은 사람들이라
이틀 밤을 자는 손님이 있으며
이삼일 더 자는 손님이 있으니

말 동여맬 고삐를 내어 주어라
하여 말을 매어 머물도록 하며
가는 손님 있어 서둘러 전송해
좌우의 대신들을 평안하게 하다
이미 훌륭한 위엄의 덕 있으니
복을 내리심이 참으로 크리로다

10. 무왕[武]

오호라! 위대한 무왕이시어!
비할 곳 없이 공이 많으시다
진실로 문덕이 많으신 문왕이
뒤의 사람 위하여 기업 열거늘
이어서 무왕이 기업을 받으시어
은나라에 전승으로 살육 끝내어
하여금 큰 공 완성 하시었도다

민여소자지습(閔予小子之什)

1. 소자 불쌍히 여기어[閔予小子]

불쌍하여라 내 나이어린 소자(小子)
집안의 상부(喪父)의 불행을 당하여
의지하고 의지할 데 없이 비통해라
오호! 무왕(武王) 영명한 아버지시여
길이 종신토록 효도를 다 하시었다
저 위대하신 문왕(文王)을 생각하니
신령은 조정을 오 내리고 하시는 듯
젊어 왕위 계승한 내 나이어린 소자
아침부터 저녁까지 삼가 정사 돌보며
오호! 위대한 할아버지와 아버지시여
이어가리니 그 위업을 잊지 않나이다

2. 본받으려[訪落]

계위(繼位) 집정한 처음에 종묘를 찾아
모두 아버지의 밝은 뜻 본받으려 했으나
오호라! 본받기란 아득하고 멀기만 해라
나(朕)로서는 아직 어두워 따르지 못하며
여러 대신들도 도와라 내 이어가고자 하나
아버지의 지략을 잇기에 우왕좌왕하도다
오로지 나이어리어서 왕위를 이은 소자가

국가의 다사다난(多事多難)을 감당 못하니
원 하옵나니 선령께서 조정에 강림하시며
또한 우리 가정에도 내려오시어 복주소서
정말 아름다워라! 거룩하신 부왕을 따라서
그리하여 명철보신(明哲保身)할 것이어라

3. 공경할지어다[敬之]

공경할지어다 공경할지어다
하늘은 모든 것을 밝히시어라
천명을 받기는 쉽지 않으리니
높고 높이 계시다고 말지어다
신령은 이 땅에 오르내리시어
날마다 이 세상 감찰하시니라
다만 내 나이어린 우매한 소자
총명하게 나라 일을 못 하오나
일취월장(日就月將)해 이루려니
배워 이어서 밝은 빛을 밝히며
내 어깨에 지고 있는 중책도와
내게 밝은 덕행을 보여주시리라

4. 후환 삼가 하라[小毖]

내 그 지난 통한을 경계하리라

함으로 후환 막으리라 하잖는가
나를 독벌에 쏘지 않도록 하렸다
아니면 스스로 고난 구함 이니라
처음엔 믿어 저 뱁새일 뿐일러니
훨훨 날아올라 오히려 독수리 돼
국가의 다사다난을 못 감당하거늘
나는 또 여귀(蓼)의 고난 당하리라

5. 풀을 베어[載芟]

풀을 베고 잡목을 캐어내고
그 땅을 갈거니 부드럽도다
많은 사람들 밭 갈고 김매니
낮은 데에서부터 밭두렁까지
밭주인과 맏아들도 김을 매며
작은아버지와 자제들도 매며
두레 일꾼과 노약자들도 매며
들밥을 내어오니 맛있게 먹어
따르다니 들밥내온 아낙네이며
사랑하여라 그 남자들 있거니
남자들은 그 날카로운 쟁기로
비로소 양지바른 남쪽 밭 갈아
그 여러 가지 곡식을 파종하여
씨가 땅속에서 발아(發芽)하니
계속해 뾰족뾰족하게 돋아나며

실한 싹 있어 아름답게 자라나며
실하고 실하여 그 아름다운 싹
꼼꼼히 자세히 풀 매어 주도다
곧 풍성풍성히 곡식을 수확하니
실로 많이 있어 노적(露積)가리
만억이며 십억이라 셀 수 없어
맑은술 빚고 단술(醴) 만들어서
선조(祖妣)들에게 받들어 올리어
모든 예절 어긋나지 않도록 하여
받들어 올린 제물이 향기로우니
국가의 영광이며 가정의 빛이라
아름다운 술 꽃다운 향 은은하니
장수하는 분들이라 평안케 하리
또다시 없지 않고 또다시 있으며
오늘뿐 아니고 옛날도 같았어라
옛날부터 극진하여 오늘과 같도다

6. 날카로운 보습[良耜]

땅을 깊이 갈아 날카로운 보습으로
비로소 곧 양지바른 남쪽 밭을 갈며
그 여러 가지 곡식의 씨를 뿌리거니
씨가 흙속에 묻혀서 싹을 틔우느니라
사람들이 오노라 네(농부) 밭 보려니
둥근 광주리(筥)와 모난 광주리(筐)라

광주리에는 가득 하구나 기장[黍]밥이
밥을 먹고 난 뒤 풀잎 삿갓 매어 쓰고
날카로운 호미로 풀 매어 가기로소니
씀바귀 여귀 등 밭의 잡초를 제거하여
씀바귀 여귀 등 잡초들이 썩어버리니
메기장[黍] 찰기장[稷] 무성히 자라다
곡식 수확하는 소리로 쓱싹쓱싹 하며
수확한 그 곡식을 수북수북이 쌓으니
수북이 쌓은 그 높이가 성곽과 같으며
빼곡하게 빗살처럼 나란히 줄지었으니
그리하여 모든 집의 창고를 열었도다
집집마다 양식 창고 가득가득 찼으니
아낙네 어린아이들 평안히 먹고 살리
이 입술이 검은 누런 소[犉]를 잡으니
굽었어라 활처럼 굽었어라 소의 뿔이
선조를 이어 계속하여 제사를 받들어
옛 분들의 그 뜻을 따라서 이어가리라

7. 제례 복[絲衣]

제례 복이 맑고 깨끗하니
제례 관을 공손히 쓰도다
당(堂)으로부터 문 앞까지
양에서 소에 이르기까지
큰 솥 중 솥 작은 솥이네

물소의 굽은 뿔잔 놓여라
맛있는 부드러운 술 담겨
시끄럽거나 큰소리 없으니
장수를 누리며 평안하리라

8. 작(酌)

아! 아름다운 무왕의 군사로
따라서 어둠의 시대 다스려
이에 참으로 크게 빛내시어
그럼으로 만사형통하시어라
우리 사랑으로 이어 받았으니
용감한 문왕의 군사(軍師)로다
문왕의 뜻을 무왕이 계승함은
바로 문왕의 법도 본받음이라

9. 빛나라 위용[桓]

만방(萬邦)을 평안케 하시니
거듭하여서 풍년이 들었노라
천명 받들어 게을리 하지 않아
위용이 당당한 무왕(武王)께서
많은 그의 인재들 보유하시어
그럼으로 천하 사방 통솔하여

진정 국가를 안정하게 하시니
아! 무왕 공덕 하늘에 빛나라
어느 임금 있어 무왕 대신하랴

10. 내리시다[賚]

문왕께서 부지런히 이룬 업적이거늘
우리 무왕께서 그 업적 물려받으니
펼치어나가리라 문왕 업적을 이어서
내 은나라 친 것은 천하를 안정함이라
이것은 주나라에 내리신 천명이어니
오호라! 문왕의 업적 이어 갈지어다

11. 돌아오며[般]

오호라! 위대한 주나라여!
그 높은 산으로 오르나니
긴 산맥의 높나니 뫼 뿌리
산맥을 따라서 흘러라 황하
온 하늘 아래의 제후 군왕들
여기 모이여 배향(配享)하니
이는 주나라에 내린 천명이라

우리말 시경

제20권

노송(魯頌)

1. 살찐 힘센 말[駉]

살찌고 힘센 수말들이
교외 들판에서 뛰놀아
살찌고 힘센 큰 말이로되
가랑이 흰 흑마와 황마며
전신 흑마와 전신 황마니
수레를 팡팡 힘 있게 끌어
끝이 없어라 내어달리나니
정말 힘이 센 말이로구나

살찌고 힘센 수말들이
교외 들판에서 뛰놀아
살찌고 힘센 큰 말이로되
청백 말이며 황백 말이며
홍황 말이며 흑청 말이니
수레를 비비 힘 있게 끌어
한정 없어라 내어달리나니
정말 능력 있는 말이로구나

살찌고 힘센 수말들이
교외 들판에서 뛰놀아
살찌고 힘센 큰 말이로되
어린(魚鱗) 흑마와 흑 갈기 백마며

흑 갈기 붉은말과 흰 갈기 흑마니
수레를 나는 것 같이 힘차게 끌어
싫어하거나 피로한 기색이 없어라
정말 힘 있어 떨치는 말이로구나

살찌고 힘센 수말들이
교외 들판에서 뛰놀아
살찌고 힘센 큰말이로되
회백 말과 적백 말 있으며
긴 털 발의 말과 흰 눈 테말
수레를 굳세고 강력하게 끌어
사념 없이 다하여서 달리거니
정말 건장히 달리는 말이로구나

2. 강건하여라[有駜]

강건하여라! 강건하여라!
강건하여라 저 네 필 황마
아침부터 저녁까지 조정일
조정 일 하거니 분망해라
무리지어서 나는 백로여
백로가 물가에 내려 앉아
북소리 둥둥하고 울리거늘
취하여 일어나 춤을 추니
아! 우리 모두들 즐거워라

강건하여라! 강건하여라!
강건하여라 저 네 필 수말
아침부터 저녁까지 조정일
조정에서는 술을 마시도다
무리지어서 나는 백로여
백로들 높이 날아서 오르다
북소리 둥둥하고 울리거늘
취하여 일어나 돌아가거니
아! 우리 모두들 즐거워라

강건하여라! 강건하여라!
강건하여라 저 네 필 청마
아침부터 저녁까지 조정일
조정에서는 잔치를 열도다
이제부터 시작하여 끝없이
세세연년 풍년이 들지로다
군자께서는 복록이 있어서
자자손손 이어 가기로소니
아! 우리 모두들 즐거워라

3. 반수(泮水)

즐거워라 반수의 물가에
물가의 미나리를 캐노라
노나라의 임금이 오시니

임금의 용 깃발 보이어라
임금의 용 깃발 펄럭이며
말방울 소리 딸랑딸랑 해
관원들 작고 큰 구별 없이
모두 임금님 따라 오도다

즐거워라 반수의 물가에
물가에서 마름 풀 캐노라
노나라의 임금님 오시니
임금님의 말 강건하도다
임금님의 말 강건하거니
임금님의 음성 밝으시다
온화한 얼굴에 미소 띠니
노하는 일 없이 교훈하다

즐거워라 반수의 물가에
물가에서 순채를 캐노라
노나라의 임금님 오시니
반수 물가에서 술 마신다
맛있는 미주(美酒) 드시니
장생불로함을 내리시어라
저 길고 긴 길을 따라서
이 오랑캐를 굴복 시키어

정중한 노나라 임금이시여
삼가 덕을 밝히시다

행동거지 신중하게 하시니
모든 백성들의 모범이시다
진정으로 문과 무 겸비해
선조(周公과 魯公)께 밝히니
효도하지 않음이 없이 하여
스스로 그 복록을 구하시어

근면한 노나라의 임금님이
임금님의 덕을 밝히시었다
지었어라 반수가 반궁(泮宮)
회수의 오랑캐들 굴복하리
용맹한 호랑이 같은 신하들
반궁에서 적의 베인 귀 바쳐
옛 옥관 고요(皐陶)처럼 심문
반궁에서 오랑캐 포로 바치다

제제(濟濟)한 많은 인재들이라
그들 임금님의 덕행을 널리 펴
위무당당하게 출정을 하거니와
저 동남쪽의 오랑캐를 평정하니
그 많은 무공들 빛나고 빛나며
시끄럽지 않고 외쳐대지도 않고
무공 없다고 서로들 다투지 않아
반궁에서 전공을 받들어 바치어라

소뿔 각궁(角弓)이 휘어져 굽어라

그 많은 화살을 한 묶음씩 묶도다
전차(戎車) 매우 많아 대열 이루니
보졸과 전차 모두는 지치지 않아라
회수(淮水)의 오랑캐를 무찌르나니
참으로 순순히 반역을 하지 않도다
굳세어라 임금님의 계략을 따르거든
회수의 오랑캐 마침내 평정하리로다

훨훨 날아오르는 저 소리 개(鴞)는
반궁의 수풀 속으로 내려와 앉아
우리의 뽕나무 오디를 쪼아 먹고
나에게 듣기 좋은 소식 들려주리라
깨달으니 저 회이의 오랑캐들이어라
사신을 보내어 그 보배를 바치나니
큰 거북(元龜)이와 큰 상아(象齒)와
또 거대한 옥과 남방의 황금이로다

4. 깊은 묘궁[閟宮]

깊숙한 곳 묘당이 그윽하여라
넓고도 넓고 오밀조밀하도다
밝고도 밝으신 강원(姜嫄) 님이
그의 덕행이 어긋남 없으시어
하느님께서 이에 의탁하시거니
아무 재앙이 없고 재해도 없어

임신하여 달이 차니 지체 없이
후직(后稷, 이름 棄) 님을 낳으시고
하느님이 백복(百福)을 내리시니
서직(黍稷)과 빠르고 늦은 곡식과
조생(早生) 콩과 만생(晩生) 보리
그리하여 천하 온 나라에 전하여
백성들로 하여 농사짓게 하시니
메기장이 있고 찰기장이 있으며
벼가 있고 검정색 기장이 있으니
모두 하늘아래 땅에 퍼뜨리시어
우임금의 위대한 업적 이으셨다

후직의 먼 후대의 자손 있으니
태왕 고공단보(古公亶父)시어라
태왕은 기산 남쪽으로 옮기시어
은상 멸할 준비를 시작 하시어라
문왕과 무왕의 때에 이르러서는
태왕의 위대한 유업 이으시어서
하늘의 은상 토벌하란 명을 따라
목야(牧野)에서 싸움 선포하시니
"두마음을 갖지 말고 염려 말라
하느님께서 너희 감찰하신다"고
상나라의 군사들 토벌 퇴치하여
그 무상의 공적을 이루시었거늘
성왕(成王)이 주공에게 이르기를

"숙부여! 숙부의 장자 세우시어
하여금 노나라 제후로 봉하시니
당신의 강토를 광활하게 개척 해
주의 왕실 보좌토록 할지어다"고

그럼으로 노공(伯禽) 임명하시어
하여 동방에 봉하여 제후 삼으니
동방의 산하를 내려 주시거니와
토지 전지 딸린 나라 내려주도다
노나라 제후는 주공의 후손이니
장공(莊公)의 아드님 희공(僖公)은
용의 깃발 세우고 제사 올리시니
여섯 가닥 말고삐가 강인하여라
춘추(春秋) 제사 게을리 안 하시어
제사를 받들어 올림 어김없으시어
빛나고 빛나라 위대하신 상제님과
빛나라 위대하신 후직 할아버지께
그 붉은 소를 잡아 제물로 올리니
이를 흠향하시고 이를 드시어니와
내리시어라 복이 많고도 또 많으며
빛나라 위대하신 주공 할아버지도
또한 네게 복 내리시고 보우하시다

가을이 되어 가을제사[嘗] 올리어라
여름엔 막대로 소뿔 묶어 사육하니
흰 수소[白牡]와 붉은 수소[騂剛]며

수소 모양의 술병 부디 쳐 쟁쟁 해
털 째 구운 돼지고기와 고깃국이며
제기에 제물가득 담아 제상에 올려
여러 가지 춤(萬舞)이 양양 넘쳐나
효도하는 자손들 큰 경사 있으리라
당신으로 하여 불같이 흥성케 하며
당신으로 하여 장수하고 평안케 해
저 동방의 나라 잘 보우(保佑)하며
노(魯)나라의 기업은 항구적이어라
이지러지지 않으며 붕궤치 않으며
지진나지 않으며 강물 비등치 않아
삼수의 장수하는 분들과 벗을 삼아
뫼 뿌리와 산언덕처럼 무강하소서

노나라 임금 전차 일천을 가졌으니
홍색 실 맨 창과 녹색 실 맨 활이며
손에는 두 개 창과 두 개 활을 잡아
임금님의 보졸(步卒)이 삼만이거니
홍실로 조개를 이은 투구를 썼으며
수많은 보졸들 더욱 늘고 늘어나다
서융(西戎)과 북적(北狄)을 무찌르며
남쪽의 형(荊)과 서(舒)를 응징하니
누구도 우리를 감히 당할 자가 없다
당신 창성하게 하거니와 불같이 하며
당신 장수하게 하거니와 부하게 하여

노랑머리 북어 반점의 장수 노인들과
나이 견주어 누가 오래 살까 시험하며
당신으로 창성케 하고 크게 펴게 하며
당신으로 검은 머리로 오래 살게 하여
천천만세(千千萬歲)동안을 살아가기에
아무런 재앙 없이 만수무강 하옵소서

태산(泰山)이 높고 또 높아라
노나라사람 우러러 바라보다
구산(龜山)과 몽산(蒙山)있어
드디어 대동으로 강역을 넓혀
바닷가의 나라까지 이르렀느니라
회수의 오랑캐 내조 회동하여
따르지 않는 나라가 없거니와
모두 노나라 임금의 공적이시다
부산(鳧山)과 역산(繹山) 보유하여
서(徐) 사람들 사는 곳까지 넓혀
바닷가의 나라에까지 이르렀나니
회수의 오랑캐(蠻)와 맥(貊)과
함께 저 남쪽의 오랑캐들까지도
따르지 않는 나라 없이 투항하며
감히 복종하지 않는 나라가 없어
노나라의 임금 따라 순종하도다

하늘이 임금님께 큰 복 내리시니
장수하여 노나라 보전하게 하시어

상(常)읍과 허(許)읍을 차지하여라
주공의 옛 강토 다시 회복하시어
노나라 임금님 잔치하여 즐겨하니
현숙한 아내와 장수 모친 게시었다
사대부들과 뭇 관원들 화목하시어
다 같이 이 나라를 옹유하시나니
뿐더러 임금님 많은 복 받으시어
젊은 노랑머리 어린 치아 다시 나

조래산(徂來山)의 소나무와
신보산(新甫山)의 잣나무를
이것 자르고 또 이것 쪼개며
이것들 자로 재어 살펴보니
소나무 서까래 크고 굵도다
종묘 정침(正寢) 매우 넓어라
새로운 묘당이 빛나고 빛나니
공자 해사(奚斯, 魚)가 지어라
참으로 길고 또 광대하거니
만백성 모두 노 임금 따르다

상송(商頌)

1. 아름다워[那]

성대하여라! 아름다워라!
우리 작은북과 큰북 설치 해
큰 북을 쳐서 연주하거니 둥둥
즐거워하시어라 우리의 선조들
탕(湯)왕의 후손 신령께 아뢰니
우리에게 복을 내려 주시어라
작은북소리 큰북소리 은은하며
맑고 밝은 가락의 피리소리는
화음을 이루어 소리 고르니
우리의 옥경(玉磬)과 협주해
아아! 빛나라! 탕왕의 후손이여!
아름다운 연주의 화성(和聲)
큰 종과 큰 북소리가 웅장하며
만무(萬舞)가 성대하고 화려하다
우리에게 반가운 손님이 있으니
또한 기뻐하고 기뻐하지 않으랴
자고(自古)이래 먼먼 옛 시대에
선인들도 해오신 일이라
아침저녁으로 공경하고 온화해라
일을 처리하려니 정성을 다해라
내 겨울제사 가을제사 광림하소서

탕왕 후손의 예물 받들어 올리오리

2. 열조(烈祖)

아! 공덕이 무량한 선조
복록이 이처럼 크시어라
거듭 끝없이 내려주시어
당신의 이 땅에 미치어다
이미 맑은 술을 따르어라
우리에게 복 내림을 빌어
또한 맛 우린 국(羹) 있어
이미 모두 맛내어 준비해
신령께 받들어 올려 정숙히
때에 아무런 다툼이 없으니
원컨대 우리 장수하게 하여
늙거니 만수무강토록 하소서
붉은 가죽 차축 금박 가로대
여덟 개의 말방울이 딸랑딸랑
제사 올리어 신령 흠향을 비니
우리 받은 천명 크고 영원하다
하늘로부터 강녕함을 내리시어
풍년을 주시어라 양식 풍만해
신령께서 강림하시어 흠향하여
복을 내려주시니 끝이 없으리다
내 겨울제사 가을제사 광림하소서

탕왕 후손 제사 받들어 올리리라

3. 제비[玄鳥]

하늘의 명을 받아 제비(玄鳥)는
상 시조 설(契)을 낳았어라
광막한 은 땅에 살도록 해
옛 상제는 무왕성탕에게 명하여
바로 저 사방의 땅 차지하시니라
두루 그 제후들에게 명 내리시어
구주(九州)의 나라들 웅유하시니
상(商)나라의 선군선왕(先君先王)
천명을 받아 나태함 없이 하여라
후손인 무정(武丁)이 중흥하여
무왕의 손자인 무정 임금 때이어라
성탕의 위업 잇지 못함 없도다
용의 깃발을 꽂은 열 대의 수레로
풍성한 제례음식을 받들어 올리다
국가의 왕기(王畿) 넓어 일천리여
오로지 은상 백성들의 거소로소니
비로소 강역이 사해에까지 이르다
사해의 제후들 모두 내조하여 오니
내조하여오는 제후들 많고 많도다
사방 둘린 강하까지 변경으로 함에
은나라가 받은 천명 모두 합당해라

하늘이 내린 무수한 복록을 받도다

4. 오래전 일어라[長發]

심오하고 명철한 상의 선조 설
오래전부터 상서로운 징조 일어라
당시에 홍수 망망(茫茫)하였거니와
우(禹)임금 천하의 땅 정리하시어
큰 나라 밖을 강역으로 하니
나라의 폭과 둘레 이미 넓고 길다
유융(有娀)이 바야흐로 발흥할 때
상제는 설(契) 낳게 하시어

현왕(玄王) 설은 힘 다해 다스리시니
작은 나라를 받으시어 잘 다스리시며
큰 나라를 받으시어도 잘 다스리셨다
각기 예법 따라서 벗어남이 없으시니
두루 각지 살펴보니 이미 발흥하여라
손자 상토(相土)께서는 공적이 빛나라
먼 바다 밖에 까지도 평정을 하시도다

선조는 상제의 명을 어김없이 하시어
탕왕 때에 이르러서야 이루시었으니
탕왕 강생은 일찍도 늦지도 않으시며
성스럽고 공경스런 덕 날로 더하시어

신령께서 오시어라 영구히 보우하시다
탕왕은 성심성의 상제를 공경하시어니
상제의 명을 구주(九州)에 펼치시니라

소구(小球)와 대구(大球)를 받으시거니
제후국의 믿음의 표지로 삼으시니라
하늘이 내리신 아름다운 덕 받으시다
다투지도 아니하고 탐내지도 아니하며
강직하지도 안하고 연약하지도 안하며
정령을 펴시어 너그럽고 너그러우시니
많은 복록(百祿)일랑 모두 모여들어라

소공(小共)과 대공(大共)을 받으시거니
제후국 보호하여라 믿음의 왕 되시니
하늘이 내려주시는 은총을 받으시니라
널리널리 떨치어 나아가니 용맹하시어
놀라지도 않으시고 떨지도 않으시며
두려워도 않으시고 무서워도 않으시니
많은 복록(百祿)일랑 모두 모여들어라

용맹한 탕왕 깃발을 펄럭 펄럭이시며
위무도 당당하여라 큰 도끼 잡으시니
불길이 치솟아 오르는 것 같은 모습
누구도 우리를 감히 막을 수가 없도다
한 그루터기(苞)의 세 개의 가지 있어
잘 자랄 수 없고 또한 커 질수 없어라

구주(九州)의 천하 안정되어 가거니와
위(韋)나라 고(顧)나라 이미 정벌하시고
곤오(昆吾)와 하걸(夏桀) 격멸하시었다

생각하니 옛 은상(殷商)의 중기이어라
나라의 처지가 동요하고 또 위태하니
확실히 하늘이 내리신 천자에게
현명한 경대부를 내려 보내 주시거니
바로 밝고 총명한 이윤(伊尹)이로다
바로 상나라 임금을 좌우에서 보좌하다

5. 은왕 무정[殷武]

빠르다니 저 은나라의 무정(武丁)
분발하여 남쪽나라 형초(荊楚)를 치사
깊숙이 초나라 험준한 곳까지 들어가
초나라의 군사들 모두 포로로 잡아서
그 초나라의 땅을 정복하여 통치하니
탕왕(湯王, 고종) 후손의 공훈이시어라

오로지 너희 남만(南蠻)의 형초(荊楚)
국가의 남향을 차지하여 거주하나니
옛 성탕(成湯)임금님이 계실 때에는
저 멀리 저(氐)와 강(羌) 오랑캐까지
감히 조공 바치지 않는 때 없었으며

감히 찾아와 알현하지 않는 자 없어
말하기를 상나라만 항상 받든다 하다

하늘이 여러 제후국들에게 명하시어
우(禹)임금 구주에 도읍 세우라 하시고
해마다 모두 찾아와 상왕을 알현하니
짐은 질책하여 죄 더하지 않을지어라
농사일을 열심히 하고 게을리 말지다

하늘이 명하여 내려와서 감찰하니라
하늘아래 백성들 근면 성실히 일하니
예를 벗어나지 않고 방탕하지 않으며
감히 일을 태만하여 소일하지 않아라
하늘은 여러 제후국들에게 명하시어서
그 복록 크게 세울 수 있도록 하시었다

상나라 도성은 번성하고 질서정연하니
사방의 제후국의 중심이며 전형이 되다
빛나고 빛나라 상나라 도성의 명성이며
밝고도 밝아라 그 신령(神靈)이기로소니
원하거니 장수하시고 또 평안케 하시어
그리하여 우리의 후손들 보우하시어라

저 경산(景山, 商丘)의 산정에 오르거니
소나무와 잣나무가 아름드리 곧게 솟아
그 것들을 찍어내 베이어서 옮기어오니

도끼로 바르게 깎고 다듬어 목재로 하며
소나무의 다듬어진 서까래들 기다랗기도
줄지어 놓은 기둥은 굵거니와 튼튼하니
종묘를 낙성하기에는 참으로 평안하여라

이수웅(李秀雄)

중국대만문화대학 학. 석. 박사학위를 받음.
안동대학교 한문학과 전임강사.
건국대학교 중문학과 교수로 정년퇴임.
건국대학교 중문학과 명예교수.
고려대학교 민족문화원 자문위원.
미국이리노이대학 아시아 태평양연구소 교환교수.
한국돈황학회장.
중국돈황투루판학회 회원.

저서 :
『돈황문학과 예술』(편저),
『중국문학사』, 『중국문학개론』,
『朱熹與李退溪詩比較研究』(북경대학출판부),
『노사(老舍)』, 『곽말약(郭沫若)』,
『중국문화의 이해』(공저),
『중국문학 기행』 외.

역서 :
『천주실의』, 『서역시선』, 『모택동 시선』,
『중국차향기담은 77편의 수필』,
『오륜행실도』(열녀),
『시경언해 4책』 외.

우리말 시경

2017년 6월 27일 초판 1쇄 펴냄

엮은이 이수웅
펴낸이 김흥국
펴낸곳 이회

등록 1990년 12월 13일 제6-0429호
주소 경기도 파주시 회동길 337-15 보고사 2층
전화 031-955-9797(대표), 02-922-5120~1(편집), 02-922-2246(영업)
팩스 02-922-6990
메일 kanapub3@naver.com / bogosabooks@naver.com
http://www.bogosabooks.co.kr

ISBN 978-89-8107-610-8   93820
ⓒ 이수웅, 2017

정가 28,000원